NO TE METAS CON MI HERMANA

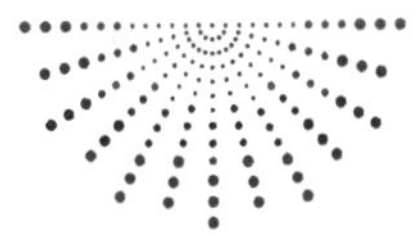

BIANCA DE SANTIS

DERECHOS DE AUTOR

ACERCA DEL AUTOR

Bianca De Santis es una escritora emergente de romance contemporáneo. Puedes encontrar todos sus trabajos en la plataforma de Amazon, sección Kindle.

Bianca De Santis en Amazon.es

AGRADECIMIENTOS

Sin vosotras nada de mi trabajo e imaginación sería posible.

Gracias por dedicar vuestro valioso tiempo a leer cada una de mis líneas y compartirlo con más gente.

Gracias a cada una de ustedes, mis fieles amigas.

PRÓLOGO

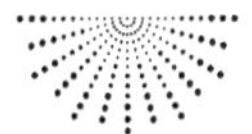

Aquí estamos, juntos al fin, como yo quería.

Él con su fuerza habitual, me levanta entre sus brazos y yo me aferro a su cuerpo, sin separar nuestras bocas. Me recuesta sobre el césped cercano. Entonces no sé nada de lo que pasa a nuestro alrededor, solo soy consciente de las flores silvestres que nos rodean, por el aroma agradable que emanan.

Yo no puedo pensar en nada más. Solo siento mucho calor, mucha pasión, tanta que ya no sé si es mía o de él. El resto del mundo no importa. En mi mente y mi corazón no hay lugar para nada más, solo estoy concentrada en una persona, en unas manos y en todas las sensaciones que me recorren.

Es como si estuviéramos destinados, porque todo encaja; su boca que se mueve sobre la mía, y su cuerpo presionándose con el mío, al mismo tiempo. Igual que nuestra descontrolada respiración, que, de alguna forma, se sincroniza en medio de todo el caos que estamos creando.

Sí, todo se siente como caos, pero eso no es malo. No es

malo que la piel me comience a arder, ni que la ropa nos empiece a estorbar, no puede ser malo cuando yo ya siento que soy suya en cuerpo y alma. Sonrío, mis labios se curvan de una manera pretenciosa, porque probablemente él es mío también.

Él se aleja, y veo sus ojos, mucho más oscuros de lo normal. No me corresponde la mirada por mucho tiempo, pues está viendo más abajo. Observa cada centímetro de mi piel que se muestra frente a sus ojos. Aunque no es mucho lo que puede ver, pues mi blusa sigue teniendo tres botones en su lugar, pero no me siento vulnerable. Me siento bien, porque nunca nadie me había visto cómo él lo está haciendo

Entonces yo también quiero desabrochar su camisa, porque quiero verlo de la misma manera, cómo si no lo estuviera haciendo ya. Extiendo mi mano, pero él la detiene.

—Oye, ¿por qué me detienes? —le digo, confundida.

—Espera un momento, cariño —dice con voz ronca—. Déjame verte así un momento más, quiero que esta imagen tuya se quede en mi cabeza, para siempre.

Yo también quiero guardar este momento. Solo que mi paciencia no parece ser tanta como la de él, que ahora vuelve a pasar sus ojos lentamente por todo mi cuerpo. Sonríe, como si lo aprobara.

—¿Qué estás esperando? —le pregunto, ansiosa.

Me pone un dedo en los labios, como silenciándome.

—La espera es una deliciosa tortura, disfrútala. Yo lo estoy haciendo.

Es que este hombre no puede decir eso y esperar a que yo me quede así como así. Ruedo los ojos, porque él siempre juega conmigo, es obvio que en esta situación también lo haría. Pues esta vez no, esta vez yo también quiero jugar con él...

· · ·

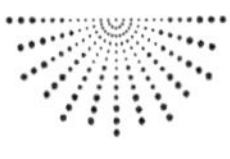

LUCÍA

Veo el cielo azul detrás del cristal, pero no lo observo con atención. Los antiguos campos de maíz que veía siempre de camino a casa, se convirtieron en campos de soja, y luego se volvieron trigo muy dorado solo para convertirse nuevamente en maíz, pero tampoco les presto atención. Por un breve momento, mi mirada choca con otra en la ventana sucia.

El reflejo de mis propios ojos verdes está ahí, mirándome, escudriñándome, pidiéndome explicaciones. Están llenos de ira. Pero también hay algo más, están avergonzados. Solo que la vergüenza no es de ellos propiamente, sino por causa de un fracaso.

Yo soy el fracaso.

Dejó de mirar la ventana y vuelvo a concentrarme en mirar al frente del autobús justo a tiempo para escuchar el anuncio del conductor.

—¡El Pradal! —Su voz es ronca, quizá por las décadas de humo de cigarrillo y Dios sabrá qué más—. ¿Alguien que se baje en El Pradal, San Jerónimo?

El autobús es sin duda, antiguo. Lo sé por los horribles

sonidos que hizo desde que el chófer pisó el freno, hasta que se detuvo completamente. Por un instante me imagino a mí misma viajando por muchos lugares, yendo como nómada por todo el sur o el este sin preocupación alguna. Me veo a mí misma pasando por esos lugares todos los días en este mismo asiento desgastado, mientras el autobús sigue y no se detiene, nunca.

Tengo esa sensación, más bien esas ganas, de saber qué podría sucederme si sigo aquí, en este autobús. ¿Qué me traerían los viajes a lo largo de los años? Quizá algo bueno, algo mejor de lo que es mi vida actualmente. Quizá si continúo con el viaje, en lugar de bajarme del autobús, podría encontrar algo extraordinario.

¿A dónde irías? No seas idiota, eres una fracasada universitaria sin futuro, sin perspectivas laborales, hogar ni dinero.

Suspiro, es inevitable recordar lo que me ha pasado y la razón por la que estoy de vuelta aquí. La vergüenza llena mi cuerpo y mi mente. Pero no había otro lugar adonde pudiera ir, sino al último lugar del mundo en el que quiero estar.

—El Pradal. ¡Esta es la última llamada para El Pradal!

Maldigo con furia mientras me levanto y casi corro hasta la puerta del autobús. La correa de mi mochila me pesa, sobre el hombro, pero no volteo atrás cuando la puerta se cierra detrás de mí.

Miro con desgano el autobús, arrancando para largarse de aquí. Siento deseos nuevamente de tomarlo y partir. Quiero irme de aquí, justo como él, pero no puedo hacerlo. El vehículo desaparece a la vuelta de una esquina, y yo lo observo todo el tiempo que puedo antes de que sepa que no debo quedarme más tiempo aquí, de pie, divagando.

A pesar de que todavía reconozco todo el lugar, mis ojos rastrean los edificios familiares de la calle Primavera, la calle principal. Cómo si el estar aquí no fuera lo suficientemente horrible, ahora recuerdo ese tonto nombre.

Doy un rápido vistazo por el lugar, en busca de algo novedoso que me haga sentir diferente a pesar de estar en mi antigua ciudad. Está el consultorio del doctor Ramírez, que me enyesó cuando me fracturé el brazo al caer de un árbol cuando era una niña.

Ese día estaba tan preocupada de que Benjamín se enojara pensando que yo tenía la culpa. Pero él no dijo ni una palabra, solo esperó a que yo estuviera bien y luego me pasó a la otra calle a tomar un helado de vainilla con Angélica.

El Pradal no es un pueblo particularmente pequeño, pero es mayoritariamente rural. Aquí pueden verse varias hectáreas para cultivos como tomates y fresas, y algunas pequeñas industrias alejadas por varios kilómetros. Es lo suficientemente pequeño como para que la mayoría de la gente se conozca. Y eso significa que todos saben de los asuntos de los demás.

Esa parte, esa pequeña parte, es la que odio de este lugar. Todos sabiendo de mis asuntos y opinando, como si yo se los hubiera pedido. Parece una tontería volver después de tanto tiempo, pero este pueblo es lo que se llamaría mi "hogar, dulce hogar", aunque yo lo odio.

Todo sigue igual; la tienda de flores, el pequeño restaurante del centro, la tienda de comestibles, el centro comercial de antigüedades. Todo está exactamente igual que cuando me fui aquel día. La decisión de irme fue fácil, la decisión de volver, me dolió. Pero no se compara el solo hecho de pensarlo, con el hecho de ya estar aquí.

Bueno, eso es porque nunca imaginaste que volverías a este horrible pueblo como un fracaso.

Quisiera no tener esos pensamientos. Quisiera decirle a mi mente que no me lo repita todos los días, pero supongo que no ayuda el que me sienta como un fracaso, porque lo soy.

Antes era diferente, estuve decidida a buscar otro camino cuando entré a mi adolescencia. Lo concreté hace tres años, cuando dejé El Pradal sin mirar atrás al haber sido aceptada en el programa de negocios de la Universidad de San Jerónimo. No podía esperar a salir de este pueblo deprimente.

Quería irme lejos de esta gente, de los chismes y las opiniones inútiles. Mi sueño era ir a la universidad, obtener los conocimientos que me hacían falta para abrir un negocio propio y volver en unos pocos años, con un rotundo éxito en mis espaldas. Sería perfecto para echárselo en cara a todos los chismosos y falsos de la ciudad.

Ese era un plan perfecto para ti, Lucía. Muchos sueños, expectativas. ¿Pero no olvidas algo? Sí, la parte en la que, si eres una fracasada, lo serás para toda tu vida. ¿O ya olvidaste el puesto de limonada? ¿La feria? Las atracciones...

Quisiera poder desterrar esos pensamientos que se la pasan aturdiéndome, que me hacen sentir infeliz, pero están allí, implacables, escondidos en lo más recóndito de mi mente. Cuando esto me pasa, muevo con ansias mi cabeza, respiro profundamente, y ocupo mi mente con cosas más alegres. Así espero impacientemente que lo malo se vaya, como si ese deseo fuese suficiente para sacar los pensamientos de mi cerebro.

Me concentro en este pueblo del demonio otra vez, con la esperanza de ahuyentar mis pensamientos. Empiezo por la biblioteca, el edificio de ladrillos rojos que se ve igual que antes, con el único cambio de unos arbustos plantados justo en el frente, y las escaleras de cemento, que han empezado a desmoronarse por el paso del tiempo y la falta de reparaciones.

Alma probablemente esté allí ahora mismo, husmeando

entre sus libros favoritos; las historias de ficción del siglo pasado.

—Debería entrar, hablar con Alma y contarle todo lo que me pasó. O al menos hacerle saber que he vuelto.

Murmuro eso en voz baja, como para convencerme de hacerlo, pero mis pies no se mueven.

Alma Carrillo es mi mejor amiga. Las dos crecimos en El Pradal, estuvimos siempre juntas, compartiendo casi todo el día a lo largo de nuestros años de escuela secundaria y adolescencia. Éramos confidentes, sabíamos todo una de la otra, lloramos y reímos juntas, y seguramente es la única persona en el mundo a la que puedo contarle el por qué regresé.

Pero no puedo hacer eso, porque contarle implicaría que ella supiera todo. Y yo me conozco, sería sincera y le narraría con lujo de detalles mi historia universitaria. Le diría que no supe controlarme con la bebida, que me perdía en los bares y que gasté casi todos mis ahorros ahí. Y que, por esto, casi el final de mi carrera, reprobé casi todas mis clases.

Esto no es lo peor, no, porque cuando me di cuenta que perdería ese año, busqué una forma desesperada de recuperar el tiempo perdido.

Quería hacer en dos semanas lo que no hice durante todo el semestre, tomé todas las actividades extracurriculares que pude, adelanté todos los trabajos finales que me dejaron adelantar. Hablé con la directora, le dije que haría lo que fuera, pero que tenía que pasar ese último año.

Yo ya no tenía mucho dinero, así que cuando ella me dijo que podía ayudar a los profesores con la revisión de fin de año, o que podía quedarme a hacer el papeleo de la Administración, le dije que sí.

Al principio podía con todo, no dormí casi por una

semana y viví a base de café, pero poco antes de colapsar, cuando una amiga vio el estado en que estaba, me ayudó.

No es cierto. No me ayudó. Quizá tenía esa intención, pero no me ayudó. Quisiera decir que ella tuvo la culpa, pero eso sería una mentira, porque yo también fui muy estúpida.

Me habló de unas pastillas que le daban mucha energía, me dijo que las usaba al final del semestre para poder con todos los trabajos y tareas que nos dejaban. Me regaló tres pastillas, me dijo que me tomara una por las mañanas. Ahora puedo decir que sí era cierto lo que me prometió, gracias a eso logré seguir despierta dos días más.

Eran mágicas, como me dijo.

Cuando la directora me vio tomándome la última pastilla, me obligó a hacerme una prueba de sangre. Y cómo la universidad tenía una política de tolerancia con el consumo de cualquier sustancia, me echaron del campus. Por eso digo que sí eran mágicas, porque me hicieron desaparecer de la Universidad.

Sí, puedo verme abriéndome con Alma y contándole todo esto.

Sé que ella, comprensiva como siempre, con sus manos abiertas para tomar las mías en señal de apoyo, me mostraría amabilidad y me daría apoyo para seguir. Me abrazaría y me diría que había regresado a esta, mi casa, a modo de bienvenida. Que mi fracaso fue un ciclo de aprendizaje.

No quiero eso. Yo no debería estar aquí. Y me llena de furia el saber que yo misma fui la que me puse en este lugar.

Veo el panorama decadente que me regala este pueblo, y me siento todavía peor.

Luego pienso en Benjamín, en todas las veces que me gritó antes, cuando tomé las peores decisiones. Sé que soy la persona más importante para él, pero con esto también viene la responsabilidad de no fallarle. Me imagino como se pondrá cuando se entere de que volví, de seguro me reclamará que estoy vuelta sin haber logrado nada.

Benjamín. Mi hermano mayor. Mi sobreprotector, equivocado y crítico hermano mayor. No, tampoco estoy lista para enfrentarme a él. Se enojaría conmigo por arruinar la gran oportunidad de convertirme en una mujer de negocios, en el ejemplo para todas las chicas que quieren emprender y largarse de este pueblo.

Sí, podría manejar su molestia, pues en muchas ocasiones recibí cantidad de insultos por haber fallado antes. Sin embargo, saber que de seguro lo voy a decepcionar, me es insoportable. Decepcionar a Benjamín me hace sentir terrible.

Retomo mi ritmo, inmersa en mis pensamientos. Distraída sigo adelante, tratando de dejar atrás el caos que es mi mente. Alma estaría feliz de tenerme de vuelta, pero Benjamín con seguridad va a matarme esta vez. No hay manera de evitarlo. Yo ya estoy prácticamente muerta.

Este último pensamiento, sumado al hecho de que hay lo que se siente como una pared de ladrillo golpeándome, hacen que mi cuerpo se sobresalte. ¿Qué fue lo que me golpeó? Parpadeo para tratar de ver mejor y muevo mis brazos al mismo tiempo, para sostenerme a algo, pues la pared me está haciendo perder el equilibrio.

Cuando me sostengo a la pared, me doy cuenta de que es cálida. Retiro mis manos rápidamente, pero la persona con la que choqué me toma del brazo. Luego escucho su voz, en el momento que nuestros ojos se encuentran.

—Hola, cariño, ¿estás bien?

La vida es muy injusta. No debería ser posible que un cuerpo tan duro que se siente como ladrillo, tenga una voz tan hermosa y profunda como la de este hombre.

Quizá es porque me siento tan mal en este momento, que

encontrarme con una persona como esta me hace enojar. Por eso me porto grosera con él, precisamente porque a simple vista, él se ve mejor que yo. No pierde los estribos por chocarse conmigo y huele bien, y sus ojos son los de una persona despreocupada por el futuro.

—¿Qué rayos te pasa? ¿Por qué no te fijas por dónde caminas? ¡Saliste de la nada! —le grito enojada. Pero cuando lo hago, me doy cuenta de que también estoy un poco avergonzada por estarle gritando a un extraño.

—Sí, lo siento. Pero no salí de la nada, vengo del bar Las Quince Letras.

—¿Las Quince Letras?

Es probable que el golpe haya acabado con mi capacidad de pensar claramente, al igual que mi capacidad de respirar, porque todo lo que puedo hacer es pararme aquí y repetir las palabras que él me acaba de decir. Me tomo algunos segundos para observarlo bien, y luego del susto de habernos chocado, me doy cuenta de que es muy guapo.

—Sí, el bar de aquí atrás. Acabo de salir de allí.

—¿El bar? —Miro detrás de él, veo las sucias ventanas de la estructura hacia la que apunta. Efectivamente sí hay un bar detrás de su cuerpo. Bueno, eso es algo nuevo en este pueblo.

—Cariño, ¿estás segura de que te encuentras bien? Creo que sería una buena idea sentarnos un momento, para estar seguros —La dura pared de ladrillo suelta mi brazo para verme lentamente desde mi cara hasta mis pies, como para asegurarse que estoy bien. Estoy bien, no me caí y no soy tonta, sé que lo hace solo para poder recorrer mi cuerpo, y yo siento el calor de su mirada mientras lo hace—. Tal vez pueda compensártelo, ¿puedo invitarte a un trago?

No. Porque debería seguir caminando hasta llegar a mi casa. Esa es la alternativa más lógica. Pero no quiere decir que sea la única opción, ni que tenga que llegar en este momento con mi familia, ¿verdad? Compartir un trago con lo que parece ser una pared de ladrillos andante suena bien, suena mejor.

—¿Por qué no? Vamos.

El hombre me sonríe levemente y se hace a un lado para dejarme caminar los tres pasos hasta la entrada del bar. Decido quedarme un rato aquí, cualquier cosa es buena para retrasar lo inevitable. Y qué mejor si se me está presentando la oportunidad de retrasar eso con una compañía tan... magnífica.

Es temprano. Hay pocas personas en el bar, como era de esperarse. Los que parecen clientes habituales están sentados al final de la larga barra. Veo el lugar rápidamente antes de decidir quedarme en una mesa del centro. La pared de ladrillo se sienta a mi lado, no de frente. Él llama a una camarera.

—Oye, Paty, ¿puedes darme una cerveza? ¿Y qué hay de ti, cariño? ¿Qué te apetece beber?

—Un whisky está bien para mí.

—Vaya, quieres empezar con algo fuerte, ¿verdad? No te sugiero que lo hagas aquí —me susurra mi acompañante. Sus palabras, pronunciadas tan cerca de mí, me hacen cosquillas en la oreja, suenan como si estuviera contándome un secreto —. En este bar no tienen whisky de verdad, la bebida que te sirven como whisky sabe a aceite de motor recalentado.

—Bueno, entonces pediré cerveza —respondo un poco aturdida por la cercanía.

—Buena elección —me dice, lanzando al aire una sonrisa cálida. Tiene una sonrisa bonita, me toma desprevenida que sonría como si nada. Cómo si no tuviera preocupaciones—. Paty, tráenos dos cervezas.

Mientras Paty toma la orden, me concentro en observar mejor a este hombre. Ya me había fijado en que es alto, pero ahora que estamos sentados me doy cuenta de que el término alto no le hace justicia. Digo, yo soy muy pequeña, mido un metro y cincuenta y cinco apenas, pero es que él es muy alto. Por eso pensé que había chocado con una pared de ladrillo.

Su pelo es castaño y bastante largo. Tan largo que un mechón cae sobre su frente a cada instante, a pesar de sus esfuerzos por mantenerlo detrás. Y sus ojos, sus ojos son increíbles también. Al principio pensé que eran los de una persona tranquila, pero creo que solo me pareció así porque él estaba sorprendido cuando se chocó conmigo.

Sus ojos me están mirando ahora, ya se dio cuenta de que lo observo, pero como no soy una persona que se asuste con facilidad, le sostengo la mirada. No tengo problema en hacerlo, porque sus ojos se parecen un poco a los míos, me dicen que él está pasando por algo, justo cómo yo. No estoy segura de sí sus problemas son mayores o peores que los míos, pero no me cuesta perderme en la profundidad de su mirada.

Él es el que rompe el contacto, pero solo lo hace para observarme también. Como si el vistazo que me dio antes de entrar al bar no hubiera sido suficiente. Normalmente el que un hombre me vea no me afecta, pero extrañamente siento como se me calientan las mejillas. No dejo de verlo, pero tengo la necesidad de romper el silencio para terminar este juego de miradas.

—No es "cariño", ¿sabes? —¿Qué me pasa? ¿Por qué mi voz sale extraña? Aclaro mi garganta según yo, discretamente. Él levanta una de sus cejas, como esperando el resto de mis palabras. Sí, sería más fácil hablar si no me estuviera viendo los labios—. Mi nombre no es "cariño."

—Entonces, ¿cuál es? —pregunta levantando sus ojos.

—Lucía.

Le gusta mi nombre, o eso creo, porque me sonríe y me extiende su mano.

—Leonardo. Leonardo Garza —Le doy mi mano que se ve diminuta en comparación a la suya—. Mucho gusto.

Aprieta mi mano y yo… Siento algo. Sé que solo es un apretón de manos, me repito que no hay nada más, pero no me convenzo de esto. A Lucía Reyes le han llamado muchas cosas, quiero decir, muchísimas cosas, pero cobarde nunca ha sido uno de ellas. Y este no es el día en que voy a empezar a serlo.

Con mucha calma, extiendo mi mano por la suya. Rozo su palma y ahí está esa sensación otra vez, se siente como electricidad, pero esta vez no se queda en mis manos. Sino que pasa por mis dedos, sube velozmente por mis brazos, mis codos, mis hombros y el resto de mi cuerpo, para luego bajar y terminar en un escalofrío en mi espalda.

Yo solo acepté un trago, solo intercambié un par de palabras con este hombre y un apretón de manos. Y ya hay una fuerte tensión entre nosotros. Y nuestras bebidas ni siquiera han llegado.

En ese momento, como si la camarera estuviera escuchando mis pensamientos, decide aparecerse con dos cervezas en las manos. Me sobresalto y le suelto la mano de Leonardo. Miró mi cerveza en la mesa y la tomo con mis dos manos.

No bebo mucho por largos minutos, pues me cuesta hacerlo con las miradas que sé que él me está dando.

—¿Qué te parece la cerveza?

—Bien —contesto—. ¿Qué tal la tuya?

—Muy bien.

Como si quisiera mostrarme que sí, que su cerveza está muy bien, le da un largo trago. Yo veo como levanta su cabeza, lleva el vaso a sus labios y bebe. Luego veo su cuello mientras traga la bebida. Sí, muy probablemente yo ya estoy babeando.

—Está deliciosa. ¿Quieres otra?

Él sabe que lo veo, hasta parece que disfruta de ser observado por mí.

—Todavía no me termino esta.

Leonardo se inclina hacia mí. Su pierna toca la mía.

—Entonces termínala, porque quiero invitarte a otro lado.

—¿Otro lado?

Me pongo algo tonta con este hombre, lo sé. Pero simplemente mi cerebro no procesa muy bien las cosas cuando me habla, cuando me ve, o cuando respira.

—Sí.

Bebo de mi cerveza sintiendo como mi corazón se vuelve algo loco en mi pecho.

—¿A dónde?

—Arriba de este bar tengo mi apartamento. Si tú quieres podríamos ir allí y disfrutar… ¿en privado?

Otra vez; no soy tonta. No sé si alguna vez alguien haya pensado que cuando un hombre te invita a un lugar más privado lo hace solo para conversar. Quién sabe, quizá si existen ese tipo de hombres y yo voy por ahí pensando cosas que no son. Quizá sí hay hombres de buenas intenciones allá afuera y yo solo estoy aquí juzgando sin conocerlos siquiera, sin saber si ellos…

Deja de divagar, Lucía.

Quisiera dejar de hacerlo, pero si no me pongo a pensar en tonterías, sé lo que voy a hacer. Sé que le diré a Leonardo que sí. Porque sí quiero ir con él, porque quiero olvidar el por qué estoy aquí y sé que él me haría olvidar. Y así yo ya no tendría que lidiar con mi fracaso en la universidad, y los gritos de Benjamín que me esperan en casa.

Mis manos tiemblan un poco, pues aparte de eso, también quiero decirle que sí porque quiero perderme en él. Entrelazo mis dedos y tomo aire profundamente.

—¿Y bien? —me pregunta él—. ¿Quieres conocer mi apartamento?

—Sí.

Era obvio que ya sabía la respuesta. Levanta una de sus manos y me deja una pequeña caricia en la mejilla. Luego pide la cuenta y paga, y así de rápido como llegamos al bar, así nos vamos.

Salimos y justo un metro delante de dónde nos chocamos, está la puerta del edificio dónde vive Leonardo. La abre y me deja pasar primero. Claro. Subimos por unas empinadas y desvencijadas escaleras, y pasamos por algunas puertas.

Subimos otro piso, y cuando llegamos a su apartamento lo detengo, posando una mano sobre su hombro. Me cosquillean los dedos, mientras Leonardo me mira por encima del hombro antes de abrir su puerta.

—No suelo hacer este tipo de cosas —le digo.

¿Por qué tengo la necesidad de explicárselo?

Él abre la puerta y se voltea hacía mí.

—Cariño, tú puedes hacer lo que quieras. ¿Quieres entrar? Adelante. ¿No quieres entrar? Está bien, no te obligaré a nada —Se inclina hacia delante, extendiendo la mano para meter un mechón de pelo suelto detrás de mis orejas.

Sé que parece que me da la opción de irme, pero ese pequeño toque me dice otra cosa. Él está controlando todo. Me posee con sus palabras y con su mirada, y la prueba de eso es que estoy entrando a su apartamento, sin siquiera mirar atrás.

Mentiría si dijera que conocí su apartamento. No tengo mucho tiempo de observar si está limpio o no.

Tampoco sé si tiene otras habitaciones, dos baños, o si tiene comida en el refrigerador.

Solo sé que Leonardo me toma de la cintura y me conduce por el pasillo hasta la primera puerta de la izquierda, a lo que parece ser su habitación, o no. Quién sabe, no se lo voy a preguntar.

No me permito detenerme a pensar en nada mientras dejo mi mochila en el piso, o mientras él se me acerca. Al contrario, dejo que mi cuerpo actúe por sí mismo, no le pongo ningún impedimento para que haga lo que quiere. Me paro cómo puedo en las puntas de mis pies, e incluso entonces, Leonardo tiene que agacharse para que mi boca pueda alcanzar la suya.

Vuelvo a sentir la electricidad que sentí en el bar, recorre mi cuerpo y hace que me pegue por completo al cuerpo de Leonardo. Y entonces él me obliga a dar unos pasos atrás y estoy siendo presionada entre él y la puerta.

—Leonardo... —le digo luego de un rato, con la respiración muy agitada. Mi voz se convierte en apenas susurros, que casi se pierden entre los besos cálidos que me da.

—¿Qué, cariño? —me dice separándose de mi boca y dándome besos en el mentón.

—Es Lucía.

—Lo sé, cariño, ¿qué sucede?

—En serio nunca había hecho esto antes.

Sus besos se detienen, y siento su respiración por algunos segundos.

—Yo tampoco.

¿Está mintiendo? Probablemente sí.

¿Me importa? La verdad es que no.

No se lo estaba diciendo para que él me dijera que tampoco hace este tipo de cosas. Aunque no sé para qué se lo dije exactamente.

—Leonardo... —repito, pero con voz suplicante.

—¿Sí, cariño?

—Nada, solo me gusta tu nombre.

—A mí me gusta el tuyo, Lucía.

Siento algo, cuando me llama por mi nombre siento algo. No se escucha como si me juzgara, o como si me estuviera reprochando algo, como si no fuera suficiente, sino al revés. Me siento más completa que nunca aquí, en este momento, y eso es algo que hace tiempo que no sentía.

Me gusta. Me gusta estar aquí, entre los brazos de un hombre muy alto que acabo de conocer y que pronuncia mi nombre con voz profunda.

Le sonrío provocativamente y él me regresa la sonrisa. Y creo que ya se acabó la conversación, porque lo siguiente que sé, es que vuelve a besarme apasionadamente. Y luego hace mucho calor, y luego sus manos me están quitando la ropa. No pongo ningún pero, porque yo también comienzo a desabotonar su camisa con algo de desesperación.

La electricidad que Leonardo me provocaba, se convierte en llamas ardiendo entre nosotros. Nos consumimos muy lentamente. El fuego crece, alimentado por las caricias, los besos y la respiración agitada. El fuego quema, pero lo hace de una forma tan placentera, que no nos importa terminar envueltos en sus llamas, una y otra vez.

Como si no tuviéramos suficiente.

Pensé que conocía mi cuerpo, pero estoy descubriendo que no sabía nada en realidad. Pues nunca antes me habían llevado al límite como lo está haciendo Leonardo. Nunca me habían sostenido con tanta fuerza, ni tocado con tanta pasión, como él.

Hay un momento en el que ya no puedo pensar, ni hablar. Controlar mi respiración me es imposible, así que me concentro solo en sentir, ya que no puedo hacer otra cosa. Y siento, siento una vorágine de emociones que me recorren por completo.

Ahora Leonardo lleva algunos minutos abrazándome, nuestras respiraciones ya se están normalizando. Y aunque ya prácticamente hayamos hecho de todo, me parece lindo que él me abrace. Yo lo abrazo también, porque se siente correcto, se siente bien.

—Demonios —Escucho que maldice luego de un rato.

Me ve con preocupación e inmediatamente me doy cuenta el por qué está molesto. No sé por qué lo sé, supongo que cuando te acuestas con alguien, de alguna forma se crea una conexión, ¿no?

—No te preocupes —le digo con tranquilidad.

—Pero cariño, no usamos condón.

—Sí, me di cuenta —le sonrío y dejó unas palmaditas en el hombro antes de que mi brazo se resbale por su pecho—. Estoy en control de natalidad. Y por si te lo preguntas, estoy limpia, ya te dije que no suelo hacer este tipo de cosas.

—Yo también estoy limpio, pero... —Leonardo sacude su cabeza, no sin antes contemplarme durante un rato. Hay una emoción en él que recorre su perfecta cara antes de inclinarse hacia adelante y besarme de una forma suave.

Nos besamos así, lentamente por un buen rato. Empiezo a creer que podría quedarme aquí por el resto de mi vida. Me siento con mucha tranquilidad, pese a lo que acabamos de hacer. En el aire solo se escucha el sonido de nuestras bocas unidas, pero Leonardo se separa de mí, yo frunzo el ceño.

—Lucía... —comienza a decir, pero un fuerte y estridente sonido le corta el paso.

Reconozco el sonido; es mi móvil. Me enderezo en la cama y volteó al piso, que es de donde proviene el ruido, pero solo veo un embrollo de ropa. El piso de esta habitación parece una zona de guerra. Pero de una guerra agradable. Sonrío por eso, y luego mi móvil vuelve a sonar.

—Maldición —digo, imaginando quien estará del otro lado de la línea.

—Solo ignóralo —susurra Leonardo jalándome del brazo, para que regrese a su lado.

Eso quiero, de verdad que sí. Pero el sonido insistente me dice que ya no puedo hacer eso. La aparente tranquilidad que tenía hace unos minutos, ya se terminó.

Me levanto de la cama con frustración y busco el celular en el piso. Está debajo de mis pantalones, lo saco sin pensarlo mucho. Y aunque ya sabía quién me está llamando, aun así no puedo evitar maldecir otras veinte veces en mi cabeza.

Benjamín me está llamando por quinta vez.

—Tengo que responder —le digo a Leonardo en voz baja. Mi voz ya no está llena de alegría, sino que se oye cansada. Sé que ya no puedo huir de esto, así que contesto, tratando de sonar lo más serena posible—. ¿Hola?

Aunque yo haya hecho un gran esfuerzo para sonar tranquila, Benjamín ya está vociferando.

—¿Dónde estás? —Benjamín habla fuerte como siempre, y no me da tiempo a responder, como siempre—. Me dijeron que te vieron en el pueblo, ¿por qué no estás en la universidad? Lucía, si no estás en casa en diez minutos…

—Hola para ti también —digo con la voz más firme que tengo—. Te explico cuando llegue, voy para allá. Y no me vuelvas a llamar, no contestaré.

Cuelgo antes de que él pueda decirme algo más, y apago mi teléfono. Sé que se pondrá a marcarme mil veces, y no quiero tener que lidiar con él ahora. Quiero espera a estar en casa, Leonardo no tiene por qué enterarse de mi situación.

Me visto lo más rápido que puedo, sin voltear a ver al hombre increíble que acaba de hacer que me olvide de mis problemas por un buen rato. Le doy una sonrisa mitad melancólica, mitad arrepentida, antes de acercarme y darle un suave beso en la mejilla.

—Tengo que irme.

—¿No puedes quedarte un poco más?

—No. La realidad me llama. Gracias por… esto.

Leonardo enarca una ceja y luego me sonríe.

—Gracias a ti, cariño.

Bueno, esta ha sido la conversación más extraña que he tenido con alguien luego de haberme acostado con él. Y es más extraño porque él logra que me sonroje un poco.

—Nos vemos, Leonardo.

Sé que eso no es cierto, no lo volveré a ver, pero decirlo así me parece apropiado

Me giro para salir de aquí, aunque quiera quedarme. Ya estoy casi cruzando la puerta cuando su voz me detiene.

—Espera, Lucía —Toma una servilleta sobre un buró, le escribe algo y me lo entrega.

La tomo por cortesía y le regalo una pequeña sonrisa más, antes de irme.

Salgo de la habitación, cruzo el pasillo por el que llegamos, sin mirar el resto de su apartamento y salgo del edificio. No es hasta que estoy afuera que volteó a ver la servilleta. Tiene el símbolo del logo del bar, y debajo está su número.

Arrugo la servilleta, levanto la mano para tirarla, pero mi mano no obedece y no la suelta. Volteo a ver los lados, por si alguien me está viendo, pero no hay mucha gente, y nadie me ve a mí. Miro el papel otra vez y lo guardo en mi mochila.

CAPÍTULO 2 - EL ABOGADO DEL ABUELO

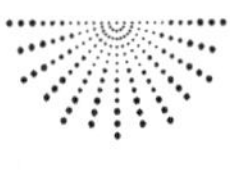

LUCÍA

Estoy tan nerviosa que apenas puedo sujetarme del pasamanos para intentar subir las escaleras.

Finalmente, tras darme a mí misma el ánimo suficiente, subo todos los escalones desiguales hasta la puerta. Me quedo allí, agitada, por otros cinco minutos, mirando la pintura astillada y el revestimiento desvencijado del apartamento en el que mi hermano y yo crecimos.

Conozco cada grieta, cada imperfección del lugar. Hace varios años, uno de los niños de la zona arrojó una piedra y rompió la ventana. El vidrio todavía está roto, pero hay unas tablas en su lugar, tratando de impedir que cualquier corriente de aire entre con libertad.

¿La desventaja? Que hace un calor insoportable durante el verano. Estamos en primavera, aquí en El Pradal. Clima templado, un poco de lluvia, pero nada que los Reyes no podamos manejar juntos. Si ya hemos manejado cosas peores.

A mi mente empiezan a llegar los recuerdos de mi infancia. No lo hago a propósito, pero me acuerdo de otro día de primavera. Había estado soleado entonces. Eso siempre me había parecido mal. La luz del sol entraba por las ventanas de la casa rodante en la que vivíamos antes.

Ese día yo no podía encontrar a mis padres. Los había buscado, pero no podía encontrarlos. La incertidumbre era terrible. Justamente ese día cumplía años y mamá me había prometido que me llevaría a comprarme un vestido nuevo.

No recuerdo si me lo compró, solo recuerdo mi llanto largo y doloroso, un llanto que me hacía sentir que algo andaba mal, aunque no podía saber con exactitud qué era. Benjamín había estado allí, abrazándome tan fuerte que no podía respirar. Me había abrazado muchas veces, pero ninguno de los abrazos había sido tan fuerte como ese.

Sé que ninguno de los dos olvida ese día.

El día que nuestros padres se separaron… de nosotros. Se les ocurrió que sería una buena idea dejar a su hija de diez años y a su hijo de diecisiete, sin nada más que cuentas que pagar y con tres días de retraso en el pago de la renta. Lloré mucho, aunque no entendí muy bien lo que estaba pasando.

Benjamín y no nos mudamos unos días después de esa casa rodante a este apartamento. Este lugar tenía una mala ubicación, estaba viejo y desgastado y a los ojos de una niña de diez años, era feo y lúgubre. Me daba mucho miedo, pero era el único lugar habitable que un chico de diecisiete años con un trabajo a tiempo parcial podía permitirse.

Era un edificio casi en ruinas, con años sin pintar ni retoques generales, con tuberías que goteaban, una terrible corriente de aire y una vieja loca que vivía en el apartamento de arriba. Este lugar era espantoso, pero era mi hogar. Y es también el lugar en el que viví buenos momentos con Benjamín.

—¿Te quedarás ahí parada para siempre, o me dirás por qué diablos estás aquí y no en la universidad? —me dice Benjamín, abriendo súbitamente la puerta.

Siento su voz como un golpe que me llega al pecho. No esperaba que me preguntara si estoy bien, o si me pasa algo, pero luego de algunos años de no verlo, sus palabras me duelen. Respiro profundamente, dándome fuerza antes de sujetar mi mochila sobre el hombro y tener el valor de entrar.

—Al carajo, yo no debería estar aquí —digo en voz baja, tratando de aparentar un valor que no tengo en realidad.

Acabo de entrar y los ojos de mi hermano se me clavan como cuchillos. Quiero dar la vuelta y largarme lejos de aquí. Por un momento, la visión de Leonardo llena mi mente. Recuerdo como todo parecía estar bien con él y deseo regresar a su apartamento.

Por desgracia, mis deseos nunca se hacen realidad.

Y yo ya renuncié a los deseos cuando tenía diez, gracias a mis padres. El encuentro con Leonardo fue algo bueno, pero sé que se quedará en eso, en un recuerdo.

Entro a este apartamento caminando despacio y tiro mi bolso en la mesa de la cocina. El apartamento es apenas un poco más grande que un dormitorio, hace años convertimos la pequeña salita en un cuarto para mí.

Pensé que cuando regresara, luego de graduarme y conseguir ser una mujer exitosa, todo sería diferente. Pero aquí estoy, de vuelta antes de tiempo. Sin graduarme, sin ser exitosa, solo siendo yo.

—Oye, hermano —le digo a Benjamín, que está apoyado en el mostrador opuesto. Todavía espera una respuesta de mi parte, pero todavía no quiero hablar de eso—. ¿Quién me delató?

—La señora Elvira, del banco. Te vio cuando bajaste del autobús. Te reconoció y enseguida me llamó.

—Maldita chismosa —digo, encogiéndome de hombros—. Este lugar nunca cambia.

—Ha cambiado mucho en los últimos años, Lucy. Ahora vienen muchos más turistas.

—Bueno, entonces la gente local no ha cambiado. Todavía siguen tan entrometidos como siempre. —Agito la cabeza con asco.

Tras unos minutos dónde nos miramos fijamente, una pequeña sonrisa rompe la expresión severa de Benjamín y entonces ambos nos reímos. Se acerca, me abraza con fuerza como antes y la tensión entre nosotros casi desaparece. No lo hace por completo, pues cuando retrocede, esa maldita mirada de rabia, de tristeza mezclada con decepción, vuelve a aparecer en su rostro.

Esa cara me es familiar. No solo los ojos verdes claros, un rasgo que ambos compartimos. O el pelo rubio arenoso y las pecas que salpican su nariz. Es *esa mirada,* una dónde leo en sus ojos que lo decepcioné de nuevo. Esa mirada de decepción que sabía que me daría, pero que aun así odio que se pose sobre mí durante un largo rato.

—Mira, Benjamín, guárdate tus palabras. Quiero descansar un rato.

—¿Quieres descansar? —me pregunta de mala manera—. ¿De qué puedes estar cansada, Lucía? Porque todavía no me dices qué estás haciendo aquí. ¿Qué hay de la universidad?

Mi hermano no sabe lo que pasó, pero ya lo intuye. Siempre fue así, siempre fue muy inteligente, pero solo quisiera que me dejara en paz un momento. Agacho la cara, porque siento vergüenza, porque sé lo que vendrá a continuación.

—¿Qué demonios te pasó, Lucy? Querías salir de este pueblo de pacotilla, escapar de estos chismosos y empezar una nueva vida. Según recuerdo, tú tenías un sueño, ¿qué pasó con él? ¿Qué hiciste?

No se equivoca, sí hice algo. Eché a perder una gran

oportunidad. Pero no tiene por qué juzgarme, no tiene por qué poner ese tono acusatorio en su voz.

Sé que soy la hermana menor, y que tengo errores, pero yo ya me culpé lo suficiente, no tiene por qué hacerlo también. Comienzo a gritar, por toda la rabia que se apodera de mi cuerpo.

—¡No quiero hablar de eso!

—¡Qué lástima, porque ya estamos hablando de eso! ¡Ahora! Así que me vas a decir qué fue exactamente lo que hiciste.

No puedo hacerlo. No puedo poner más vergüenza sobre mis hombros.

—¡Que no quiero, Benjamín!

—¡No me importa si quieres o no! ¿Qué pasó, Lucía? ¡Pensé que querías ser gerente de una empresa!

—¡No quería ser gerente de nada! —Estoy perdiendo el control, pero no me importa—. ¡Quiero dirigir mi propio negocio! Quiero estar a cargo por una vez. Que nadie me diga qué hacer. Tomar mis propias decisiones y asumir mi propia responsabilidad.

—¿Responsabilidad? —Benjamín dice esa palabra con mucho énfasis en cada sílaba para burlarse de mí y hacerme sentir culpable. Ese tono de desprecio por mis actos en su voz me duele más que cualquiera de sus palabras anteriores. Él continúa, hablándome de mala manera.

—¿Qué carajos vas a saber tú de responsabilidad? Si por poco terminaste la secundaria. Y ahora dejaste la universidad, porque... no sé por qué, pero obviamente no pudiste manejarlo. Te fuiste y lo dejaste, Lucía. Eso es lo que haces cuando las cosas se ponen difíciles. Te rindes.

Siento que mis ojos se llenan de lágrimas.

—¡Las cosas no fueron así! ¡Te equivocas, Benjamín!

—¡Entonces dime qué pasó! Explícame.

—Yo solo... hice algo muy estúpido, ¿de acuerdo? No puedo volver porque me equivoqué. Hice algo que no debía, ¿entiendes?

—¡No, no entiendo! —Benjamín me grita otra vez, señala con su dedo en mi dirección, pero yo me niego a retroceder —. Tú no tienes idea de lo que yo hice para poder enviarte a la universidad, no sabes… no sabes todo lo que sacrifiqué…

Su voz se corta abruptamente, agita la cabeza, y yo me siento mal, muy mal. Sé todo lo que tuvo que trabajar para pagar por mis estudios. Recuerdo cuando tenía dos trabajos y otro más de medio tiempo los fines de semana. Respiro profundamente para tranquilizarme, porque la que le falló soy yo.

—Benjamín, te decepcioné, lo sé. ¡Pero lo haré mejor la próxima vez! No cometeré los mismos errores, te lo juro.

—¿La próxima vez? —Mi hermano niega con la cabeza—. ¿Qué te hace pensar que habrá una próxima vez? Ya te equivocaste varias veces, Lucía, pero esta vez te pasaste de la raya, hermanita. Te graduabas en unos meses, ¿no? Y yo ya no puedo pagar por otra carrera. Te he dado muchas oportunidades, pero esta no la debías desaprovechar.

—Lo sé, pero…

—Sin peros, Lucía. ¡Deja de poner excusas! —Benjamín está gritando de nuevo.

Esta vez lo hace más fuerte. Su tono y sus aseveraciones me ponen los nervios de punta.

No quise desaprovechar la oportunidad, en serio que no. Pero estaba sola en ese lugar. Era la chica nueva que venía de un pueblo olvidado por Dios. No tenía muchos amigos, y sé que esa no era una excusa, pero en serio, lo intenté.

Benjamín sigue gritando cuando suena el timbre de la puerta, entonces se calla. Un silencio tenso llena la cocina y luego el timbre vuelve a sonar, y lo hace otra vez, luego de unos segundos.

—¿Alguien va a abrir esa maldita puerta?

Se escucha una voz apagada, como de mujer anciana y enferma, seguida de varios golpes. Es la señora Sotelo, la loca casera que vive arriba, golpeando nuestro techo con su vieja escoba. Han pasado los años, pero no la he olvidado.

—¡Ya voy, Cleo! —grita Benjamín, soltando un fuerte resoplido y una mirada en mi dirección que deja en claro que él es el hermano mayor. El que toma las decisiones trascendentales, y que cuando él quiera, retomaremos la conversación anterior, si alguien podía llamar a nuestros gritos una conversación.

Una vez más el timbre suena. Benjamín abre la puerta con cara de pocos amigos.

—¿Qué?

El tono de su voz es suficiente para que quienquiera que esté detrás de la puerta, sepa que es mejor andarse con cuidado, y que lo que sea que quiera, es mejor que sea rápido. El hombre que está en el escalón delantero debió darse cuenta de ello porque da un paso atrás apresuradamente.

—¿Esta es la residencia de los Reyes? —Pregunta con los ojos muy abiertos. Lleva un traje demasiado elegante para el vecindario. Me inclino para ver mejor al recién llegado. Le calculo unos cuarenta y tantos años. Tiene una expresión de serie de Hollywood detrás de sus lentes oscuros.

—¿Quién pregunta?

Benjamín mira al extraño de arriba abajo, probablemente esté pensando lo mismo que yo, que esta persona no combina con este lugar. Ahora estoy muy interesada en este hombre, me acerco más a la puerta hasta que descaradamente hago lo mismo que mi hermano.

—Estoy buscando a Benjamín y Lucía Reyes, hijos de Hilario y Norma Reyes.

—¿De qué se trata esto? —cuestiono, sin poder evitarlo. Quiero hacer más preguntas, pero Benjamín me lanza una mirada de advertencia antes de volver a ver al hombre en los escalones.

—¿De qué se trata esto? —dice Benjamín repitiendo mi pregunta, lanzándome otra mirada de advertencia, pero yo sé que no debo abrir la boca de nuevo.

En mi cuerpo, y especialmente en la boca de mi estómago, experimento una terrible sensación cada vez que escucho los nombres de nuestros padres. Y esta vez es peor, pues hay un presentimiento de que algo peor ha sucedido. Cualquier cosa que tenga que ver con ellos es siempre una mala noticia.

—¿Ustedes son Benjamín y Lucía Reyes? —pregunta el hombre de nuevo y ambos asentimos con impaciencia. Suspira aliviado—. Me costó mucho encontrarlos. Soy Ángel Gómez, el abogado de su abuelo.

—¿Abuelo? —pregunto.

La palabra se me escapa de la boca en medio de la confusión. El señor Gómez asiente. Pero para mí, solo es eso, una palabra, porque en el fondo no tiene ningún significado. Básicamente toda mi familia se reduce a Benjamín, así como yo soy toda la familia para mi hermano.

—Juan Hernández, el padre de su madre. Hace años, diecisiete para ser exactos, lamentablemente falleció, y su propiedad fue cedida a su hija. Había una cláusula en su testamento que automáticamente transfiere el bien al siguiente familiar más cercano tras su muerte.

Las palabras del abogado caen como un pesado bloque en mi cabeza, pero por mucho que lo intento no puedo entenderlas.

—Espera, ¿el abuelo le dejó la propiedad a mamá? —susurro, tratando de entender.

Benjamín ya está moviendo la cabeza. Se pasa una mano por el pelo mientras el abogado nos observa, impaciente.

—¿Se transfiere al siguiente familiar más cercano cuando ella muere? ¿Qué quiere decir eso? —Me vuelvo hacia Benjamín, que está inquieto, con la mirada perdida, tratando de entender al menos algo de lo que pasa.

—¿Ella… ella está muerta?

No sé qué esperaba sentir cuando esto pasara, pero sin duda no era esto. Este vació que siento de pronto. El abogado se encoge de hombros, mirándonos a Benjamín y a mí de nuevo.

—Lo siento. Pensé que ya lo sabían. El accidente ocurrió hace unos meses. Como dije, ustedes han sido difíciles de rastrear.

—Perdimos el contacto con nuestros padres —dice simplemente Benjamín, con la mirada aún perdida.

—¿El accidente pasó hace unos meses? —digo en voz baja —. ¿Qué pasó?

El abogado se encoge de hombros nuevamente, pareciendo de repente incómodo con la revelación.

—Hubo un accidente automovilístico. Sus padres habían bebido mucho. La señora Reyes era la que conducía, se salieron de la carretera y se estrellaron contra un árbol. Ambos murieron instantáneamente.

Mi mirada pasa del abogado a Benjamín y viceversa, y esa sensación de vacío que tenía se empieza a ir.

—Ellos no sufrieron —dice el abogado, como queriendo tranquilizarnos.

No puedo evitar reírme con frialdad.

—No sufrieron —repito—. Bueno, bien por ellos.

El abogado hace silencio por un momento. Tras esa pausa, nos lanza una mirada de lástima.

—Lo siento de verdad. Pensé... que alguien ya les habría notificado de la muerte de sus padres.

—En realidad nunca se comportaron como unos verdaderos padres, señor Gómez —dice Benjamín, y no creo que lo haya oído nunca sonar tan viejo o tan cansado. Él es solo siete años mayor que yo, pero en este momento, parece unos años más mayor. Supongo que las circunstancias lo hacen ver más adulto—. Gracias por informárnoslo.

Benjamín comienza a cerrar la puerta, pero el abogado lo detiene.

—¡Espera! —Le extiende un gran sobre de color canela—. La propiedad ahora es de ustedes. Ya se ha firmado todo. Solo necesita que lo firmen en la parte inferior para finiquitar todo.

Benjamín mira el sobre como si fuera una serpiente o algún otro animal venenoso, pero está claro que el abogado no va a marcharse sin terminar lo que ha venido a hacer.

A regañadientes, Benjamín toma el sobre antes de que el abogado finalmente se dé la vuelta y camine de regreso por los escalones de la entrada. Ambos nos quedamos inmóviles, observando ese papel durante mucho tiempo, todavía entendiendo lo que acaba de pasar.

CAPÍTULO 3 - HERENCIA

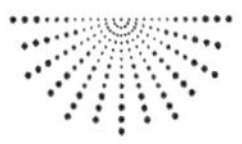

LUCÍA

—¿Vas a abrirlo o no? —pregunto por décima vez en lo que va de esta última media hora.

He estado sentada frente a Benjamín en la pequeña silla de la mesa de la cocina, y el sobre sin abrir está ahí, entre nosotros. Como las otras nueve veces, no obtengo una respuesta de mi hermano mayor.

Tampoco hemos hablado de la otra bomba que nos ha lanzado el abogado. Pero sé que se avecina una explosión, aunque no tengo muy claro cuándo será.

—¿Recuerdas cuando tenía ocho años? —digo. Me llegó un recuerdo y tengo la necesidad de contárselo—. Damián Domínguez seguía metiéndose conmigo. Todos los días en la parada de autobús me empujaba, y un día volví a casa...

—Cubierta de barro —me interrumpe Benjamín, terminando la frase. Me muestra una sonrisa de pesar—. Estabas tan sucia que mamá no te dejaba entrar a la casa y tuve que lavarte afuera.

—Estaba tan enfadada con él —Sacudo mi cabeza, recordando como el que me molestara me pareció el fin del mundo a mis ocho años. Me había enamorado de Damián desde el primer grado. Y él me había roto el corazón, o eso creía.

—Sí, pero no le dijiste a nadie lo que había pasado —Benjamín se ríe—. Todavía puedo recordar tu cara. Estabas cubierta de pies a cabeza de lodo, pero no abrías la boca para nada.

—Toda la semana siguiente estuviste siguiéndome, espiándome, cuando yo iba a esperar el autobús. Y creías que no me daba cuenta.

—¡Un momento! ¡No estaba espiando! Solo cumplía con mi deber de hermano mayor.

—También se conoce como espionaje —le digo, tratando de sonreír para no parecer tan dura—. Todavía no sé qué le dijiste a Damián, pero nunca más se metió conmigo después de eso.

Benjamín parece culpable por un momento, pero luego se encoge de hombros.

—Le dije que, si no te dejaba en paz, le diría a todo el mundo que aún mojaba la cama.

—¿Qué? ¿En serio dijiste eso? ¡Es horrible!

—Sí, es horrible, pero era la verdad. Solía cuidar a los mocosos de los Domínguez por dinero extra. Yo sabía muchas cosas de esa familia.

Durante un rato nos reímos de esa historia y otras cosas que nos pasaron cuando éramos niños. Sin embargo, luego de un rato, el sonido de las risas se detiene. No es que queramos que el silencio llene de nuevo el lugar, pero no podemos evitarlo al ver el sobre en la mesa.

—Lucía, respecto a nuestros padres... —comienza Benjamín, pero se calla después de un momento. Está luchando para encontrar las palabras adecuadas.

Trato de calmarlo.

—Es como dijiste, Benjamín. Nunca se comportaron

como unos verdaderos padres. La verdad es que fuiste tú quien se hizo cargo de mí. Ellos eran nuestros padres, pero nunca nos dieron una razón para quererlos. Nos abandonaron y no merecen nuestro llanto ni que estemos tristes.

—No, no lo merecen.

—Pero todavía duele.

Ni siquiera me doy cuenta de la verdad de esas palabras hasta que las pronuncio en voz alta. Benjamín me mira con comprensión.

—Lo sé, hermanita.

Cierro los ojos con pesar, y dejo que los recuerdos me invadan.

Los recuerdos de mis padres son vagos. Nebulosos. Nunca fueron una parte sólida de mi vida, ni siquiera las pocas veces que estuvieron cerca. Sé que cuando era niña, Benjamín me protegió de lo peor. Cuando volvía a casa de la escuela y mamá y papá estaban desmayados en el sucio y viejo sofá lleno de latas de cerveza y botellas vacías, él me sacaba de la casa.

A veces me llevaba a la casa de un amigo o a la de los vecinos. A veces solo caminábamos por el pueblo, y si tenía suerte, íbamos por un helado. Éramos solo los dos en ese entonces, y seguimos siendo los dos ahora.

Cuando nuestros padres se fueron, hubo una parte de mí que se sintió aliviada. Pero fue peor para Benjamín, lo sé porque lo recuerdo perfectamente. Para ese entonces, él prácticamente había estado cuidando de mí de todos modos y lo habíamos mantenido en secreto, falsificando las firmas en la escuela, diciéndoles a los vecinos que nuestros padres se iban de viaje por algunos días.

Mentimos hasta que Benjamín cumplió dieciocho años y pudo cuidarme legalmente. Desde entonces ha sido como mi padre, mi mentor. Todo.

Por esa razón me sigue cuidando ahora, a pesar de que ya soy una persona adulta. Por eso es que me siento tan mal de haberle fallado en la universidad, porque ha hecho todo por mí desde que era una niña. La sensación de que soy un fracaso es peor porque le fallé a mi hermano mayor. Y la noticia de la muerte de nuestros padres solo ha avivado este sentimiento de que se lo debo todo a él.

Ya no quiero pensar en esto, así que tomó el sobre en la mesa con impaciencia y leo el nombre de mi abuelo. Juan Hernández. Honestamente no tengo ningún recuerdo sobre mis abuelos, y menos sobre el abuelo Juan. Murió cuando yo tenía solo tres o cuatro años, no lo recuerdo para nada.

Ahora es solo un nombre escrito en este sobre. Tal vez me aflija más tarde por los padres y los abuelos que nunca tuve. Tal vez me afligí por ellos cuando tenía diez años y me di cuenta de que nuestros padres nos habían abandonado, de que un día ya no estaban y nos arrebataron la posibilidad de tener una familia más grande.

—Benjamín, no lo soporto más —murmuro antes de abrir el sobre con un movimiento apresurado.

Saco el grueso paquete de documentos, pero me lleva un momento desentrañar la jerga legal que aparece en las gigantes páginas blancas.

—¿Qué dice? —pregunta Benjamín, impaciente.

Como yo no estoy entendiendo mucho, él me quita los numerosos papeles de las manos. Se tarda lo que me parece una eternidad revisando hoja por hoja. Mis dedos tamborilean sobre la mesa, estoy ansiosa por saber. Solo que mi hermano parece decidido a leer hasta el último punto de la última hoja antes de decirme algo.

Finalmente cierra los ojos y maldice.

—¿Qué? —Me inclino hacia adelante en la silla, para ver la

última hoja—. ¿Qué es? No pude entender lo que leí, explícame.

—Es el testamento del abuelo. Dejó todos sus bienes a mamá cuando murió, pero parece que todo se quedó en el limbo durante casi veinte años. Está claro que mamá no quería asumir esa responsabilidad, como nunca asumió ninguna en su vida.

—Parece algo que ella haría —murmuro. Benjamín mira la parte superior de los documentos antes de volver a la lectura.

—La propiedad está en las afueras de la ciudad. Bordeando el bosque. Los Campos de Otoño lo atraviesan…
—Para de hablar, dejándome aún peor que antes, llena de muchas expectativas. Sus ojos pasan del testamento a mi cara.

—¿Qué? ¿Qué pasa, Benjamín?

—Es enorme. Tiene más de quince hectáreas.

Mi boca se abre.

—¿Qué?

—Son más de veinte hectáreas de tierra, Lucy —Mi hermano luce tan asombrado con la noticia como yo. No esperaba ser el propietario de algo tan grande—. Además de la casa, tiene un terreno enorme. Esto tiene que valer algo. Podríamos venderlo para pagar parte de nuestras deudas...

—¿Venderlo? Ni siquiera hemos ido allí todavía, Benjamín —Se pone de pie con entusiasmo y yo lo miro, para ver si se ha vuelto loco, o su repentino interés en venderlo todo se debe a que no sabe cómo reaccionar—. Primero debemos ir a ver el lugar y revisar que esté en buenas condiciones, luego ya discutiremos qué hacer.

Finalmente, se sienta de nuevo. Coloca los documentos en el sobre, dándoles otro vistazo para ver si son reales, y luego los deja con cautela sobre la mesa.

Mi hermano se mantiene con la boca cerrada, y yo necesito de cada gramo de fuerza de voluntad para no soltar el millón de preguntas que están pasando por mi cabeza. Después de varios minutos, él se pone de pie y se dirige a la puerta.

—Espera, ¿adónde vas? —pregunto, siguiendo sus movimientos con mis ojos.

—Necesito pensar.

—Puedes pensar todo lo que quieras aquí.

Él se encoge de hombros y vuelve a caminar a la puerta. Me pongo de pie.

—Esto nos concierne a los dos, Benjamín. Nos acaban de heredar una casa y un terreno enormes, tenemos que hablarlo y pensar juntos qué es lo que haremos.

Me siento nuevamente y me cruzo de brazos, porque de todos modos mi hermano ya se fue. Ya no hay nadie que me escuche.

Suspiro y trato de calmarme. La cabeza me empieza a doler por el peso de mis pensamientos. Hay muchas cosas que asimilar.

La muerte de mis padres me produce una rara sensación en el cuerpo, especialmente en el pecho, donde las emociones son tantas, que ni siquiera quiero intentar desenmarañarlas. Mis sentimientos por mis padres siempre habían sido complicados, pero ahora todo se siente aún más confuso.

Habían estado fuera de mi vida por más de diez años, pero ahora ya no están ahí afuera. Realmente se han ido para siempre. Y es entonces cuando me doy cuenta de que una pequeña parte de mí siempre había pensado que podrían volver.

Estúpidamente en mi cabeza tenía la ilusión de que si algo salía mal, Benjamín y yo podríamos acudir a ellos y que de alguna forma nos ayudarían. Como si su abandono hubiera sido un error. Porque se supone que los padres hacen eso, estar ahí en las buenas y en las malas.

Que estúpida Lucía.

—¡Ja!

Lanzo una risa amarga mientras tomo una botella de cerveza fría de la nevera. Bebo la mitad de ella. A los únicos que han amado Hilario y Norma Reyes son a ellos mismos, y al alcohol, probablemente. Nunca hubo lugar para nadie más. Ni para nuestros abuelos, por lo que Benjamín vio en el testamento, mucho menos para sus hijos.

Tomo otro trago y volteo alrededor, observo el destartalado apartamento. Sigue siendo exactamente igual que el día que me fui, y por un momento es como si los últimos tres años no hubieran pasado.

Pero sí pasaron.

Yo ya no soy la persona que era antes. Aunque Benjamín no lo crea. Obviamente no soy perfecta, de ninguna manera, pero sí soy mejor. Mi hermano piensa que solo cometí un error y me rendí, pero no sabe cuánto lo intenté. Él no sabe, no entiende.

Ahora comprendo lo que un error puede costar. Ya no voy a pasar por lo mismo. Lo que quiero para mi vida no ha cambiado, solo que ahora tengo que encontrar otra forma de lograrlo. La herencia que acabamos de recibir y que ni mi hermano ni yo esperábamos, es una señal de que las cosas solo pueden mejorar.

Mis ojos van a mi mochila, aún ubicada en el mismo lugar en el mostrador donde la había tirado al azar antes. De repente, Leonardo está allí, en mi mente. El grato recuerdo de la química explosiva entre nosotros se parece a la sensación que estoy experimentando ahora, la de un futuro prometedor.

Me gusta sentirme así.

Benjamín dijo que necesitaba pensar, pues yo necesito otra cosa.

No seas imprudente, me susurra una voz suave en la cabeza. Suena sospechosamente como la de Benjamín. *No seas estúpida,* me repite.

Es una lástima, porque hoy me siento con ganas de hacer cosas imprudentes y estúpidas. Y de todos modos, no todos los días se conoce a un hombre increíble como el que yo conocí hoy. Eso debe significar algo bueno, ¿no?

Tomo mi mochila y busco entre mis cosas. Cuando encuentro la servilleta arrugada que estoy buscando, sonrío.

CAPÍTULO 4 - TRABAJA DURO, JUEGA DURO

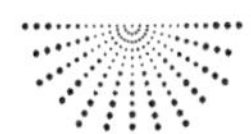

LEONARDO

Bebo un sorbo del líquido ámbar frente a mí y hago una mueca de desagrado mientras el fuego desciende por la parte posterior de mi garganta.

Le dije la verdad a Lucía cuando estuvimos aquí. El whisky de Las Quince Letras es tan nocivo como la gasolina de avión. Aunque, siendo honesto, luego del tercer trago, estoy sintiéndome acalorado. Mis oídos empezaban a tener un suave zumbido y me siento totalmente despreocupado.

Todo esto, de todas formas, es inútil, pues no me ayuda a olvidar a la chica que se fue tan rápido como llegó. *Lucía.* Todo lo que tengo que hacer es pensar en su nombre y su imagen aparece en mi mente como un fantasma.

Su cabello rubio rizado, como mechones de luz del sol, cayendo por encima de sus hombros. Sus ojos verdes que me recuerdan cuando buscaba tréboles de la suerte de cuatro hojas en la hierba, cuando era niño. Sus pecas esparcidas descuidadamente por el puente de su nariz y extendidas por sus mejillas. Y su boca. Todo en ella es perfecto.

Su estatura no debe engañar a nadie. Es como una mezcla ideal, como un pequeño diablo con disfraz de ángel. Y su rostro, y sus manos… Debo tener cuidado o empezaré a babear aquí, en la parte superior de la barra de madera.

Como puedo, trato de sacármela de la mente. Solo que mis intentos no sirven para nada.

Le mentí cuando le dije que yo tampoco solía tener encuentros casuales. Pero tampoco es como que los tenga tan seguido. De lo que sí estoy seguro, es que ninguno se compara con lo que pasó con ella.

Si tan solo pudiera verla una noche más. Puede que con eso la olvide, solo es que me sorprendió su pasión y su cuerpo, y sus ojos. Pero si pudiera estar con ella otra vez…

Puede que me mienta a mí mismo con eso, pero es justo lo que quiero. Por eso le di mi número antes de que se fuera, porque espero que me llame. Lo hará, ¿verdad? Digo, soy un tipo guapo y alto y lo que pasó entre nosotros fue química pura. Yo me llamaría a mí mismo si fuera ella.

¿En qué demonios estoy pensando?

No debería estar pensando así. Lo que debería hacer es estar preocupado porque rompí una de mis reglas, cuando me acosté con ella y no usamos condón. Agito la cabeza. Eso es lo que debería preocuparme ahora, no si ella me llamará o no.

Digo, no la conozco, me dijo que tenía control de natalidad, pero no sé si creerle. Porque la acabo de conocer recién hoy. Y todo fue tan increíble que olvidé usar protección, sé que siempre lo olvidaría con ella, por eso cuando me llame, le diré que… Me doy un golpe en la frente con frustración porque otra vez empecé a pensar en lo que no debía importarme.

Y como de todas formas solo soy un ser humano, me permito recrear en mi mente lo que pasó.

Ya basta, Leonardo.

Apoyo los codos en la barra. No me va a llamar. Siendo

sinceros yo tampoco lo haría. Puede que ella ni siquiera conservara la servilleta dónde escribí mi número. ¿Debí pedirle el suyo? ¿Me lo habría dado? No lo sé, porque no la conozco, porque casi no hablamos.

Entonces, ¿por qué tengo la necesidad de verla de nuevo?

—Demonios.

No entiendo por qué me siento así, por eso maldigo.

Quiero distraerme, así que me separo de la barra y escudriño a la multitud del bar. Es jueves por la noche, y está casi lleno, aunque yo casi no escuchaba el ruido de toda la gente tomando y conversando animadamente, por estar pensando en Lucía.

Por supuesto, hay muchas chicas pasándola bien en el bar, bebiendo solas o con otros hombres. Conozco a algunas de ellas; las que vienen aquí habitualmente, a otras las he visto de cerca y hemos intercambiado algunas palabras, y unas pocas han estado en mi cama.

Mi mirada se fija en una morena junto a la rockola que me ve tímidamente bajo sus largas pestañas. Es bonita, pero tiene algo que no me gusta. Me dedico a recórrela con la mirada un buen rato, de todas formas, ella ya me estaba viendo a mí antes.

Sé lo que no me gusta, no es suficientemente rubia.

Hay otra chica más a la izquierda, está con sus amigas. Las veo conversar y reír a carcajadas, tiene el cabello castaño claro. Pero sus ojos no son lo suficientemente verdes.

Miro a todas las chicas que están con ellas, pero son demasiado altas. O tienen los ojos muy oscuros, o sus manos no son como las que yo recuerdo.

Mi cerebro me dice que lo que pasó con Lucía no se repetirá, porque ni siquiera la había visto antes. Pero yo decido ignorarlo, pues algo en mi pecho no se siente bien.

—¿Puedo tomar un trago contigo?

El tono enojado de la voz que de repente suena a mi derecha me hace fruncir el ceño, pero me relajo cuando veo a Benjamín deslizándose sobre el taburete que está a mi lado. Esto es lo que necesito ahora, distraerme con un buen amigo, ya me distraeré con alguna mujer mañana. O la próxima semana, cuando haya olvidado a Lucía.

—Hola, Leonardo —Él asiente en mi dirección, mirando la bebida frente a mí—. Siempre te encuentro aquí, voy a empezar a creer que no vienes a beber al bar, sino que trabajas aquí.

—Hago un poco de lo primero y mucho de lo segundo. —Le doy una sonrisa socarrona que encaja con su comentario.

No había vivido en El Pradal mucho antes de conocer a Benjamín Reyes y reconocer a su espíritu afín al mío. Ambos somos inquietos, queriendo ir de un lado a otro, pero mientras yo puedo empacar y pasar a la siguiente ciudad cada vez que la necesidad me impulsa, Benjamín está atado aquí.

Es por algo que tiene que ver con el dinero y su hermana. Nunca me ha contado toda la historia, es muy cuidadoso con sus cosas personales, pero yo sé lo suficiente. Nunca se irá. Su necesidad de cuidarla es mayor que su deseo de irse de El Pradal. Aquí tiene un empleo seguro y un lugar austero dónde vivir.

No arriesgará eso jamás, por su libertad. Aunque eso sea lo que más anhela.

—Sobre todo lo primero. —Paty me interrumpe con una mirada amistosa mientras desliza el trago de Benjamín. Se va inmediatamente después, creo que hasta ella nota que mi amigo no está muy bien.

—¿Un día duro? —pregunto.

—Sí. Raro y muy duro.

Contengo mis preguntas, aguardando por si Benjamín quiere continuar hablando. Da un largo trago a su bebida y sé que no me contará lo que pasa. Y yo no puedo obligarlo. Quizá vino al bar porque solo quiere distraerse, como yo.

—Yo también tuve un día raro —digo rompiendo el silencio. Al diablo, voy a contarle acerca de mi chica rubia—. Conocí a alguien.

—No me digas —resopla Benjamín dando otro sorbo—. No creo que puedas conocer realmente a alguien cuando solo te acuestas con ella.

Está molesto, pero no lo está conmigo. No es como que me afecte mucho el tono acido de su comentario de todas formas. Le sigo contando de Lucía.

—No, Benjamín. Lo que quiero decir es que esta chica tenía algo diferente. No puedo dejar de pensar en ella.

—¿Cuándo la conociste? —pregunta Benjamín lanzándome una mirada extraña.

—Esta tarde.

—¿Y te acostaste con ella?

—Bueno, sí. —Me encojo de hombros, mirando hacia mi whisky.

—¿Así que no has sido capaz de dejar de pensar en esta chica durante... cinco horas? Felicitaciones. Creo que es un nuevo récord.

Le doy un puñetazo en el hombro, sin mucha fuerza.

—Hablo en serio.

—Yo también —dice asintiendo—. Solo espera a que llegue otra chica sexy al bar, la meterás en tu cama y olvidarás a la chica de la que hablas.

—Oye, yo no meto mujeres en mi cama tan seguido.

—¿En serio? Pues entonces parece que muchas de ellas se meten en tu cama.

—No seas imbécil, me gustan las mujeres y a ellas les gusto yo. Pero no me acuesto con todas. Aunque al menos yo lo hago de vez en cuando, no como tú, que solo ignoras a las mujeres que quieren acostarse contigo.

Le digo eso a modo de broma, pero su cara cambia a una mucho más sombría. Ahí es cuando me doy cuenta de mi error.

—Demonios, amigo. Lo siento mucho. Tú y Alondra todavía....

—No quiero hablar de eso.

—¿Entonces estás así porque todavía piensas en Alondra? Ya pasó algún tiempo, pero si necesitas…

—No. No es por ella.

Benjamín finalmente se quiebra, se le descompone el rostro y lleva una mano al rostro para cubrírselo.

—Disculpa, Benjamín, sé que no es mi problema. No debí empezar a hablar de ella.

—No es eso —dice con un suspiro—. Estoy así por mis padres.

—Oh, carajo.

Conozco un poco de la historia de Benjamín, pero rara vez habla de sus padres. Con muy poca frecuencia menciona su pasado. Lo poco que sé es que eran unos alcohólicos que los abandonaron a él y a su hermana. Y que cuando Benjamín apenas era un adolescente, tuvo que encargarse de su hermana que era muy pequeña. Desde entonces es lo que hace, trabajar y cuidarla.

Es toda la información con la que cuento. En los últimos dos años, Benjamín y yo nos hemos convertido en amigos muy cercanos, así que su pasado tenebroso es un tema del que yo no pregunto. Y él no me pregunta por el mío.

—No quiero tener nada que ver con mis padres —dice Benjamín, moviendo la cabeza de un lado a otro—. Pero un abogado nos acaba de entregar los papeles de una casa y unos terrenos enormes. Conociendo a mis padres sé que todo va a salir muy mal, porque todo sale mal cuando se trata de ellos. Y mi hermana ha vuelto a la ciudad, porque dejó la universidad, ¿qué voy a hacer ahora?

Quisiera decir que entendí a la perfección los problemas de mi amigo, pero todavía estoy tratando de unir unos puntos con otros, cuando él vuelve a hablar.

—Estoy aquí porque necesito unos tragos para olvidar todo lo que está mal en mi vida en este momento, ¿de acuerdo? Solo necesito distraerme.

—Tranquilo, Benjamín. No estoy opinando sobre las cosas que están pasándote —Levanto las manos en señal de paz—. Me conoces tan bien como para saber que, si quieres que te escuche, lo haré. Y si quieres que te dé un consejo, también lo haré. También está la otra opción donde solo asiento como estúpido a lo que me digas, sin hacer preguntas.

Le pido otra ronda a Paty cuando Benjamín me agradece.

—Gracias, Leonardo.

Paty se acerca, desliza los tragos delante de cada uno de nosotros antes de mirarme fijamente.

—Sabes que todo esto sale de tu sueldo, ¿verdad, Leo?

Asiento y tomo mi trago.

—Trabaja duro, juega duro. Ese es mi lema.

Paty y Benjamín resoplan con una risa incrédula.

—Tu lema no sirve si no tienes con qué pagar —dice Benjamín.

Me encojo de hombros y ni siquiera me molesto en defenderme.

—Entonces, ¿qué piensas hacer? —pregunto finalmente, mirando a Benjamín.

—No lo sé.

—Por lo menos ahora tienes una casa nueva y gigante.

Benjamín me mira durante largo rato, respira profundo

con sus ojos atormentados por lo supuestamente horrible que es su vida, y luego se ahoga con una risa triste. Seguimos bebiendo por un largo rato, le cuento que le compré unas llantas nuevas a mi camioneta, me dice que despidieron a un imbécil en su trabajo, porque llegó borracho. Lo de siempre.

Trato de distraerlo, pero ni mis intentos, ni la cerveza, ayudan. En un último intento, cuando veo que sigue con una mirada deprimida en la cara, le doy un buen consejo. Le digo que solo deje que las cosas sigan su camino, porque lo que sea que pase, de todas formas pasará. Obviamente mis palabras tampoco sirven para nada.

—No sé, Leonardo. No sé qué hacer porque todo lo que hago está destinado a salir mal, así es como sale siempre.

—Ánimo, amigo. Tu hermana ha vuelto. ¿Eso no te hace sentir mejor?

—Oh, sí. Eso es sencillamente genial —El sarcasmo se ve desde kilómetros de distancia. Benjamín se levanta de su silla —. Escucha, Leonardo, te agradezco el trago y la compañía, pero ya me tengo que ir.

—Ya pedí un taxi para ti, Benjamín —Nos informa Paty, que aunque está de espaldas y parece muy ocupada limpiando sus lentes, ha estado al pendiente de nosotros—. No tardará en llegar.

—Si esperas aquí te puedo contar más acerca de la chica que conocí hoy.

Benjamín sacude la cabeza.

—Me cuentas otro día. Ya tengo que dejar de perder el tiempo y pensar en lo que haré —Se vuelve a Paty—. Gracias por llamar al taxi.

Lo veo marcharse con pesar. Me hubiera gustado que Benjamín se quedara otro rato, así hubiéramos hablado de Lucía. Y también hubiéramos bebido más. Pero entiendo que tiene sus propios problemas.

No debí de pensar en Lucía, ahora está ocupando mi mente otra vez.

—Maldita sea —murmuro—. Debí pedirle su número.

Paty se me acerca y me da una mirada poco comprensiva.

—Tranquilo Leo, todo va a estar bien. Seguramente esta noche otras chicas querrán darte sus números. Esa actuación de lobito herido que estás haciendo atraerá a muchas mujeres, a algunas les encanta.

La miro con molestia, pero no le digo nada.

Por fortuna ella se va a atender a unos clientes habituales del bar. En eso siento mi teléfono vibrar en el bolsillo trasero de los vaqueros y por un momento, el tiempo se detiene mientras veo el número desconocido en la pantalla.

—¿Hola? —digo en tono vacilante.

La persona del otro lado de la línea se tarda tres larguísimos segundos en hablar.

—¿Leonardo? Soy yo.

Esa voz golpea cándidamente cada parte de mi ser.

—Hola, Lucía.

—Hola. ¿Cómo reconociste mi voz tan fácilmente?

Como si pudiera olvidarla. Sinceramente me he pasado cada momento pensando en ella, desde que salió de mi apartamento, hasta ahora.

—Tienes una voz hermosa.

—Gracias… —Noto su sonrisa del otro lado del teléfono, aunque no la pueda ver—. ¿Te parece buena idea si salimos a tomar algo?

—Sí. ¿Puedes ahora?

—¿Ahora? —Ahora, en este momento. Pero ya—. ¿Por qué no? ¿Dónde estás?

—Estoy en el bar Las Quince Letras.

—Como que ese bar me suena.

—Ah, ¿sí? No te recomiendo el whisky, pero se pueden hacer cosas más interesantes por aquí.

—Eso lo sé —Se ríe—. Voy para allá.

—Te espero.

Yo nunca espero.

Y sin embargo a Lucía la estoy esperando.

—Vas en serio con esa chica, ¿verdad?

El hecho de que Paty esté tan al pendiente de las conversaciones del bar, no me suele importar, pero siento que esto es algo importante y que solo me concierne a mí. Le pido una ronda más y me voy a la mesa más alejada de la barra, para tener algo de privacidad.

CAPÍTULO 5 - NO CREO EN EL DESTINO

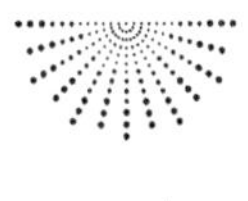

LUCÍA

Siento muchos nervios en todo mi cuerpo, el cuello tenso y unas cuantas mariposas en mi estómago. Es una mezcla compleja de emociones atravesándome. Pero a pesar de sentir todo esto, me armo de valor y tomo la manija de la puerta para entrar a Las Quince Letras.

Toda mi vida he sido imprudente. Benjamín me ha dicho más de una vez que me meto en problemas como si ese fuera mi trabajo. Bien, pues probablemente tenga razón.

Sé que ha tratado de mantenerme en el buen camino, como él siempre lo dice. Y ahora está decepcionado por mi huida por la puerta trasera de la universidad. Pero mi hermano está equivocado esta vez. No me fui porque las cosas se pusieran difíciles. No hui, fui obligada a irme.

Pero tú misma tuviste la culpa de eso, Lucía. Tú fuiste la que te perdiste en las fiestas y el alcohol y luego aceptaste tomar unas pastillas que...

Ojalá mi propia mente no fuera tan mala conmigo.

Ojalá no me hiciera recordar una y otra vez cuando puse mi primer puesto de limonada y gané un poco de dinero.

Como pensé que la universidad sería igual y que estudiar Negocios y Gerencia sería sencillo.

Recuerdo que me sentía orgullosa de poder darle a Benjamín unos cuantos pesos para pagar las deudas que teníamos. Pensé que había logrado mucho, pensé que entendía cómo funcionaba el sistema, pero en realidad no tenía idea del valor del dinero. Seguía sin tener idea de mucho cuando llegué a la universidad.

Simplemente el sistema que yo había creído que entendía, no prosperaba, ni aunque me esforzara muchísimo. Los dos primeros años me esforcé como nadie. De hecho, obtuve una pasantía con uno de mis profesores de Negocios y Gerencia. Tuve que decirle que no, porque él pensaba que yo podía hacerle algunos favores después de las clases.

Le pedí que me dejara en paz y el idiota me amenazó con expulsarme si lo acusaba delante de la junta universitaria, pero al final no importó. Mi oportunidad de hacer la pasantía había terminado y él se había esforzado por reprobarme.

Después de esa desilusión, pasé muchas noches en bares, bebí mucho y gasté más. A Benjamín le daría un ataque si se enterara de eso. Siempre ha sido muy estricto con ese asunto y no puedo culparlo, con solo pensar que yo pude haber terminado como nuestros padres, o peor, me dan ganas de vomitar.

Tus padres ya no están, ya no deberías preocuparte por eso.

El pensamiento me llega tan sigilosamente que sorprende. Siento confusión, por un lado, pero por otro, incertidumbre de enfrentarme a lo que venga. Algún día trataré con mis sentimientos, pero hoy no. Esta noche no. Hoy tengo algo mucho mejor que hacer.

Echo un vistazo al bar Las Quince Letras. El bar está mucho más concurrido a esta hora de la noche que a primera hora de la tarde y dejo que los sonidos mezclados de charlas sin sentido y viejas canciones me distraigan.

Entonces lo veo, al hombre de cabello oscuro sentado en una de las mesas del lugar. Nuestros ojos se encuentran inevitablemente y mis pies se mueven hacía él sin que yo pueda controlarlos. Hay un calor extendiéndose por mi cara, lo siento.

Y así como así, la multitud desaparece mientras la atravieso. Todo se reduce a este hombre, y a este momento. Desaparece todo lo malo, como hace rato, cuando lo conocí. La sensación es la misma de antes, por eso le doy una sonrisa enorme cuando llego a su mesa.

—Hola —Le susurro mordiéndome el labio.

—Hola, cariño.

Ladeo la cabeza, algo nerviosa, pero sin querer mostrar cómo me afecta su presencia.

—Vaya, insistes en llamarme cariño. Ya te dije que ese no es mi nombre. Me llamo Lucía.

Leonardo se queda muy quieto. Tras un rato, extiende su mano derecha para posar sus dedos en mis rizos. Juega con ellos y se queda concentrado en uno.

—Me gusta tu nombre, pero si te digo cariño, siento que de alguna forma estamos más cerca —dice finalmente. Luego aclara su garganta como si lo que dijo le hubiera salido sin querer.

Me sorprendo por este lado romántico de él. No sabía que podía decir palabras tan lindas. Pero tampoco es como que me detuve antes, a conocerlo un poco mejor.

Entonces recuerdo que ya conozco a hombres como Leonardo.

Los casanovas. Todo mundo sabe que son desechables. Los amamos un rato y los dejamos ir. Son fáciles de conocer, porque es fácil estar con ellos, y luego es fácil alejarse.

Le había dicho la verdad antes. Nunca antes había conocido a un tipo en un bar, me había acostado con él y luego lo había llamado para quedar, el mismo día. Salí algunas veces con varios hombres en la universidad, pero las cosas se quedaban en eso, en salidas casuales que terminaban conmigo diciéndoles adiós con la mano, o con un beso en la mejilla o en la boca si la noche había ido bien. Solo invité a pasar a algunos hombres, después de varias citas.

Había visto a otras chicas acostarse con cada hombre con el que salían y eso nunca las llevó a ninguna parte. Yo nunca quise eso para mí, no era, ni soy, así. Yo quería algo serio, una compañía permanente de un buen hombre.

¿Oh, sí? ¿Y adónde llegarás exactamente tú sola, sin un título universitario? ¿Se fijará alguien en ti si no tienes nada valioso que hayas ganado por ti misma? Solo te querrán para acostarse contigo, como el profesor de la universidad. Solo te querrán para...

Empujo hacia atrás el insidioso pensamiento en mi mente, pongo en su lugar una sonrisa contundente en mi cara.

—Quiero algo de beber —digo sacando un billete y poniéndolo en la mesa. Leonardo llama a la camarera que recuerdo se llama Paty y esta se acerca con una gran sonrisa—. De hecho, me gustaría que fuese tequila, por favor.

—De acuerdo, linda —La camarera voltea a ver a mi acompañante—. ¿Te sirvo también algo, Leo?

Leonardo sonríe tímidamente, asintiendo antes de volver a mí. Paty va por mi trago.

—¿Conoces a Paty desde hace mucho? —pregunto.

—Sí.

Parece que no le interesa mucho seguir hablando de la camarera, pues me da una mirada muy intensa que hace que baje mis ojos un momento.

—¿Qué? —le pregunto acomodando mis rizos con nerviosismo detrás de la oreja.

—Solo te veo, creo que hace rato no pude verte bien.

—¿En serio? Pero si tú y yo nos acostamos, ¿cómo no me pudiste verme bien?

—Bueno, estaba ocupado viendo otras partes de tu cuerpo. Por eso ahora estoy viendo tu cara.

—¿Y? ¿Qué te parece?

No me contesta porque en ese momento Paty llega con mi trago. Apenas lo pone en la mesa cuando yo ya estoy de tomándolo, inclino la cabeza hacia atrás y lo bebo completamente. El licor enciende mi garganta. En este momento necesito de toda la ayuda posible para sobrevivir a esta noche.

—Quedaron algunas gotas de tequila aquí —susurra Leonardo mientras extiende una mano a mi cara. Su pulgar apenas roza mi labio inferior para recoger las gotas de licor que supuestamente quedaron sobre mi boca. Tengo que hacer un esfuerzo para volver a respirar luego de ese simple roce.

—Listo.

—¿Seguro? Cómo que siento que todavía quedaron algunas gotas por ahí.

Se ríe. Me gusta su risa. La escucho con atención mientras sonrío. Creo que sí tiene razón y hace rato no nos vimos bien, porque sus ojos se hacen pequeñitos cuando se ríe y el gesto me parece encantador.

¿Habrá otros gestos así de encantadores en esa cara? Voy a descubrirlo esta noche. Todavía siento la emoción por estar aquí, con él. Pero ahora quiero conocerlo mejor.

—¿Qué estás haciendo aquí, en El Pradal? —pregunto. Quiero conocerlo más.

—No me gusta estar en un lugar por mucho tiempo.

Estaba buscando un lugar dónde pudiera tomar algo de aire fresco. Y este es un lugar agradable.

Me alarmo un poco, porque prácticamente me está diciendo que no se quedará por mucho tiempo y que se aburre con facilidad.

¿Qué esperabas, el compañero con el que siempre has soñado?

Esta vez mi mente tiene razón. Claramente no puede ser el hombre de mi vida. Me atrae, pero solo físicamente, no pasa nada si se va. Solo tengo que asegurarme de divertirme mucho con él, antes de que lo haga.

—¿Y tú, cariño? ¿Qué haces aquí?

Esa sería una historia muy larga y dolorosa de contar, y no quiero pensar en eso ahora. Lo siento, Leonardo, no sé cuánto tiempo te quedes, así que no puedo involucrarte tanto en mi vida. Quizá no sea tan buena idea conocerlo más, la despedida sería peor. Le sonrío y niego con mi cabeza, luego lo tomo de la mano.

—¿Quieres bailar?

Él me asiente y se levanta de inmediato, como si lo hubiera estado esperando. O como si le fuera a decir que sí a todo lo que yo le pidiera. Con la mano de Leonardo en la mía, vamos a la pequeña área despejada frente a la rockola justo cuando los lentos tonos de Maná llenan el aire.

Empezamos a bailar. Todo va bien al principio, hay adrenalina recorriendo mi cuerpo cuando nos tocamos levemente. Mi corazón se agita y me falla un poco la respiración. Leonardo me da unas profundas miradas en algunas ocasiones, y entonces agradezco que de alguna forma me sostenga de la cintura o del costado, del brazo y de la cadera, para no caer.

Bien, reconozco las sensaciones que me causa, son iguales a lo que sentí antes, cuando lo conocí, y luego cuando fuimos a su apartamento. Solo que de pronto se sienten muy fuertes.

El ritmo de la música me dice que no lidie con eso ahora, me dice que tendré tiempo para pensar en eso después, no esta noche.

Hoy podría fingir que todo está bien y que todo es normal. Esta noche podía dejarme caer en los brazos fuertes de Leonardo y fingir que todo está bien.

Pero no lo está.

Maldición. ¿Cuándo me desharé de ese susurro en mi mente? Es como un soplo de razón en medio de todo.

Trato de mantener esa voz en silencio, la callo y la mando muy lejos de mí. Me convenzo a mí misma de que tengo derecho a relajarme y divertirme.

Pero eso es lo que te hizo volver a este pueblo, ¿recuerdas? Relajarte y tener demasiada diversión.

Esa voz insiste en recordar mis fracasos, pero yo insisto en disfrutar con Leonardo. Cierro los ojos para concéntrame en la música, y al abrirlos de nuevo, él está allí, frente a mí.

—¿Qué piensas, cariño? Luces distraída —dice él suavemente contra mi mejilla. Su aliento se siente bien en mi piel.

Por un segundo pienso en contarle todo, aunque sé que probablemente no le interesa, y además no se quedará conmigo para enfrentarme a lo que me está pasando. La idea de decírselo todo suena tentadora, porque así tendría a alguien más compartiendo el peso de todo.

Podría decirle que me echaron de la universidad por ser una borracha. Le diría que por esa razón y con toda la vergüenza del mundo, volví al lugar que menos me gusta en el mundo, a este pueblo, como una completa fracasada.

Para terminar este cuento de terror, le diría que hoy me enteré de que mis padres murieron hace meses. Aunque, honestamente, no me importa cuándo murieron, tomando en cuenta que nos abandonaron a mi hermano y a mí, y que no habíamos sabido nada de ellos hasta hoy.

Díselo. Para que se espante y se vaya corriendo. No va a quedarse por áqui de todas formas.

No se lo voy a decir, esos son mis problemas y no quiero que se vaya todavía.

Le sonrío a Leonardo.

—Estaba pensando en lo que pasó antes —digo al fin.

Leonardo no queda satisfecho con mi respuesta, lo sé, pero por pura caballerosidad asiente. Seguimos moviéndonos al ritmo de la música.

—¿Lo de antes? ¿Qué pasa con eso?

—Pensaba en que es una gran coincidencia que chocáramos fuera del bar. Yo iba caminando por la calle, pensando en mis asuntos, cuando chocaste conmigo...

—Lucía, creo que no sucedió de esa manera. Nosotros no chocamos, nos encontramos.

—No, fue de la otra forma.

Leonardo me hace dar una vuelta.

—¿Entonces cuál es el punto? ¿Qué importa cómo nos conocimos?

—Solo digo que fue suerte, eso es todo. Yo podría haber estado en cualquier parte, pero no lo estaba. Yo estaba allí, en ese mismo momento, en ese mismo lugar, al mismo tiempo en que tú saliste a toda velocidad de este lugar y casi me dejas inconsciente en medio de la calle.

Leonardo echa su cabeza hacia atrás y suelta una carcajada. En serio pienso que un hombre como él debería estar en prisión para no afectarme tanto como lo hace. No había conocido a un hombre que se riera con tanta naturalidad y de una forma tan despreocupada. Es adorable.

—Entonces, ¿dices que fue el destino lo que nos unió? —pregunta cortésmente.

—No lo sé. No estoy segura de creer en el destino —respondo honestamente, sorprendiéndome a mí misma—.

Pero me alegra haberte conocido hoy. Fue lindo, y créeme, hiciste mucho más ligero mi día, todavía lo haces.

Aunque la música no concuerde con sus movimientos, él se junta a mi cuerpo y siento una de sus manos mucho más firme en mi cintura. La otra va a mi mentón, lo levanta para hacer que lo vea a los ojos. Tengo que hacer un poco de esfuerzo, pues la diferencia de altura es notable. Mis tacones ayudan, pero no lo suficiente.

—Ya somos dos, cariño. Conocerte me alegró el día… y quizá la vida.

La música se detiene, igual que las voces de las personas que están en el bar. Solo soy consciente de los ojos oscuros que me observan, de que tienen un gesto cálido y de que otra vez no puedo sostenerle la mirada. Me suelto de su agarré en la barbilla y dejo que mi cara choque en su pecho.

Todavía estoy tratando de recuperarme cuando escucho su voz, bastante cerca de mi oído.

—¿Quieres ir a mi apartamento, otra vez?

Sí quiero.

Claro que quiero.

Si yo tuviera un apartamento o una casa para mí misma, ya estaría arrastrándolo ahí. ¿Oh no? No sé si me engaño a mí misma, pero empiezo a dudar de decirle que sí. Porque por un momento siento que él espera algo más de mí. Y luego mi confundida mente piensa que también quiere algo más de él.

Pero es un casanova, que se irá pronto. Y yo soy una chica con una vida inestable. Puedo dejarme llevar, ¿no? Los dos estamos de acuerdo, ya lo hicimos una vez. Podemos hacerlo otra vez y seguir con nuestras vidas. ¿verdad? Si tan solo él no hubiera dicho que le alegré la vida…

La insistente mirada de Leonardo me está dificultando darle mi respuesta. Y todas mis dudas se amontonan porque me gusta mucho este hombre. Se me olvidan todos mis problemas con él, ¿y si luego ya no puedo olvidar mis problemas si no está él? ¿Y si se va porque necesita cambiar de aire?

—Esperaba que dijeras que sí.

—Yo también.

—¿Pero...?

Es muy difícil de explicar, no quiero abrumarlo con la montaña de sentimientos y pensamientos que tengo.

—Cariño —me llama, con voz suave—. Quizá no formulé bien mi pregunta. ¿Quieres ir a mi apartamento, a pasar toda la noche conmigo?

Le sonrío con nerviosismo.

—¿Qué no es lo mismo que preguntaste?

—No. Yo no quiero que estés un rato conmigo, quiero que pases toda la noche allí.

—Tampoco he hecho eso antes.

—Con esa ya serían dos cosas que haces por primera vez conmigo.

Y qué importa si de hecho ya implicó, que de cierta forma, quiere pasar la noche conmigo en vez de pasarla bien solo un rato, ¿qué importa? Con esa última frase, la nube de dudas que estoy sintiendo se evapora. ¿Por qué con Leonardo lo complicado se hace fácil en cuestión de segundos?

—Está bien, vamos a tu apartamento.

No pierde tiempo y me conduce a través del bar. Me lleva fuera y caminamos los pasos hasta la puerta del edificio. Subimos las escaleras y saca las llaves para abrir la puerta de su apartamento.

Ya había recorrido este camino antes, hoy, para ser exacta. Y la emoción es la misma, pero se siente diferente... se siente mucho más fuerte.

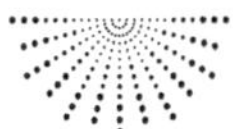

LEONARDO

ucía está en mi apartamento otra vez. Acabo de abrir la puerta y dejarla entrar. Me da la espalda, pero no avanza, le pongo una mano en el hombro.

—¿Pasa algo?

—No, solo estoy viendo tu apartamento.

—¿Quieres que te dé un recorrido? Aunque no hay mucho que mostrar en realidad —Ella asiente—. Bueno, esa puerta es la de mi habitación, esa ya la conoces.

La insto a que camine y le voy contando lo que hay a cada lado de este pasillo.

—Enfrente está el baño, y la puerta que sigue es una habitación dónde guardo todas esas cosas que pienso que voy a usar un día, pero que sé que nunca usaré. La última puerta es otra habitación más pequeña, a veces un amigo se queda aquí y la usa.

Terminamos de recorrer el pasillo y así también finaliza mi explicación, pues solo queda una amplia estancia que hace de cocina, comedor y sala al mismo tiempo.

—Ahí lo tienes, cariño. Eso es lo que te perdiste hoy, más temprano. ¿Qué piensas?

—Se ve bien… Digo, todo está limpio —Enarco una ceja —. No me malentiendas, es que en la universidad mis compañeros tenían un desastre siempre en sus habitaciones.

Lucía cierra la boca demasiado rápido cuando me dice eso. Quizá no quería contarme de la universidad, o quizá no quería contarme que entraba a las habitaciones de sus amigos. No la voy a juzgar, no la invité a venir aquí para eso.

—Trato de mantener lo más limpio posible. Pero siéntate, ¿tienes hambre?

Ella se sienta en el sillón más grande de mi sala y me ve como si se me hubiera zafado un tornillo.

—¿Hambre?

—Sí, no tengo ganas de cocinar, pero podemos pedir algo para cenar.

—Sí tengo hambre. Hoy no he comido —dice, pensativa.

—¿Te gustan las hamburguesas? Yo suelo pedirlas de aquí enfrente, me han sacado de apuros muchas veces.

—Entonces, ¿quieres que cenemos?

Me encojo de hombros. Ya sé que piensa que la traje aquí para otra cosa, y sí, también quiero hacer eso, pero no he podido dejar de pensar en ella toda la tarde. Y quiero descubrir el por qué.

Tomo mi teléfono y marco el número del restaurante de enfrente. Pido las hamburguesas y les ofrezco algo extra de dinero por traérmelas aquí. Como siempre, no lo aceptan y me dicen que se tardarán menos de diez minutos. Tengo algunos privilegios por ser cliente frecuente.

Me volteo hacia Lucía y me siento a su lado.

—Listo, la comida llegará en un momento. ¿Alguna vez has comido hamburguesas en el apartamento de alguien que acabas de conocer?

Ella me sonríe y luego junta sus labios, pensando en la respuesta.

—Sí —dice algo apenada.

—Bueno, esa no será una primera vez conmigo, pero podemos tener otras.

Me sonríe.

—¿Y tú? ¿Le has invitado una hamburguesa a alguien en tu apartamento luego de haberte acostado con ella?

—No de mis hamburguesas favoritas.

Trato de seguir el juego que estamos llevando hasta ahora. Pero mi respuesta no es tan graciosa como sonaba en mi mente, Lucía frunce un poco los labios, casi imperceptiblemente. Si no la tuviera tan cerca, no habría visto el gesto. Luego se encoge de hombros.

—Más vale que estén deliciosas, entonces.

—Lo están —Me acerco a ella un poco más y le quito uno de sus rizos de la frente. Me quedo así, con mi pierna tocando la suya—. ¿Quieres contarme por qué tenías un día malo?

El cambio en el ambiente se siente de inmediato. Lucía se pone seria de repente y voltea a otro lado, creo que hasta se pone un poco pálida. ¿Es tan malo? Es obvio que no quiere contármelo, pero tampoco pasa nada malo si no lo hace. Voy a tranquilizarla cuando se levanta de un solo movimiento.

—¿Puedo usar tu baño?

—Claro.

La veo alejarse por el pasillo y me quedo pensando en por qué no quiere hablarme mucho de ella. Pasó lo mismo hace rato, en el bar, cuando se distrajo en sus pensamientos mientras bailábamos. No me trago la excusa que me dio. Y hace un momento cuando se calló de repente cuando empezó a hablar de la universidad.

¿Por qué no querrá contármelo? Quizá le pasó algo muy malo, o simplemente no tenemos la confianza suficiente para hablar de nuestras vidas. Me mantengo pensado en esto algunos minutos, hasta que escucho como tocan a la puerta.

Voy por las hamburguesas y en el camino de regreso me detengo en la puerta del baño.

—Cariño, la comida llegó.

No espero respuesta y sigo hasta la cocina, dónde saco las dos hamburguesas y las coloco en un plato cada una. Hago lo mismo con las papas fritas y comienzo a comerme estas últimas, pues tengo mucha hambre también.

Lucía me hace esperar casi cinco minutos más, pero al fin sale del baño y me alcanza en la cocina. Le doy su hamburguesa.

—Pruébala y dime si te gusta —Ella solo asiente, y la chica divertida y sonriente que conocí en este día parece que se esfumó—. ¿Está todo bien?

Tengo muchos planes para esta noche, no quiero que una simple pregunta que le hice a Lucía los arruine, así que le doy una mordida a mi hamburguesa esperando que me cuente lo que está mal.

—Sí.

¿Por qué será que las mujeres siempre dicen que sí cuando quieren decir que no? Dejo mi hamburguesa en el plato y me concentro en Lucía.

—Si no quieres contarme tu día no pasa nada. En el bar te distrajiste por algo y quizá tenga que ver con eso, pero no me digas nada, no tienes que hacerlo si no quieres.

—No es que no quiera contarte, Leonardo. Es algo un poco más complicado.

—Entonces cambiemos de tema, no pasa nada.

—Eso es lo mejor. ¿Qué tal si pruebo las mejores hamburguesas del pueblo?

Le sonrío y ella da un gran bocado a su hamburguesa. Luego da otro y otro. Sí que tenía hambre. No hablamos por un tiempo, pero puedo ver que de hecho sí le está gustando la comida. Le paso las papas fritas y toma algunas. Ahora bien, no debería chuparse los dedos frente a mí con tanta tranquilidad como lo está haciendo.

—Tenías razón —dice cuando ya se ha acabado la mitad—. Sí están deliciosas.

—Te lo dije. Aunque si no me hubieras dicho nada, yo sabría que sí te gustaron —digo, señalando como ha comido algo más que yo—. Come más papas, todavía hay muchas.

Sí, ese soy yo haciendo un pobre intento de ver como ella vuelve a chuparse los dedos.

Cuando Lucía termina de comer, se comienza a reír, porque ella terminó primero su hamburguesa. Me rio también, porque de hecho se me olvidaba comer cada vez que ella comía papas fritas. Me termino mi plato entre risas y luego ella se ofrece a limpiar.

—Cariño, tú eres una invitada aquí, solo voy a recoger todo y mañana terminaré de limpiar.

—Está bien. Pero te ayudo a levantar los platos.

—¿Quieres bailar? —le pregunto luego de que pone todo en el fregadero.

—Sí —dice con una gran sonrisa.

No pongo música tan movida como la del bar, pongo algo mucho más lento y la llevo al centro de la sala, que hará de pista improvisada. De todas formas no nos vamos a mover tanto.

La acerco a mí. Todavía tiene sus tacones puestos, pero la diferencia de estatura sigue siendo bastante. Pongo mi mano lo más abajo que puedo en su cintura y ella medio entrelaza los manos en mi cuello. Tengo que agacharme un poco para que lo haga, justo como en el bar.

Cuando finaliza la primera canción, ya no hablamos mucho. Nos concentramos en sentir cada parte de nuestros cuerpos que se está tocando, y la música nos acompaña en la guerra de miradas que tenemos. ¿Cuánto dura? No creo que lo suficiente, porque yo podría mirar a Lucía para la eternidad. Lo haría encantado.

Podría simplemente quedarme bailando con ella, haciéndola girar con suavidad y aprovechando que tengo su cuerpo en mis manos. Sabiendo que, si voy a la izquierda o a la derecha, ella me seguirá, sin importar qué. Sí, podría hacerlo. Pero también quiero hacer lo otro. Los roces que nos hacemos mientras bailamos ya no son suficientes.

—Cariño, ¿quieres ir a mi habitación, otra vez?

Sé que no tengo que preguntarle, pero quiero que ella me lo diga.

—Sí…

Me agacho para besarla, ella se alza para hacerlo también. Pero no vamos a mi habitación, el calor que recorre nuestros cuerpos no nos lo permite. El sillón está mucho más cerca y justo ahora, es lo que necesitamos.

Cuando la dejó ahí, en medio de dos cojines, tengo que hacer uso de toda mi fuerza de autocontrol para no ir tan rápido como quiero. No porque tenga nada de malo, sino porque quiero guardar todo lo que pase esta noche en mi mente.

Quiero recordar cada beso, y cada roce, y toda la piel de Lucía, las veces que diga mi nombre y como sus rizos se mueven de un lado a otro. También sus pequeñas manos comparadas con las mías y su voz entrecortada. Su respiración agitada y como se ve su cara cuando somos uno mismo.

Quiero poder recordarlo todo. Quiero… todo.

CAPÍTULO 7 - CAFÉ, PANQUEQUES Y UN BESO

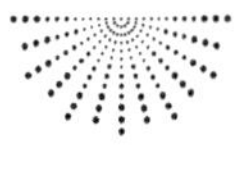

LUCÍA

Ha pasado un tiempo desde la última vez que tuve ese raro sueño. Son imágenes borrosas, grises, sobre cosas de mi infancia. Todo llega y se va rápidamente; las imágenes vacías y los sonidos apenas audibles. Pero el olor es inconfundible. Huele a Lavanda. Y hay otro aroma que solo fui capaz de distinguir ahora que soy mayor.

Cerveza.

Mi madre y mi padre siempre olían así cuando yo era niña. Al llegar de la escuela me abrazaban y el olor se me quedaba en la ropa. Era el olor de unos borrachos, mezclado probablemente con otras cosas asquerosas.

Parpadeo para sacudirme esos pensamientos y recuerdo dónde estoy. Sonrío. Estoy en la cama de la habitación de Leonardo. Anoche creímos conveniente venir a dormir aquí. El sillón era cómodo, pero no para dormir. Me estiro y me doy cuenta de que estoy sola, pero eso no me preocupa, pues oigo algunos sonidos desde la cocina, o eso creo.

Otro ruido interrumpe mi tranquilidad de la mañana, es un zumbido que reconozco como el de mi celular. Me levanto algo desorientada todavía y lo busco por todos lados.

Me tardo en encontrarlo a propósito, pues sé perfectamente quien me está llamando.

Lo encuentro debajo de la cama. Sí, como que anoche lo dejé ahí a propósito para que mi hermano no me molestara. Él salió de la casa ayer y no me dijo a dónde iba, así que yo puedo hacer lo mismo. Así funcionan las cosas, ¿no?

Veo con pesar la pantalla del móvil. Hay diez llamadas perdidas y varios mensajes de voz que sé que nunca escucharé. Igual ya sé lo que me dirá, y no quiero escucharlo. Por un segundo considero devolverle las llamadas, pero mi hermano puede esperar. Todavía no quiero regresar al caos de mi vida.

Con esto en mente me dejo caer de nuevo sobre la almohada. Pienso en Leonardo, en cómo no me quiso obligar a hablar ayer. No me pidió explicaciones cuando me puse seria porque me preguntó acerca de mi día. Me dijo que estaba bien si no quería hablar de eso. La sensación de no ser juzgada se siente bien.

Quizá por eso estar con Leonardo se siente bien. Porque nunca me ha visto como un fracaso, o una desilusión. Me abrió la puerta de su apartamento dos veces, me invitó a cenar y me sacó a bailar. Me hace olvidar que mis alcohólicos padres murieron y que soy un fracaso para mi hermano.

Soy solo soy un ser humano que busca aliviar todo el dolor y frustración. Queriéndose sentir bien consigo misma, y Leonardo hace que me sienta así.

Quiero verlo, así que me visto y salgo de la habitación siguiendo los ruidos que me dicen que probablemente esté preparando algo de desayunar. Sí está cocinando definitivamente voy a demandarlo por ser tan perfecto.

El olor que me llega en cuanto salgo de su habitación me confirma que sí está cocinando. Cuando llego a la cocina y lo veo, de espaldas frente a la estufa, me cruzo de hombros y miro al cielo.

Él todavía no sabe que estoy aquí, así que me acerco muy silenciosamente y cuando estoy a algunos pasos de distancia, le doy un golpe suave en la espalda.

—¿También sabes cocinar? No puede ser, en serio que Dios tiene a sus favoritos.

Me regala una sonrisa pícara antes de girar la sartén frente a él.

—Espera a probarlo antes de juzgarlo. No soy conocido precisamente por mi talento culinario.

—Estoy segura de que sabrá delicioso. Huele muy bien —Lo rodeo por la cintura, abrazándolo mientras cocina. Le doy un suave beso en su brazo antes de que mis ojos lleguen a la taza de café humeante en la mesa de la cocina.

Me alejo inmediatamente de Leonardo y voy tras el café como quien busca un tesoro, y para mí lo es. Es como un cofre lleno de oro.

—Está delicioso —digo felizmente después de tomar un sorbo del café caliente. Leonardo me dedica una mirada curiosa, llena de humor que hace brillar sus ojos.

—Ese era mío.

—Tienes razón, era tuyo. Ya tiene una nueva dueña —Le sonrío desde detrás de la taza antes de tomar otro sorbo. En este momento mi estómago gruñe, fuerte y hambriento, mientras miro la masa de panqueques que Leonardo está vertiendo en la sartén caliente.

—Tengo mucha hambre, otra vez —le digo, casi babeando.

—Yo también. Es porque hemos estado haciendo mucho ejercicio.

Es cierto, hemos estado ejercitándonos, juntos. Y ahora me doy cuenta de que hace como diez minutos me desperté y no le he dado un beso de buenos días. Solo que para mí es algo imposible darle un beso, porque estoy descalza y con mis tacones apenas puedo hacerlo si él se agacha un poco.

Mis ojos viajan por su cocina, aunque de todas formas no encuentro el clásico banquito que se usa en las cocinas. Claro que Leonardo no tiene necesidad de subirse a algo para alcanzar las cosas más altas, así que es obvio que no tenga uno en su apartamento.

—¿Qué haces? —me pregunta, al verme buscando algo por toda su cocina—. ¿Qué buscas?

—Nada.

—No, en serio. ¿Qué es?

—¿Tú alcanzas tu alacena más alta?

—¿Mi alacena? —Mira a dónde yo estoy señalando y asiente—. Sí. ¿Quieres algo de allí?

—No.

—¿Lucía? —dice con confusión.

Pero yo no lo escucho, me doy la vuelta y voy por una silla que recuerdo haber visto en la sala, la traigo y la pongo frente a él. Leonardo frunce el ceño cuando me ve subirme a ella. Yo sonrío triunfal cuando me doy cuenta que así soy unos centímetros más alta que él. Es algo raro verlo desde esta altura.

—¿Qué...?

Lo callo con un beso, porque según mis cuentas, ahora han pasado como trece minutos desde que desperté y no lo he besado. Él me corresponde inmediatamente, y lo que yo quería dejar como un beso de buenos días, se vuelve algo más apasionado muy rápidamente.

Creo que dejo caer mi peso en él, y luego aprovecho para hundir mis manos en su cabello, porque no lo había hecho antes, de pie. Lo siguiente que sé es que él me está cargando, y luego la silla que usé para alcanzarlo, se cae. Un ruido sordo llena la habitación, pero no es esto lo que hace que nos separamos.

El olor a quemado es lo que termina alertándonos a los dos.

Entonces Leonardo tiene que dejarme en el piso porque los panqueques se están quemando.

—Maldición —dice, volteándose a la estufa.

Alcanzo a ver cómo sale algo de humo del sartén. No importa que el desayuno sea incomible, ese beso valió la pena.

CAPÍTULO 8 - LA HERMANA MENOR

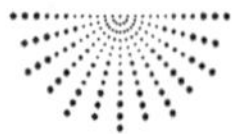

LEONARDO

Saco fuerzas de no sé dónde para comer otro trozo del panqueque quemado. No puedo evitar mostrar mi desagrado ante el sabor ligeramente acre.

Bueno, no me arrepiento del beso que Lucía me dio, pero no puedo comer esto. Termino dejándolo a un lado y sirviéndome otro en buen estado.

Miro a Lucía comer. Se ve que disfruta el desayuno, pero disfruta aún más el café. Lo sé porque cada vez que le da un sorbo al que era mi café, su cara se relaja. Y además sigue haciendo unos ruiditos de que de verdad lo está disfrutando. Ella no toma café, lo saborea.

No quiero hacer comparaciones, pero ella no se parece a ninguna mujer que haya conocido antes. Es sencilla, bebe y come como si no le importara nada. Se sirvió el tercer panqueque sin remordimientos, sin fingir ante mí que no come mucho. Tiene los dedos llenos de miel y su cabello está perfectamente despeinado.

Y luego está lo de la silla. Me pareció tan tierna cuando la arrastró hasta ponerla enfrente de mí para darme un beso. Ese gesto que hizo no se parece en nada a cómo es en la cama. Lucía tiene muchas facetas, y hasta ahora, me están gustando todas. Bueno, hay una que no termina de encantarme; ese dónde me hace romper las reglas que me impuse desde hace mucho.

Rompí otra anoche, cuando la invité a pasar toda la noche en mi apartamento. Y la estoy rompiendo ahora otra vez, haciéndole el desayuno, preocupándome porque casi se le acaba su café y ya no tengo más en la alacena.

Estoy rompiendo la regla dónde no me involucro con nadie. Dónde la paso bien un rato y luego me olvido por completo de todo. No es la primera vez que rompo esa regla, pero las veces anteriores fueron suficientes para jurar que no lo haría de nuevo. No me gusta quedarme mucho tiempo en un mismo lugar, así que me enfoco en el momento.

Pero ahora quisiera que este momento durara mucho.

—¿Quieres otro panqueque? —le pregunto mirando el plato. Necesito decir algo para despejar la mente de mis pensamientos caprichosos.

—No, gracias. Sí sabes cocinar, te quedaron deliciosos —dice mientras toma otro sorbo de café.

Quisiera que nunca dejara de beber café, porque pone una cara que me hace pensar en todo lo que pasó anoche en mi habitación. Y por otro lado, quisiera que dejara de tomarlo, porque si me pide más, tendré que decirle que ya no tengo.

—Solo son panqueques cariño, aunque luego podría cocinarte algo más…

El ruido de un teléfono celular me interrumpe. Lucía ve su teléfono para ver quién la llama antes de contestar. Lo deja sonar, pero ante la insistencia, decide tomar la llamada.

—Oye, lo sé. Sí, no te pude llamar antes.

Tomo otro bocado de los panqueques y hago un esfuerzo para fingir que no oigo perfectamente la conversación de Lucía. Ella trata de mantener su voz calmada y no puedo evitar notar que habla con alguien que conoce hace mucho tiempo, o quizá con un familiar.

No se supone que hayamos hablado de lo que significan los encuentros que hemos tenido, pero dentro de mí empieza a crecer una rara sensación que inicia en el estómago y sube por el pecho. Me toma algo de tiempo darme cuenta de lo que es.

Celos.

Dejo de oír la conversación de Lucía, porque no recuerdo haberme sentido celoso antes. Los celos no son buenos, lo sé, porque si existen, eso quiere decir que la otra persona te interesa demasiado. Y yo no quiero que me interese nadie.

Estoy debatiéndome internamente entre no querer que me guste nadie y recordar que Lucía no es igual a nadie que he conocido, que casi no escuchó cuando ella dice unas cuantas palabras al teléfono.

—… serio Benjamín, tú te fuiste ayer sin decirme nada. No veo problema en que yo haya hecho lo mismo. Sí, sé que tenemos que hablar de eso. Sí, llego en un rato, adiós.

Cuelga tan pronto como se despide, sin darle la oportunidad a la otra persona de decir adiós.

Claro que hay otro hombre en su vida. Y claro que yo no puedo decir o hacer nada. Tomo los cubiertos con fuerza, para evitar hablarle en tono de reclamo. Me tardo algunos segundos en encontrar mi voz.

—¿Con quién hablabas, cariño? ¿Con un amigo?

Trato de sonar lo más tranquilo posible, mientras me digo a mí mismo que no debí preguntar eso. Lucía se encoge de hombros, ajena a toda mi confusión.

—Era mi hermano. Estaba llamando por enésima vez para ver cómo estoy, porque aún cree que tengo diez años

Todo mi cuerpo se relaja cuando escucho eso. Luego me

enderezo en la silla, porque a pesar de mi alivio, ella se ve verdaderamente afectada por su hermano.

—Tengo que irme, mi hermano me está esperando —dice, levantándose de la mesa—. Es una larga historia, pero acabamos de enterarnos de que nuestro… abuelo, nos dejó una propiedad en las afueras de la ciudad. Y ahí es dónde está Benjamín ahora, revisando una casa que ha estado abandonada por casi veinte años.

Sus palabras desencadenan un recuerdo. Ya he oído una historia parecida antes, solo que no puedo recordar exactamente dónde. Las piezas del rompecabezas caen en su lugar dos segundos tarde, cuando Lucía se dirige a mi habitación, probablemente a ver si no se olvida de nada.

Me levanto y la alcanzo en la puerta. La tomo de los hombros.

—Espera, cariño, ¿cómo se llama tu hermano? —El terror me va invadiendo, pero ella se ve muy despreocupada, le repito la pregunta con apremio—. ¿Cómo se llama tu hermano? ¿Benjamín?

—Sí. Así se llama —Me ve con extrañeza—. ¿Por qué?

—¿Benjamín Reyes?

—Sí.

—Entonces tú eres, ¿Lucía Reyes?

—Sí, así es como funcionan los nombres.

El terror se convierte en confusión, y luego en pánico. Luego otra vez en terror.

Sí. Lucía es la hermana menor de Benjamín.

La hermana menor de mi mejor amigo, a quien él prácticamente ha cuidado desde niña y tratado más como una hija que como una hermana. Demonios, estoy hablando de Benjamín, el sobreprotector, el cuidadoso, el vigilante de cada paso de su hermana. Y la chica con la que me acosté es su hermana menor.

En palabras sencillas, si Benjamín se entera de lo que pasó entre Lucía y yo, me va a matar.

—Cariño… será mejor que te vayas, no lo hagas esperar. Igual ya debería irme, ya casi me toca empezar a trabajar.

No es cierto, todavía tengo un par de horas libres, pero tengo que pensar en lo que va a pasar ahora. Dejo libres los hombros de Lucía y ella me mira con confusión, pero se mete a mi habitación para llevarse su bolsa o no sé qué cosas.

—Creo que me voy, entonces —dice ella.

Me ve de un modo raro. En este momento, con el impacto de la noticia, no me doy cuenta de que soy algo insensible e imbécil. Claro que Lucía se merece una despedida digna después de lo que pasamos, pero solo me tiene a mí acompañándola a la puerta y diciéndole un montón de cosas sin sentido.

—Ve con cuidado. Que tengas buen día. Nos vemos, cariño.

—Nos vemos. Ya tienes mi número, Leonardo.

—Sí, sí. Adiós.

Detengo el impulso de cerrar la puerta, espero hasta que ella se dé la vuelta. Solo que se queda ahí, mirándome.

—¿Adiós?

—Sí. Adiós, lo siento, pero ya me tengo que ir a trabajar.

Se queda algo más de tiempo así, indecisa, pero al final resopla con molestia y se da la vuelta. Yo la veo hasta que desaparece por las escaleras.

Demonios, demonios, demonios, ¿en qué me metí?

Benjamín se va a enterar, lo sé. Es mi mejor amigo aquí. Recuerdo la conversación que tuvimos ayer en el bar. Yo le dije… le dije que había conocido a alguien, y le dije que me acosté con ella. Estoy muerto, soy hombre muerto.

Entro a mi apartamento y me cambio de ropa rápidamente. Voy al bar, aunque todavía no tenga que empezar a trabajar. Necesito distraerme con lo que sea. Corro como loco para bajar las escaleras y llegar a la puerta trasera, dónde está el depósito.

Sobre los estantes hay pilas y pilas de cajas de whisky, cerveza, guarniciones y batidoras. Distraído, pongo mi cronómetro en cero, busco uno de los delantales negros puestos detrás de la puerta y lo pongo alrededor de mi cintura.

Hago todo en automático porque no sé qué voy a hacer con los hermanos Reyes. Tengo muchos sentimientos encontrados, pero el peor no es saber que moriré a manos de Benjamín, el peor es la vergüenza. Estoy tan concentrado en esto, que no escucho a Paty entrar, hasta que me habla, a mis espaldas.

—Hola, Leo. Llegaste muy temprano, no empiezas a trabajar hasta dentro de dos horas. ¿Qué haces aquí?

Como puedo suelto una risa que no se oye para nada cómoda.

—Sólo quería empezar temprano con el inventario. Sé lo rigurosa que eres con ese tema. —Hablo con tranquilidad, tratando de sonar convincente, pero se notaba que ella no me cree.

Paty es la gerente del bar desde que abrió. Es una chismosa, pero sigue siendo la encargada de todo. Además, con tantos años trabajando, tiene la experiencia para distinguir una mentira de la verdad.

—¿Qué te pasó?

—¿Cómo dices?

—Por Dios, Leo. A mí no puedes mentirme. ¿Es por dinero, o se trata de una mujer? —Paty me mira fijamente, poniendo sus manos en sus caderas.

—¿Qué? ¿Por qué tendría problemas con una mujer?

—Porque esos son los problemas que sueles tener.

—Ya no tengo tantos problemas como antes. Ahora tengo reglas.

—¿Y? ¿Cómo te va siguiéndolas?

A veces creo que Paty me conoce muy bien. Pero como de todas formas no le voy a decir nada, solo me encojo de hombros.

—Bien, no hables si no quieres —dice ella—. Es mejor que empieces a hacer el inventario ya que estás aquí. Yo volveré para atender a los clientes. Y haz bien tu trabajo, casi nunca me pides whisky de reserva, y se nos está terminando.

—Créeme, quedarnos sin ese whisky sería una bendición.

—¿Qué dijiste?

—Lo que oíste, jefa. Ese Whisky es horrible.

Aunque lo haya dicho más fuerte, Paty sacude la cabeza restándole importancia antes de volver a pisar con dirección al bar. No me sirve de nada tratar de hacerla enojar cuando se trata de trabajo. Es su bar y sabe cómo llevarlo, sabe que las personas en este pueblo no son muy cultas cuando de whisky se trata.

Mientras muevo unas cajas de cerveza de un lado a otro y cuento cuantas hay en cada caja, Lucía vuelve a aparecer en mis pensamientos. Me es inevitable no pensar en ella, como ayer. Pero ahora que sé quién es su hermano mayo, estoy muy preocupado.

Conocí a Benjamín cuando me mudé a El Pradal hace unos años. Él me pareció un tipo agradable, conversamos varias veces y al cabo de un tiempo ya éramos buenos amigos, pues somos muy parecidos.

Normalmente no me interesaba hacer amigos en lugares nuevos. Tenía la certeza de que seguiría mi camino sin rumbo fijo, que iría donde quisiera.

Casi siempre partía en poco tiempo, así que no parecía interesante llegar a hacer amistades en ningún lado. Sin embargo, con Benjamín había sido distinto. Por alguna razón, me sentía identificado con él.

Apenas si me habló de su hermana. Me dejó claro que no quería darme mayor información sobre ella. Pero los chismosos de este pueblo me dijeron que era una chica que tenía problemas por lo que había vivido en la infancia con sus padres. Todos la mencionaban como si fuera realmente una niña muy pequeña que necesitaba que la cuidaran. ¡Asumí que sería una adolescente!

Y ahora me entero que la chica con la que me acosté, dos veces ya, es la hermana pequeña de Benjamín. Eso sería un shock para cualquiera. Incluso para mí. Porque, aunque no se lo haya dicho nunca, la razón por la que me estoy quedando en este pueblo, es por Benjamín. Sí, al fin encontré a alguien al que vale la pena llamar amigo.

Y como es mi mejor amigo, lo conozco. Sé cómo se pondrá cuando se entere que su pequeña hermana y yo…

Estoy cada vez más nerviosos con ese pensamiento. ¿Qué voy a hacer? Porque Lucía es una mujer increíble. Y muchas veces, desde que me levanté en la mañana a hacerle el desayuno, estuve pensando en nosotros. En que ella y yo podríamos ser algo más, si las cosas se daban.

Pensé que como ya tenía un mejor amigo aquí, igual podría tener algo un poco más serio. Luego ella se puso a hacer cosas tiernas y a besarme y yo estaba completamente seguro de eso. Pero cuando me enteré de quien era su hermano mayor, todo se fue al demonio.

Me llevo una mano a la sien cuando me doy cuenta como casi la eché de mi apartamento. ¿Qué dirá Benjamín cuando se entere de que me acosté con ella y luego prácticamente la corrí? Ya no puedo más. Dejo todo lo del inventario y voy al bar, a buscar a Paty.

Entro y me dirijo a la barra, dónde casualmente limpia los

vasos con un trapo, yo comienzo a conversar con ella, mientras le sonrío.

—Paty, dime algo. ¿Cuánto tiempo llevas en El Pradal?

—No mucho, creo que casi tres años, ¿por qué?

No me presta mucha atención mientras me responde, ella mantiene la vista en la chequera que está revisando sobre la barra.

—Solo tenía curiosidad por Benjamín, mi amigo. Ayer me dijo que su hermana regresó a la ciudad, pero ya sabes cómo es él, no cuenta mucho.

—Sí, es muy difícil sacarle información a Benjamín. Aunque, de todas formas, todos en el pueblo saben lo que pasó con él y su hermana.

—¿Quieres contarme qué fue eso que les pasó?

Paty solo rechaza la oportunidad de contar un chisme cuando el bar está lleno. Por suerte para mí, todavía es muy temprano y solo hay como tres personas en el lugar. Deja sus cuentas al lado y se gira por completo hacia mí.

—Para empezar, a tu amigo y a su hermana los llaman los pobres niños Reyes —Sacude la cabeza, chasqueando su lengua como muestra de simpatía—. Dicen que sus padres, Hilario y Norma, eran unos alcohólicos. Y que sus hijos no les importaban para nada. Pero nadie sabía lo mal que estaban hasta que se fueron. Abandonaron a sus hijos, dejándoles todas sus deudas y una montaña de soledad. Dicen que fue horrible para los niños.

Paty habla con pena y yo la oigo con atención. Lo que me acaba de decir es más de lo que ya sabía, pero todavía hay muchas cosas que ella me quiere contar, se le ve en la cara. Le asiento, para que continúe.

—Benjamín tenía diecisiete o dieciocho años entonces, pero dicen que la niña solo tenía diez. Benjamín prácticamente la crio solo después de esa crisis. Trabajó muy duro para poder mantenerla. Es un buen hombre, no tengo ninguna duda. A pesar de las carencias, dicen que la niña creció y siguió con su vida gracias a Benjamín, ella le debe mucho a su hermano.

—¿Ah, sí? —Pregunto, tratando de sonar tranquilo—. ¿Cómo era Benjamín con su hermana? ¿Era muy sobreprotector en ese entonces?

—Bueno, he escuchado algunas cosas —Paty sonríe con pena—. Yo entiendo que Benjamín la quería mucho, pues era su única familia, pero aun así me parece que no debió prohibirle tener novio hasta que fuera mayor de edad.

—¿No tuvo novio hasta los dieciocho?

—Dicen que no. Pero la gente también dice que se veía a escondidas con un chico llamado Jorge Villa, solo que este chico no terminó bien.

—¿Jorge Villa? ¿Qué le pasó a él? —Benjamín no sería capaz de hacerle nada, ¿verdad?

—Benjamín los encontró en un partido de fútbol. Allí estaban Lucía y Jorge, sentados en las gradas, Benjamín corrió por el campo y subió por las gradas en dirección a ellos como un toro enojado. Nadie puede decir con seguridad quién golpeó a quién, pero hubo una pelea y Jorge rodó por las escaleras. Terminó en el hospital. Tuvo dos fracturas en la pierna y estuvo de reposo por el resto de ese año.

—Vaya —digo, apretando los labios.

—Todos en el pueblo estuvieron de acuerdo en que fue un accidente, Benjamín es un buen hombre, pero todo se salió de control. Aunque Lucía se enojó mucho con su hermano, según dicen, nadie se le quiso acercar luego de eso.

—Pobre de Lucía, ¿no?

Definitivamente Benjamín no merece que yo me haya acostado con su hermana. Posiblemente ella tampoco se merezca que el mejor amigo de su hermano, con quien se acostó, esté pensando en llevarse ese secreto a la tumba.

No puedo decírselo a Benjamín.

El pensamiento resuena en mi mente y sé que es mi mejor opción.

También sé que lo que pasó con Lucía no puede volver a pasar.

Ese último pensamiento es un poco más difícil de digerir. Porque incluso ahora, sabiendo que Benjamín me mataría, si se entera, sigo pensando en lo bien que la pasé con su hermana.

LUCÍA

Sujeto el volante con fuerza mientras paso por las conocidas calles del centro de El Pradal. Las lindas tiendas y las casas bien cuidadas se transformaron en grandes edificios. Esta parte de la ciudad se ve un poco moderna, en contraste con las granjas, salpicadas de fábricas y almacenes industriales. También hay vacas, gallinas y caballos en la hierba verde esmeralda de esta zona rural de la ciudad.

Pero hay algo más.

Benjamín me dijo que el pueblo había cambiado mientras yo no estaba, y ahora puedo darme cuenta de ese cambio. Además del bar, hay un pequeño motel cerca del centro, lo que convierte a El Pradal en un destino obligado, e incluso un lugar para ir de excursión, pues hay visitas guiadas al bosque circundante y a la pequeña cascada que alimenta los manantiales.

Al crecer en esta ciudad, me costaba pensar que vendrían personas de afuera y pagarían dinero para ver los manantiales. Benjamín y yo solíamos jugar en ellos cuando éramos niños. En ocasiones dormíamos recostados en los árboles que los rodeaban, encontrábamos monedas extrañas o atrapábamos a las pequeñas ranas que saltaban por las orillas.

Una vez, cuando tenía ocho o nueve años, quise ir con mi hermano, pero estaba en la edad dónde yo le estorbaba, así que fui sola. Había estado allí cientos de veces antes y sabía el camino, así que empaqué mi mochila rosa y me fui.

Durante unos treinta minutos subí por los manantiales hasta que llegué a la zona de los remolques donde habíamos vivido y luego de regreso. Pero yo sentía que había estado emprendiendo un recorrido épico. Me sentí valiente caminando sola. Valiente y madura.

Sin quererlo me quedé dormida. Oscureció rápidamente. En un momento era de día, y al siguiente levanté la vista y no vi nada más que oscuridad en los bosques que me rodeaban.

Estaba terriblemente asustada por la oscuridad y la soledad. No encontraba el camino para volver a casa y me sentí tan aterrada que lloré como nunca. Esa vez tenía tanto miedo, que añoré a mis padres, a pesar de que no se preocupaban mucho por mí.

Esperé y esperé. Creo que me puse a rezar lo que me acordaba que nos decían en la iglesia, pero mis padres nunca llegaron. Unas horas más tarde vi la luz de una linterna acercándose y pude respirar tranquila, pues mis padres finalmente habían venido a salvarme. Corrí para encontrarme con la luz, con mi salvación.

No eran mis padres.

Era Benjamín quien llegaba para salvarme. Me tomó de la mano y la sostuvo durante todo el camino de regreso al remolque. Entré, con la ilusión de que mis padres me abrazaran y me dijeran cuánto me extrañaban y lo preocupados que habían estado por mí. Eso nunca ocurrió, ellos estaban alcoholizados en el sillón. Nunca supieron que yo desaparecí por casi ocho horas.

El recuerdo termina ahí, pero me sorprendo por las lágrimas que están resbalando por mis mejillas mientras bajo por el camino de terracería que conduce a la casa principal de la propiedad, la que ahora es nuestra propiedad.

No siento dolor o tristeza por las muertes de mis padres. Duele la ausencia, me duele saber que nunca estuvieron en realidad. No murieron hace unos meses o unas semanas, murieron cuando yo tenía diez años. O quizá antes, desde que nací, pues no tengo un recuerdo dónde alguno de ellos se preocupe por mí.

Me seco las lágrimas de la cara. Dejé que mi mente me llevara a esos episodios dolorosos, pero no puedo quedarme plantada pensando en ellos. Tengo una casa nueva para mirar y un hermano para calmarme. Benjamín me ha llamado tres veces más desde que salí del apartamento de Leonardo.

El recuerdo de Leonardo me es agridulce. Básicamente me echó de su casa. No esperaba esa despedida. Digo, no esperaba algo tan maravilloso, pero me merecía algo más. Me bajo del auto rápidamente, tendré tiempo de pensar en la contradictoria actitud de Leonardo más tarde.

En este momento Benjamín viene hacía mí junto con una mujer de aspecto agradable que usa un traje de negocios y zapatos de tacón.

Respiro profundamente para estar lista para lo que se viene.

—De nuevo llegas tarde —dice Benjamín. Yo le sonrío discretamente.

—Yo también me alegro de verte, hermano mayor. Estoy bien, gracias por preguntar. ¿Y tú? Veo que todavía tienes algo atorado en el trasero.

Suavizo lo que digo con una voz demasiado amable y con

un abrazo que él acepta a regañadientes. La mujer no puede evitar sonreír. Se ve que trata de disimular, pero yo ya capté su reacción. Comparto una mirada conspirativa con ella antes de dar un paso atrás.

—¿Quién es esta mujer tan guapa y elegante? —le pregunto a mi hermano.

Entonces Benjamín se sonroja. Cierto que la mujer es muy bonita y que su ropa le queda a la perfección, pero no recuerdo haber visto a mi hermano así de sonrojado en su vida. Él empieza a hablar, pero tartamudea con algunas palabras.

—Ah, sí, ella es Verónica. Verónica Rojas. Es la agente inmobiliaria que se encarga de la transferencia de la propiedad. Verónica, te presento a mi hermana, Lucía.

—Es un placer conocerte —me dice ella amablemente, con una sonrisa agradable y sus ojos brillantes. Estrecha mi mano antes de reajustar la carpeta de cuero que tiene en sus brazos—. ¿Qué les parece si vemos la propiedad?

Mi hermano y yo decimos que sí sin pensarlo. Ambos estamos muy emocionados por ver qué sorpresas nos depara la casa. Caminamos por un sendero corto que cruza un bosquecillo de árboles para revelar nuestra primera mirada a la casa. Benjamín y yo reaccionamos igual. Es… horrible.

Horrible. Terrible. Había esperado algún daño tras tantos años sin que hicieran reparaciones, pero esto es peor de lo que imaginaba. La casa está prácticamente en ruinas. Verónica se disculpa por el estado de la propiedad al ver nuestras caras.

—Está claro que este lugar no ha recibido el cuidado necesario durante casi veinte años. Por esa razón luce en mal estado.

—¿Mal estado? —dice Benjamín.

Quiero reír para no llorar. Habíamos hablado de la posibilidad de vender la propiedad para solventar las deudas y tener cierta estabilidad financiera. Pero en este estado, la casa valdría menos que chatarra.

La propiedad se ve muy mal, como si hubiera sido abandonada por un siglo. Aun así, Verónica nos lleva más cerca con valentía. En general, el terreno que viene con la propiedad luce hermoso. Son unas veinte hectáreas de bosques, con acceso directo a la cascada y los manantiales por el sur.

A un lado de la casa, hay unos cuantos graneros en ruinas, yo casi me estremezco cuando sopla un viento fuerte. Se escucha como la fuerza de este viento hace crujir toda la estructura.

—Veamos el interior de la casa principal. ¿De acuerdo? —pregunta Verónica.

Es obvio que por su profesión debe mantener el optimismo a pesar del estado de cualquier inmueble. Casi quiero felicitarla por el entusiasmo que le pone a su trabajo.

—No sé si sea seguro entrar —dice Benjamín con duda.

—Todo se ve muy frágil —concuerdo con él.

Verónica insiste.

—No se preocupen —dice, muy segura de sí misma—. En el contrato dice que reconstruyeron la base el año pasado. Es sólida. El techo también fue modificado, a pesar de que hay varios problemas de fugas. Mientras tengamos cuidado dónde pisamos, es seguro echar un vistazo.

—Bien —digo firmemente, contagiándome de la valentía de esta mujer—. Entremos.

Benjamín me mira todavía con duda. Él está convencido de que no debemos ir adentro, pero yo sí tengo cierta esperanza de que por dentro se vea un poco mejor.

Seguimos a Verónica hasta la parte de atrás de la casa. El porche delantero está en muy mal estado. Entramos a lo que yo estoy bastante segura que es la cocina. Es difícil de decir, pues el polvo y pedazos de techo o de pared, cubren todo. Además, hay una bañera de patas de garra en el centro de la habitación y un agujero enorme en el techo.

Verónica, consciente de la situación, vuelve a intentar disculparse.

—El baño también tenía goteras. El suelo cedió bajo el peso de la bañera.

—Sí, eso está claro —Benjamín no tiene buena cara. Se limpia las manos en los pantalones con cada paso que damos, con cada partícula de polvo que se levantaba ante nuestros pies.

Verónica nos muestra el resto de la casa. Dos plantas y una torre que llega hasta la tercera planta y que domina toda la propiedad. Siete habitaciones. Tres baños. Y un tétrico sótano, que se ha inundado completamente varias veces.

Verónica y Benjamín caminan delante de mí y conversan entre sí.

No puedo dejar de ver a esta mujer. Siento algo cada vez que ella da un paso entre los escombros. Desde que era una niña quise tener y manejar mis negocios y poder decidir sobre ellos sin consultar a nadie. Ser mi propia jefa. Al ver toda esta estructura y el potencial que tiene, siento que ha llegado el momento. Alcanzo a ver una pequeña gran oportunidad.

Es claro que tengo que probarle a Benjamín que puedo recuperarme de mi fallo en la universidad, pero también tengo que probarme algo a mí misma. Una carrera no es sinónimo de éxito, ¿verdad? Hay casos de éxito con personas que no estudiaron, pero que trabajaron mucho para llegar a dónde están.

Benjamín y Verónica salen de la casa. Yo me tomo un minuto más, mirando alrededor de la vieja casa en ruinas. En mi mente todo empieza a tomar forma. Esta casa es lo que necesito. Es una locura por todos los arreglos que hay que hacer, pero podría funcionar, lo sé.

Se podría convertir el lugar en un hotel con restaurante. Le podríamos agregar un servicio para llevar a los turistas a dar paseos por los manantiales. Si la ciudad realmente estuviera cambiando tanto como dijo Benjamín, sería la oportunidad perfecta.

Muy bien, pero ¿cómo diablos vas a convencer a Benjamín? No hay garantía de ese éxito en el que tanto piensas. No hay dinero para hacer todas las modificaciones que la casa necesita. No se puede...

No sé cómo lo hago, pero ignoro a mi propia consciencia en mi cabeza. Ya averiguaré como haremos algunas cosas más tarde. Empezaré convenciendo a mi hermano, ese es el primer paso. Nunca ha sido bueno negándose a mis peticiones y yo tengo experiencia negociando, esa materia sí se me daba bien en la universidad.

Con eso en mente salgo de la casa, encuentro a Verónica despidiéndose de mi hermano.

—Tengo una persona interesada en el terreno —le dice a Benjamín, extendiéndole una tarjeta—. Quizá quieran derribar la estructura existente y construir algo moderno. Piénsenlo y háganme saber su decisión, podemos sacar una buena cantidad de dinero por el terreno.

Benjamín se despide de la mujer y mira fijamente la tarjeta. Sé perfectamente lo que escuché, así que me apresuro a convencerlo de lo contrario.

—Benjamín, no quiero que vendamos nada —le digo.

Él se encojé de hombros.

— No creo que podamos hacer algo más con este lugar, Lucy. Si lo vendemos, podremos ganar algo de dinero, aunque no sea tanto como esperaba.

—Creo que tengo algo en mente que podría funcionar —le digo, sonriendo.

No comparte mi alegría, en su lugar se encoge de hombros, me dice que tiene que

pensar las cosas, y se va. ¿Por qué siempre que pasa algo importante me deja?

Como si yo no pudiera pensar, como si no estuviera a su nivel.

CAPÍTULO 9 - HOMBRE MUERTO

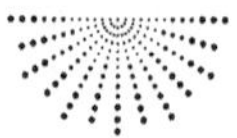

LUCÍA

—No te enfades conmigo, Alma. Sé que no te llamé, pero ya estoy aquí —le digo a Alma con una sonrisa esperanzada, sosteniendo una caja de dulces como ofrenda de paz.

Ella me ignora. En sus brazos tiene una pila de libros que pone en el carro para volver a acomodarlos en los estantes. Alma trabaja en la biblioteca en el centro de El Pradal. Sin dura, es un trabajo perfecto para ella. Siempre ha preferido a los personajes ficticios que a la gente real.

—No sabía que volverías a El Pradal. No te molestaste en venir a verme cuando llegaste. Ni siquiera me dijiste que vendrías.

—Lo siento, Alma. Sé que estuvo mal. Por eso te traje tus dulces favoritos, para disculparme.

Levanto los dulces de nuevo mientras ella mira por encima de su hombro. Sus ojos miran la caja con ansias. Me sonríe, toma la caja y rompe la envoltura sin mucho cuidado. Se lleva varios dulces a la boca. Luego me mira de arriba abajo. Su humor repentino y su amabilidad característica arriban a sus resplandecientes ojos azules.

—Supongo que estás disculpada.

—Por supuesto que sí —me encojo de hombros—. Te conozco, no puedes odiar a nadie ni guardar rencor. Solo basta con traerte tus dulces y volverás a alegrarte.

—¡Te equivocas! —dice con una gran sonrisa.

—Claro que no —le digo riendo.

Hago como que le quitaré la caja de dulces de las manos y la aleja de mí. Luego ella también está riendo y un segundo después nos abrazamos, nos reímos y por un momento siento como que estoy de nuevo en la secundaria. Siento que somos otra vez Lucía y Alma, las mejores amigas de toda la vida.

—¿Y? ¿Qué es lo que quieres? —me pregunta Alma con una sonrisa aún en sus labios.

—¿De qué hablas? ¿Acaso no puedo consentirte con tus dulces favoritos?

Me mira con atención.

—No, porque es un soborno y lo sabes —Alma ladea la cara y con su mano derecha toma otro dulce de la caja—. Más vale que me lo cuentes todo, ¿por qué regresaste? Hace algún tiempo me dijiste que las cosas no iban bien en la universidad, pero luego dejaste de llamarme y no contestaste mis llamadas.

—Hice cosas muy estúpidas, Alma —digo, con un suspiro.

—¿Lucía Reyes haciendo cosas estúpidas? ¡Eso no pasaría jamás por mi cabeza! —Se pone la mano en el pecho en un gesto dramático que decido pasar por alto y continúo la conversación.

—Dejé la universidad —suelto, no tiene caso que le dé más vueltas—. Bueno, me obligaron a dejarla.

—¿Qué? —me pregunta con sorpresa—. Pero... pensé que harías lo imposible por terminar tu carrera, me lo aseguraste antes de irte del pueblo.

—Ya lo sé, pero ya me siento lo suficientemente mal por eso —Respiro profundamente, buscando las palabras correctas—. Han pasado muchas cosas desde la última vez que hablamos, y todavía no estoy segura de cómo me siento con todo lo que pasa.

—Lucía, me asustas. Empieza desde el principio.

Alma me mira, escudriñándome, buscando algún gesto en mí que la haga entender lo que me sucede. No me juzga, nunca lo ha hecho. Es una de las cosas que más admiro de su personalidad. Que puede ver todos los puntos de vista para entender una situación, incluso si no está de acuerdo con nadie.

Lo que no me gusta es su optimismo, porque saca cosas buenas de cualquier situación, y a veces yo creo que es necesario sufrir y llorar lo que se tenga que sufrir y llorar.

Quién sabe, quizá tenga que ser más cómo Alma.

—De acuerdo. Estaba discutiendo con Benjamín…

—Eso no es nada nuevo —me interrumpe Alma.

—Discutíamos porque me expulsaron de la universidad. La directora me encontró tomándome unas pastillas, Alma.

—¿Qué? Lucía, ¿consumías…?

—No, claro que no. ¿Qué te digo? Ingenuamente lo hice, pero siempre me repetí a mí misma que no era nada malo. Y tampoco me hice adicta, solo fueron dos pastillas.

—Está bien, ya no te interrumpo. —Alma hace el movimiento de cerrar sus labios y lanzar la llave. Sigue siendo la misma de siempre.

—Benjamín y yo discutíamos cuando alguien llegó a la casa. Era un abogado. Llegó para decirnos que mi abuelo le había dejado una propiedad a mi madre, pero que ella nunca se había ocupado de ella…

Resoplo al decir esto último, en realidad no quisiera decir nada más, pero Alma es mi mejor amiga, a ella debo decírselo. Pero lo haré rápido, de todas formas, no importa mucho.

—Mis padres murieron en un accidente, Alma. Y el abogado nos contó que la propiedad pasó al siguiente familiar vivo, ósea Benjamín. Ya fuimos a ver el lugar. Estoy muy emocionada con la casa, es decir, hay que remodelar todo, y hay algunos problemas con el agua, pero créeme cuando te digo que ¡tiene mucho potencial! Solo hay que poner las manos a la obra. Quiero convertirlo en un hotel con restaurante. ¡Sería mi propio negocio! Pero me vendrían bien unas manos extra para empezar. ¿Me ayudas con esto?

Alma me mira amablemente como siempre lo ha hecho. Sus inmensos ojos azules están llenos de gentileza. Se levanta y me abraza. Como creí, ella le pone mucha más atención a mis padres que a todo lo demás.

—Lucy, de verdad lo siento mucho —dice con pena—. Sé que tus padres no los trataron muy bien a ti a ya Benjamín, pero de igual forma lamento lo que les sucedió. Debe ser una forma horrible de enterarse. ¿Harán un funeral? Puedo traer mi aceite de salvia, es muy calmante. Y mis cristales de ámbar. Ayudarán a disipar cualquier energía negativa para que puedas sobreponerte a este dolor adecuadamente.

Me retiro lo suficiente para darle a mi mejor amiga una mirada incrédula. Desde que supe que mis padres murieron, no sé cómo sentirme, pero sé que el dolor no es la primera opción. Ira, claro. Asco, absolutamente. Pero, ¿dolor? No. Dolor no.

—No, no les haremos un funeral. Murieron hace meses. Mi madre alcoholizada chocó el auto en el que iban ambos y murieron instantáneamente —digo esto sin inmutarme. Tengo el interés de centrar la conversación en la casa—. Pero no es de eso de lo que quería hablarte, sino de mi idea con la propiedad, ¿me ayudarás?

—¿Ayudarte con qué?

—¡El restaurante y el hotel! Parece que no me oíste. Esta es una oportunidad de oro para mí. Voy a convertir la propiedad en mi propio negocio, y entonces Benjamín no tendrá que preocuparse tanto y yo no me sentiré como una fracasada el resto de mi vida.

Admitiré solo para mí, que la idea dicha en voz alta suena fantasiosa, pero, ¿qué no empiezan así todas las grandes ideas así? Como una locura, como un sueño.

—Por supuesto que ayudaré —dice Alma inmediatamente. Yo suspiro aliviada—. Puedo decirle también a Rosa. Y tal vez Víctor nos ayude también, si no está ocupado.

Le sonrío a Alma y la abrazo.

—Gracias por tu apoyo y por hablar con los chicos.

Cuantos más me ayuden será mejor.

—¿Y Benjamín? —pregunta. Mi sonrisa se desvanece.

—¿Qué pasa con él?

—¿Qué piensa de tu plan?

Trago con fuerza, tratando de lucir valiente.

—Lo sabré dentro de poco.

Me despido de Alma, diciéndole que la veré pronto, pues tenemos muchas cosas más que hacer. Posiblemente me pase por su casa mañana.

El viaje desde la biblioteca hasta el bar Las Quince Letras es muy corto. No, no voy buscando a Leonardo, esta vez no. Pero ahora sé que mi hermano siempre anda por ahí cuando no está trabajando sin parar. ¿A quién engaño? Voy con la esperanza de ver a Leonardo, quiero saber por qué reaccionó tan raro la última vez que fui a su apartamento.

Lucía, concéntrate en el plan del hotel. Lo demás no importa ahora. No lo eches a perder, como siempre.

Esta vez sí le haré caso a esa voz en mi cabeza. Abro la puerta y entro al bar. Me toma un momento que mis ojos se ajusten a la luz tenue después de la brillante luz del sol de afuera, pero después de hacerlo, veo a mi hermano.

Está sentado en el medio de la barra, con una cerveza llena delante de él, pero parece intacta mientras mira una pequeña tarjeta, dándole vuelta en sus manos. ¿Será la tarjeta de la agente inmobiliaria? Tal vez.

Benjamín se ve preocupado. Nunca me ha gustado esa expresión. Desde que tengo memoria, Benjamín siempre se ha preocupado por algo, hasta por las cosas más pequeñas. Sé que con mi plan tengo una oportunidad de quitarle esa preocupación para siempre. Ahora solamente tengo que convencerlo de que va a funcionar.

—Benjamín —digo sentándome junto a él. Me mira de forma extraña; ya lleva algunas cervezas encima.

—Hola, hermanita. Es curioso verte aquí. ¿Qué vas a pedirme ahora? ¿Dinero? Bueno, no puedo darte dinero.

—¿Por qué asumes que quiero dinero?

Benjamín me mira de nuevo y se encoge de hombros.

—En realidad quería hablarte de algo.

—Por supuesto que sí.

—No, escucha Benjamín. Hablo en serio. Tengo un plan que debes escuchar, no salgas corriendo otra vez —Una de sus cejas se levanta con dudas, pero yo continúo—. Vimos la casa con Verónica y pude darme cuenta de algo. Podemos sacar provecho de ella.

—Tienes razón. Podemos. Y lo haremos —dice Benjamín, moviendo la tarjeta de Verónica en su mano—. Vendiéndola.

—No. Ahí es donde te equivocas —Trato de sonar lo más confiada posible para convencerlo—. Podemos convertirla en un hotel con restaurante.

Benjamín me mira fijamente durante un largo rato y luego empieza a reír a carcajadas.

—Buen intento, Lucy. Realmente me engañaste por un segundo.

—Benjamín, estoy hablando en serio —digo, con molestia. Ya sabía que Benjamín reaccionaría con rechazo a mi plan. Pero no tenía por qué responder con ese sarcasmo—. La base de la casa está en buenas condiciones, eso es lo que dijo Verónica. Eso es lo más importante. El resto de los arreglos son solo detalles y...

—¿Detalles? Hay que remodelar el techo por completo, sellar el sótano, la plomería hay que cambiarla y tal vez todas las instalaciones eléctricas. Ah, y los agujeros gigantes en el techo y la bañera en la cocina que también hay que arreglar. No vale la pena. Es mejor que derriben ese lugar.

La esperanza y la emoción iniciales que me convencieron de hablar con él comienzan a desvanecerse. Pero la idea de rendirme no, esa no es opción.

—Puedo hacerlo, Benjamín. Quiero esa oportunidad. Ya tengo un equipo listo y dispuesto a ayudar. Sabes que puedo regatear el precio de los materiales mejor que nadie. Puedo hacer que funcione. Puedo convertirlo en un negocio rentable, en una inversión. En algo nuestro.

—Lo pones demasiado fácil. Pero no podrás hacerlo.

—Gracias por la confianza, hermano —digo, con desánimo.

Me mira y luego da un sorbo a su cerveza.

—Tienes seis meses.

Miro a Benjamín con incredulidad.

—¿Qué? ¿Seis meses?

—Sí, el comprador no puede venir hasta dentro de ese tiempo. Si logras hacer algo por esa casa, puede que yo cambie de idea.

Seis meses no es mucho tiempo. Remodelar la casa como había planeado me llevaría por lo menos un año. Pero no tengo elección. Voy a hacer todo lo que esté en mis manos para lograrlo en tiempo récord, y poder convencer a Benjamín en el proceso.

Todo me parece más fácil ahora que tengo la aprobación de mi hermano, ya tengo algunas personas que me van a ayudar, así que siento como una emoción renovada me llena el cuerpo. Abrazo a Benjamín, con una sonrisa en mi cara.

—Gracias, hermano. Te debo una.

—No me lo agradezcas todavía. Tendrás una tonelada de trabajo. Vas a necesitar toda la ayuda que puedas conseguir.

—Lo sé —le digo felizmente—. Alma dijo que Rosa ayudaría, y también Víctor.

—Bueno, quizás pueda conseguirte otro par de manos que te ayuden —dice Benjamín, volteando hacia la puerta detrás de la barra—. ¡Oye, Leonardo! Ven aquí un segundo. Quiero que conozcas a alguien.

Mi mirada sorprendida se encuentra con la de Leonardo cuando sale de lo que supongo es el depósito del bar. Lo veo tragar con fuerza antes de caminar hacia nosotros, no pierdo de vista su mirada aterrada, como si estuviera caminando hacia la horca.

* * *

LEONARDO

Maldición.

Ese es el primer pensamiento que se me pasa por la cabeza cuando salgo y veo a Lucía y Benjamín sentados juntos en el bar. Ella me muestra una sonrisa tan grande como un sol, oscurecida un poco por la mirada confusa en sus ojos, mientras Benjamín me hace señas para que me acerque.

Trato de caminar con tranquilidad.

—Hola, Benjamín. ¿Qué pasa? —digo mientras miro a Lucía de reojo.

—Leonardo, te presento a mi hermanita Lucía —Mi amigo está feliz de presentármela—. Lucía, él es mi buen amigo, Leonardo. Trabaja aquí. Llegó a El Pradal después de que te fueras a la universidad.

Espero que ella no diga que ya nos conocemos muy bien.

—Ah… hola, Leonardo —dice Lucía débilmente.

Le sonrío fugazmente. Benjamín sigue hablando mientras se acerca a mí.

—No puedes acercarte a ella, Leonardo. Aunque eso ya lo sabes —Habla en broma, pero sus ojos dicen que está siendo demasiado sincero—. Amigo, sé cómo eres con las mujeres, y Lucy no es tu tipo, te lo aseguro.

No es una pregunta, pero respondo de todos modos.

—Por supuesto que no. Claro, amigo, como digas —Tartamudeo un poco, tratando de no mirar en la dirección de Lucía.

De todas formas, veo una expresión fría cuando ve a Benjamín, luego me mira a mí. Ella sabe tan bien como yo lo sobreprotector que puede ser su hermano y con las historias que me contó Paty es suficiente para mí.

—¿Quieres otra cerveza? —pregunto, para romper con la tensión que acaba de surgir entre los tres.

—No, gracias. Pero necesito tu ayuda con otra cosa.

—¿Sí? ¿Para qué? —le pregunto, temiendo la respuesta. No sé por qué siento que no va a ser nada bueno.

—Bueno, ¿recuerdas que te hablé de una casa en las afueras?

—Sí.

—Bueno, Lucía tiene la loca idea de arreglar el lugar y convertirlo en una especie de hotel y llenarlo de turistas.

—En realidad, será un hotel con restaurante —dice Lucía bruscamente, y el sonido de su voz me hace querer voltearla a ver. Tomo toda la fuerza de voluntad que puedo para no hacerlo.

—¿En serio? Pues parece que tendrán mucho trabajo.

—Exactamente. Sabes que trabajo en la empresa de construcción en Valle Primavera, pero ahora mismo estoy inundado con un nuevo trabajo. Si no recuerdo mal, me contaste que habías hecho trabajos de albañilería, ¿no?

Mi estómago se revuelve ante esa pregunta. Y como un tonto, abro la boca y encuentro que la verdad sale de mis labios sin que pueda impedirlo. Estoy tan nervioso que me cuesta mentir.

—Sí. Trabajé con un equipo de construcción durante un año y medio, pero yo…

—Perfecto. Solo quiero asegurarme de que al menos una persona sepa lo que está haciendo —dice Benjamín sonriendo y clavando el último clavo de mi ataúd—. ¿Cuento contigo para ayudar a mi hermanita?

No sé quién se sorprende más, si Lucía, Benjamín o yo, cuando asiento con la cabeza.

—Claro que sí —No, no puedo. Esto es malo. Esto es muy malo— Con mucho gusto le ayudaré.

Eres hombre muerto, Leonardo, eso es lo que eres.

CAPÍTULO 10 - SECRETO

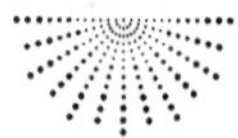

LEONARDO

Llego a la propiedad de los hermanos Reyes tras transitar el largo camino que la separa del bar. Todavía sigo preguntándome qué carajo estoy haciendo, ¿por qué accedí a ayudar con todo esto?

Estaciono mi vieja camioneta frente a la casa destruida y la miro con una expresión dudosa en mi cara. El lugar es aún peor de lo que esperaba. Se nota desde lejos que hay que hacer remodelaciones completas en toda la entrada principal para poder entrar en la casa, arreglar el techo por los terribles agujeros que tiene y reemplazar el revestimiento.

—Vaya, Lucía. ¿En qué nos metiste? —le pregunto a la nada.

Nunca antes había visto un lugar tan deteriorado. Puede que sea mejor derrumbar todo.

Pero vi la mirada de determinación en los ojos verdes de Lucía, en el bar. No está dispuesta a ceder. Quiere lograrlo a como dé lugar, y yo admiro eso. Su falta de voluntad para vacilar, incluso cuando las cosas se ven mal. Y esto se ve muy mal.

—Tal vez el interior no esté tan mal como el exterior —

murmuro mientras me bajo de la camioneta y me dirijo hacia la parte de atrás. Esa debe ser la única entrada accesible, pues la puerta principal está bloqueada.

El panorama del interior no es mejor. Las habitaciones son casi pérdida total. Camino por los destrozos mientras busco a Lucía y pienso en qué decirle. Tengo un montón de frases ensayadas y no sé cuál es la mejor.

Lucía, sabes que me encantaría ayudarte, pero no creo que sea una buena idea que pasemos más tiempo juntos. Tu hermano dejó muy claro que no quiere que me involucre contigo. Sí, yo también quiero involucrarme contigo. Sí, lo sé, ya eres mayor y yo también. Sí, pero tu hermano es mi mejor amigo y...

Un olor terrible interrumpe mis pensamientos, pero, aunque me tardo un poco buscándolo, no encuentro de dónde puede venir. Sigo caminando luego de un minuto, pensando en qué le voy a decir a Lucía.

La pasamos bien pero no podemos seguir. Porque no quiero que Benjamín se moleste, y si algo lo enfurece, son los hombres que se meten con su hermana pequeña. Ya sé que no debería importarnos lo que él piense, pero... Sí, lo que paso entre nosotros fue increíble, pero no podemos hacerlo de nuevo.

Mira, dejemos esto hasta aquí y tal vez pueda ayudarte de vez en cuando con la casa. Finjamos que nunca conocimos y que no nos hemos acostado. Sí, será lo mejor, créeme... Sí, yo también quiero mandar todo al demonio y besarte.

Qué bueno que nadie puede leer la mente, sino pensarían que me estoy volviendo loco. Y quizá si lo estoy, un poco. Solo quiero ensayar en mi cabeza lo que le diré a Lucía cuando la vea, no quiero echar las cosas a perder, mucho más de lo que ya están.

Sigo viendo a mi alrededor mientras lidio con mis pensamientos, haciéndome notas mentales de todo lo que necesita remodelaciones. Que es básicamente, todo.

Hay que pintar todo también. Suspiro, a simple vista me parece imposible terminar todo en seis meses. Ya trabajé haciéndoles reparaciones y remodelaciones a otras casas antes, pero nunca había visto nada peor que esta vieja casucha arruinada.

Un sonido interrumpe mis movimientos y la revisión que estaba haciendo de las paredes. Sigo ese suave sonido por el resto del camino, cruzo el pasillo hasta que llego a la entrada de la habitación principal y me quedo helado.

Lucía está allí, arrodillada. Usa pantalones cortos y una camiseta suelta mientras tira de un trozo de alfombra de lana que parece bastante antiguo. Su cabello rubio está recogido. El sudor empapa su frente. Está cubierta de polvo después de estar todo el día haciendo trabajo sucio. Y, de todas formas, es la mujer más hermosa que he visto en mi vida.

Ella levanta la vista, como si ya supiera que yo estaba aquí, y tan pronto como su mirada de ojos verdes luminosos se encuentra con la mía, me atraviesa. Quiero decirle algo, cualquier cosa, pero me quedo mudo.

Soy un idiota por dejar que mis pies se muevan hacia ella, aunque no me piden permiso, es casi como si lo hicieran por su propia voluntad. Mi mente me grita que no camine más, que corra hacia otro lado, pero mis pies siguen su camino. El resto de mí no puede hacer nada.

Me detengo a un paso de donde ella está de rodillas y observo en silencio cómo se pone de pie lentamente, limpiándose el sudor y el polvo de su frente mientras lo hace. En realidad, se ensucia más de lo que ya estaba. Aun así, sigue siendo bellísima.

Ella no dice nada, pero parece que siente lo mismo que yo; el ambiente lleno de tensión, de ganas de fundirnos nuevamente. Se me hace difícil respirar o calmar mi pulso acelerado. Ya olvidé todas las cosas que quería decirle, pero recuerdo que la quería convencer de alejarnos. De que ella debería seguir su camino y yo el mío.

Un momento, ¿por qué querría seguir mi camino sin ella? ¿Por Benjamín? ¿Por nuestra amistad o porque me aterra la reacción que tenga cuando se entere de lo que Lucía y yo tenemos? Pero no tenemos nada. Pero eso no me importa justo ahora, porque todas las razones no me parecen suficientes para alejarme de Lucía.

Yo no quiero alejarme, quiero acercarme. Es más fácil caminar para eliminar la distancia entre nosotros y besarla. ¿Estaría loco si digo que parece que ella quiere hacer lo mismo? Porque se está acercando a mí. Me toma de la mano y me arrastra con ella.

La sigo, sin saber qué decir o hacer. Como podemos, bajamos por las estrechas y precarias escaleras. Me hace entrar a una habitación que es la más conservada que he visto hasta este momento. Pero no me da tiempo de revisar los daños que tiene, pues Lucía se pega a mí, buscando mis labios.

—Cariño, creo que no deberíamos hacer esto —murmuro, con nuestras bocas muy juntas. Lucía asiente, pero sus manos no dejan de moverse por mi pecho.

—Tienes razón, probablemente no deberíamos hacerlo.

Entonces, como los dos adultos racionales que somos, nos detenemos. Dejo un beso en la mejilla de Lucía, me separo, y ella me deja ir.

Claro que no. Eso es lo que deberíamos de hacer, pero no se parece a la realidad, dónde yo soy el que no puede soportar más, y la besa primero.

* * *

LUCÍA

¿Qué tiene este hombre que me enloquece tanto? No puedo controlarme cuando estoy cerca de él. Solo hay algo en mí cuando Leonardo está presente; necesidad. Una necesidad que me quema todo el cuerpo, que lo incendia, sin posibilidad de detenerse.

Han pasado apenas unos días desde que estuvimos juntos en su apartamento, pero se sienten como una eternidad. No importa el tiempo que ha pasado. Lo necesito ahora. En este lugar. Eso es en lo único en lo que puedo pensar ahora.

—Ayúdame. No puedo quitarme estos malditos vaqueros —le digo, jadeando. Lucho con el cierre, que parece tener un candado, y Leonardo se ríe cálida y profundamente antes de agacharse y calmar mis manos temblorosas.

—Cariño, cálmate. No voy a ir a ninguna parte.

Sus palabras me golpean más fuerte de lo que hubiera imaginado. Él habla de quedarse aquí en este instante, en este momento de necesidad. Pero mi mente está convencida de que se terminará yendo, tarde o temprano.

Me deshago de la idea, no quiero pensar en eso ahora. Ahora tengo asuntos más urgentes que atender. Como la necesidad ardiente de estar con Leonardo. Lo miro profundamente, indagando en sus ojos si siente lo mismo que yo. Sí. Tiene la misma hambre, el mismo deseo.

—No quiero ir más despacio. Lo quiero rápido y duro, ¿entiendes?

—Sí, cariño —dice Leonardo sonriéndome provocativamente—. Tus deseos son órdenes.

Me levanta una mano y me da un beso en el dorso, luego me besa en los labios, de una forma bastante agresiva, tal como le había pedido. Se siente tan delicioso como yo ya lo había presentido. Empujó mis dedos por su pantalón, abriendo rápidamente el botón, bajando la cremallera y deslizándoselos por la cadera.

Mi ropa interior es la siguiente. Rápidamente él me la quita, y ahora somos una maraña de brazos y piernas, jadeando y gimiendo de necesidad.

—Ahora, Leonardo. No puedo esperar más.

Se nota en su mirada la misma necesidad que yo tengo, la veo en las gotas de sudor que empiezan a resbalar por su frente, y en la tensión de su mandíbula. Pero aun así espera, tomándose el tiempo para pasar una mano entre mis muslos temblorosos, asegurándose de que yo esté lista para él. Los dos gemimos, envueltos en una densa nube de deseo.

—Leonardo, te lo juro. No puedo esperar. Hazlo o yo…

Me interrumpe porque finalmente decide obedecerme. Lanzo un grito de placer mientras él levanta mis piernas alrededor de su cintura y se hunde profundamente dentro de mí, en un rápido movimiento.

Me roba el aliento. La sensación de volver a ser uno mismo me deja sin aire en los pulmones. Soy solo un poco consciente de que la habitación en la que estamos quedará peor porque a cada embestida que Leonardo da, pequeños restos de pintura se desprenden de la pared.

Él se esfuerza sosteniéndome, pues no hay ningún lugar dónde me pueda apoyar. Todo lo que puedo hacer es aferrarme a sus brazos y tomar todo lo que puede darme. Entonces abro más mis muslos, para facilitar la postura, y hacer todo más fuerte, justo como lo quiero.

Leonardo gruñe duramente contra mi cuello mientras entra y sale de mí. Murmura algo, pero no sé qué me está diciendo, pues el sonido de mis propios gemidos no me deja oírlo. Aun así puedo sentir su aliento contra mi piel, lo que me provoca escalofríos por todo el cuerpo.

Siento los espasmos cada vez más fuertes, se hacen más

placenteros, anticipándome un orgasmo de la misma magnitud. Siento a Leonardo ir más profundamente, y luego una fuerte sacudida me ataca, haciendo que mi cuerpo tiemble. Las ondas de placer me recorren intensamente. Si él no me estuviera sosteniendo tan firmemente, de seguro yo estaría ya en el piso.

Algo cae sobre mi cabeza, pero todavía estoy tan concentrada en lo que acabo de sentir, que noto demasiado tarde lo que es. Un segundo después hay un montón de yeso suelto cubriéndonos a Leonardo y a mí.

Los dos nos quedamos paralizados cuando un pedazo de techo se desintegra sobre nosotros. Por fortuna está en tan mal estado que solo es polvo lo que nos cae encima. La confusión me llena y Leonardo retrocede para dejar caer mis piernas al suelo. Tengo que recostarme contra la pared durante un buen rato para saber si puedo moverme sin ayuda.

Leonardo parece un fantasma, su pelo y su cara están completamente cubiertos de yeso. Ambos miramos con incredulidad al techo y vemos el nuevo agujero. No me veo, pero me imagino que estoy casi igual que Leonardo, igual de blanca y sucia que él.

Una sonrisa aparece en mi cara al mismo tiempo que la risa sale de la boca de Leonardo. Un momento después ambos estamos riendo a carcajadas. Tengo que secarme las lágrimas de los ojos. La suciedad y el yeso manchan mi cara, lo que creo que me hace ver aún peor.

—Te ves horrible —dice Leonardo, separándose de mí y con una gran sonrisa.

Busca su ropa y me ayuda a buscar la mía, que quedó sepultada en yeso.

—Eres tú quien se ve horrible —le digo, empezando a vestirme.

Por más que trato de sacudirme o de sacudir mi ropa, todo sigue igual de sucio. Cuando me doy cuenta de que no servirá de nada lo que estoy haciendo, me vuelvo hacia Leonardo y despeino su cabello oscuro, ahora blanco por el polvo.

—Benjamín no puede enterarse de lo nuestro —le digo de repente, y él suspiró profundamente.

—Sí, ya lo sé.

—Hablo en serio. Te matará si se entera.

—Yo también hablo en serio cuando digo que lo sé.

Leonardo se inclina para besarme suavemente. Se sacude más polvo y ambos terminamos tosiendo y riendo de nuevo, pero en el fondo de mi mente, todavía estoy preocupada por lo que pueda pensar Benjamín.

Hay un rumor dónde dicen que él tiró a un chico por las escaleras, pero eso no es cierto. Yo estuve ahí ese día, y sé que fue un accidente, Jorge Villa se resbaló y cayó algunos metros abajo. Por desgracia en el pueblo corrieron otro tipo de rumores.

Estuve molesta mucho tiempo con mi hermano, pero por más enojo de mi parte, él no cambió su comportamiento sobreprotector. Si ya él se comportaba así con los chicos que no querían nada serio conmigo, ¿qué hará cuando se entere de lo que tenemos Leonardo y yo?

Sacudo la cabeza. En realidad, no tenemos nada.

Saco fuerzas para ignorar este pensamiento mientras examino el daño del techo. Se ve muy mal, como el resto de la casa. Hay trozos de yeso y mucho polvo por todas partes. Quizá podamos comenzar a limpiar los dos juntos. Lo volteo a ver, él, de hecho, no me ha quitado la vista de encima, lo sé.

—Ayúdame a limpiar —le digo—. Y deja de verme como si quisieras volver a tenerme contra la pared, ¿no te das cuenta de que estoy toda sucia?

—Sí, y no tengo problema con eso.

Yo tampoco, la verdad. Justo ahora estoy viendo la pared del otro lado de esta habitación, evaluándola, para ver si podrá sostener mi peso.

Una voz masculina se escucha fuera de la habitación. Se escucha con claridad que me está llamando a mí. Miro a Leonardo con pánico. Va a ser muy complicado mantener esto en secreto de Benjamín.

CAPÍTULO 11 - ¿ESTÁ DESPEJADO?

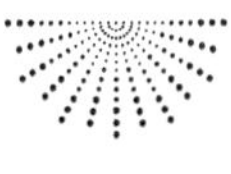

LUCÍA

Leonardo y yo nos miramos con preocupación.

—Maldita sea —dice en voz baja, haciéndose eco de mis propios pensamientos—: ¿Es Benjamín?

—Creo que sí —pienso rápidamente en algo que me permitiera solucionar este problema—. Quédate aquí, yo saldré a ver qué quiere mi hermano. Tal vez no sea nada y pueda despacharlo pronto.

—Muy bien.

Salgo de ahí esperando lo peor. En mi imaginación, Benjamín está allí afuera. Nos encontró juntos, no sé cómo, y está a segundos de asesinar a su mejor amigo. Yo tendré que ayudar a esconder el cuerpo, a menos que él decida matarme junto con Leonardo. Sería un doble homicidio causado por la rabia. Sacudo la cabeza, alejando estos fantasiosos pensamientos.

Yo ya sabía que esto pasaría. Cuando me presentó a Leonardo en el bar, pensé que bien valdría la pena el riesgo. Acostarse con el mejor amigo de tu hermano no es muy buena idea, incluso cuando sabes cómo reaccionará. Incluso cuando sabes que su mejor amigo va a marcharse porque es su naturaleza. Prácticamente él lo ha dicho.

—¡Oye! No te esperaba, Be... —Corto la palabra mientras miro con sorpresa al grupo de amigos que está esperándome en lo que sería el recibidor de la casa.

—¡Lucía! ¡Ahí estás! Estábamos demasiado asustados para explorar esta trampa mortal... quiero decir, esta casa. —La voz de Alma suena detrás del pequeño grupo y ella se abre paso cortésmente antes de darme un abrazo, no le importa que esté completamente sucia. Miró a los chicos que se encuentran detrás de ella, con ciertas dudas.

—Lucía, imagino que recuerdas a los chicos, Damián, Víctor y ese alto de allí es Antonio.

Me los presenta y los saludo amablemente. Por supuesto que los recuerdo. Tienen el mismo pelo castaño rojizo y pecas. Fuimos todos juntos a la escuela y a la secundaria. Víctor estaba enamorado de mí, pero por lo que pasó con Benjamín y el accidente de las escaleras, no me invitó al baile de graduación, incluso después de que le dije que quería ir con él.

Espero un momento a que cualquiera de esas viejas emociones regrese a mí, pero no siento nada. Los años de la secundaria parecen tan lejanos ahora, como si fuesen una vida anterior o algo así. Y lo que yo creí sentir por Víctor o por Jorge, se siente minúsculo, comparado con la hoguera que se desata en mi interior cada vez que pienso en Leonardo.

—Por supuesto. Hola, chicos. Gracias por ofrecerse a ayudarme con la casa.

—Bueno, en realidad no nos ofrecimos —comienza Víctor, encogiéndose incómodamente bajo la mirada severa de Alma—. Quiero decir, claro. No hay problema, Lucía.

Estamos felices de hacer todo lo que podamos por una amiga.

Alma asiente antes de continuar.

—El vampiro vestido de negro es Rosa.

—Hola.

Esa chica vestida de gótico, con un aro en su nariz y el cabello teñido de negro azabache que hace juego con su vestimenta, me sonríe de una forma sorprendentemente alegre, y yo le devuelvo el mismo gesto.

—Y por supuesto que conoces a Damián.

Alma titubea casi imperceptiblemente cuando dice su nombre y tengo que luchar para no mirarla. Ella ha sido amiga de Damián Herrera desde el octavo grado, pero él no sabe que para Alma significa mucho más que un solo amigo. Ella nunca ha tenido el valor de decirle lo que realmente siente.

—Les agradezco de nuevo por sus ganas de ayudarme. Ya empecé en esta habitación. Para ser el primer día, creo que voy bien.

Rosa interrumpe, con una dudosa mirada sobre mí, y luego en toda la casa.

—¿Esto es ir bien?

Hago una mueca. Sé que va a costar mucho trabajo, pero he estado evitando pensar en eso, prefiero concentrarme en hacer algo, a estar pensado en que tengo que hacerlo.

—Sí, sé que se ve mal. Pero principalmente necesita trabajo cosmético. Una vez que saquemos la alfombra, los escombros, y la madera podrida de aquí, ya verás. Se verá bien pronto.

—Si tú lo dices —dice en voz baja. El resto de los chicos obviamente tampoco me creen.

A pesar de ese escepticismo, todos empiezan a trabajar rápidamente. Lo principal es sacar todas las cosas que no sirvan, que es casi todo, y ponerlo en bolsas para después sacarlo de aquí. Antes de que pueda levantar un pedazo de madera del suelo, se escucha una voz detrás de nosotros.

—¿Está despejado?

Salto, girando para ver a Leonardo asomándose por el pasillo, con un aspecto particularmente sospechoso.

—¿Despejado de qué? —pregunta Alma.

Mi amiga nos mira con curiosidad. Leonardo camina lentamente hacia nosotros y yo no puedo evitar sonrojarme, y luego pensar en que los dos estamos completamente sucios. Alma va a atar cabos rápidamente, lo sé. Por suerte para los dos, no dice nada en voz alta.

Los presento rápidamente.

—Leonardo también está ayudando. Es un amigo de Benjamín.

—Ah, ¿sí? —dice Alma, después de un momento. Estoy segura de que está a punto de decir otra cosa, pero en vez de eso, aplaude con fuerza y nos sorprende a todos—. Bueno, ¿empezamos a trabajar a fondo o nos vamos a quedar parados aquí? Este lugar no se limpiará solo.

El entusiasmo de Alma me calma. Suspiro con alivio, mirando a Leonardo antes de tomar un par de guantes y retomar la faena. Alma tiene razón: la casa no se va a limpiar sola. Y hay mucho qué hacer.

* * *

LEONARDO

Miro la habitación y compruebo que hemos avanzado. Celebro con un sorbo de cerveza fría. Progresamos más de lo que esperaba esta tarde. El grupo de amigos de Lucía ayudó bastante. A medida que el calor se hacía más sofocante con el pasar de la tarde, uno de los chicos, todavía no estoy seguro de cuál, fue y compró algunas cervezas.

Alguien ríe, en alguna otra habitación. Busco entre los pasillos para ver quién es y me encuentro mirando fijamente a Lucía, bromeando con su amiga. Alma.

Alma es agradable, y parece una chica tranquila. De pronto ella me ve y se ofrece a leer mi energía astral. Saca una especie de cosa de cristal para profundizar mi conexión espiritual con el universo. Me niego cortésmente, pero de todos modos continúa pasándome el cristal por el cuerpo. Me dice que mis chacras están nublados o algo así.

Lucía está a un lado, de pie, esconde su risa con una mano mientras me mira retorcerme con incomodidad. Yo me habría ido de aquí en cuanto Alma comenzó a hablar de energías, pero con los ojos de Lucía en mí, no me puedo mover. Estoy clavado al piso.

Lo verdaderamente increíble no es que no me pueda mover, es que, de hecho, no quiero hacerlo. Alma me dice algunas cosas más, pero yo solo puedo mirar cómo Lucía sigue riéndose de mí. Y luego no puedo evitar pensar en que, si no fuera por su amiga, probablemente yo estaría arrinconándola contra cualquier pared de esta inestable casa.

Agito la cabeza, tratando de desterrar mis propios pensamientos, pero siguen allí, alojados en mi cabeza y sin importar lo que haga, no quieren irse. Tampoco me dejan cuando Alma deja de hablarme y se pone a levantar y a mover basura y algunas cosas más del suelo. Lucía se pone a ayudarle, pero, aunque la pierdo de vista por unos minutos, es como si siguiera aquí.

Lucía se está metiendo en mi piel, apoderándose de mí, como ninguna mujer lo había hecho en mucho tiempo. Bueno, tal vez nunca. Debería estar aterrorizado. Debería haberme ido ya, o al menos debería estar empacando mi bolso para después correr al siguiente pueblo, en busca de la siguiente aventura.

Pero no quiero hacer eso, esa idea ya no me parece interesante. Me parece mejor quedarme aquí, porque llevo tres años en el pueblo. Conozco a algunas personas, y ahora tengo un mejor amigo. No quiero quedarme aquí por ninguna mujer. Antes de ella ya estaba viviendo aquí, feliz.

Definitivamente no me quedo por Lucía…

De pronto escucho su dulce risa, por toda la casa. Y ahora quiero hacerla reír, quiero verla sonreír siempre que pueda. Me pongo a mover un mueble viejo del pasillo para dejar de pensar en ella, pero no funciona.

Lucía me está haciendo cuestionarme las cosas, y no me gusta tener que mentirle a su hermano. Pero tampoco me gusta no poder ir y besarla como lo quiero hacer, cuando lo quiera hacer.

CAPÍTULO 12 - DISFRUTEN SU NOCHE

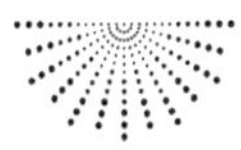

LEONARDO

—Vamos, maldición. No tienes ninguna oportunidad contra mí —gruño. Mis músculos se tensan mientras aprieto con más fuerza—. Será mejor que te rindas ahora mismo, ya te vencí.

El sudor gotea por mi frente y empapa la parte trasera de mi camisa, pero no me detengo hasta que siento que el perno oxidado comienza a ceder.

—¡Uno menos, faltan veinte! —clamo victoriosamente dejando caer el oxidado trozo de metal en el cubo que tengo enfrente. Las bisagras de la puerta pueden ser difíciles de sacar, pero no son rivales para mí.

Parece que todas las puertas del maldito lugar están oxidadas y yo estoy comenzando el proceso de derribarlas todas. La mitad de las piezas de la puerta tendrán que ser reemplazadas, pero esta se puede salvar, o eso creo.

Hemos avanzado en la propiedad mejor de lo que nadie había previsto en un principio, especialmente yo. Estaba seguro de que era una causa perdida desde el principio, pero todo ha empezado a mejorar a medida que pasa el tiempo.

Es Lucía la que logra que todo salga mejor. Incluso hace que yo me sienta mejor.

Suena ridículo, lo sé.

Sujeto el perno superior en la boca de la llave que estoy usando. Inclino todo mi peso para mover el perno oxidado, pero no lo logro. Está mucho más atascada que la última que saqué, y además está doblada en un ángulo extraño que la hace aún más difícil de sacar.

Esto es solo un proyecto, eso es todo. Eso es lo que me digo a mí mismo en silencio, para convencerme de que solo estoy aquí para trabajar en esta casa. La pequeña mujer de ojos verdes y pelo rubio no significa nada para mí. No. Solo estoy ayudando a una amiga que lo necesita.

¿Lucía ahora es una amiga?

Un silbato sonando a mis espaldas interrumpe mis pensamientos, afortunadamente, porque no quiero responder esa pregunta.

Miro por encima de mi hombro y veo a la protagonista de mis pensamientos allí, de pie, luciendo increíblemente en sus pantalones cortos de mezclilla y una camiseta sin mangas que se aferra a su cuerpo. No puedo creerlo, ahora estoy celoso de una maldita camiseta sin mangas.

—Oye, Lucía —digo, forzando las palabras, mientras me vuelvo a la barra oxidada de metal y la llave inglesa que parecen no servir para nada—. ¿Cómo vas en la cocina?

Se supone ya revisaron la habitación delantera, repararon el pasillo y lo que pudieron del baño y la habitación trasera que Lucía iba a convertir en una oficina. Dejamos para el final a la más intimidante de las averías.

—Vamos muy bien —contesta finalmente ella. Puede dejarlo así, e irse. Pero no. Lo que hace es acercarse a mí y hablarme con voz provocativa—. Pero no tan bien como aquí.

—Cariño, ten cuidado con lo que dices, y cómo lo dices.

—¿Por qué? —dice ella inocentemente, aunque sé que de inocente no tiene nada—. Solo digo que has avanzado mucho aquí, quizá deberías tomarte un descanso.

—Estoy bien, todavía...

—Un descanso en una cama, conmigo.

¿Cómo logra que yo deje mis herramientas en el suelo y centre toda mi atención en ella con una sola frase?

—No creo que pueda descansar mucho si estoy contigo.

—¿Quieres averiguarlo?

Claro que quiero. Los dos estamos sudados, y bastante sucios, llenos de polvo y quien sabrá qué más. Pero aun así quiero averiguarlo. Estoy pensando en que parte de su cuerpo voy a besar primero, cuando siento sus manos alrededor de mi cintura. Las desliza bajo el dobladillo de mi camiseta. Acaricia la piel de mi espalda, y así se acaba la conversación seductora que teníamos.

La beso y me doy cuenta de que me estaba muriendo por besarla hoy. Por tocarla, y por hacerle todo lo que le quiero hacer. Profundizo el beso, inclino mi boca para poder meter mi lengua, me apodero de la suya con pequeños movimientos.

Mis dedos se meten en su pelo, para sujetarla aún más cerca de mí. Su boca, dándome un gemido de necesidad que casi me hace caer de rodillas. Es como si bebiera el licor más potente, suave, dulce y caliente —sí, todo a la vez—, ardiendo a través de mi garganta con todas esas sensaciones. Y aun así me es insuficiente, quiero más.

Los dedos de mi mano bajan por su cuerpo. Siento cada curva antes de agarrar la orilla de esa camiseta sin mangas. Estoy a punto de arrancarle la ropa y mostrarle una vez más el cielo y el infierno al mismo tiempo, cuando escuchamos un sonido, apenas audible a través de la neblina inducida por el deseo.

—¿Lucía? ¿Estás aquí arriba?

—Carajo.

Doy un brinco para apartarme de Lucía, apenas puedo tomar un respiro antes de que Benjamín aparezca en la habitación.

—Lucía, ahí estás... No podía encontrarte. Leonardo, qué gusto verte. No sabía que estabas aquí.

Benjamín saluda amistosamente y con voz fuerte. Le devuelvo el saludo, forzando una sonrisa y evitando mirar a Lucía.

—Hola, Benjamín. Vine solamente para ayudar con las puertas.

—Las puertas, ¿eh? Supongo que eso es divertido para ti —Benjamín se vuelve hacia Lucía. Yo trato desesperadamente de calmar los latidos de mi corazón—. Lucía, tengo un montón de vigas viejas de la obra que no usaremos ya. Iban a tirarlas, pero pensé que tal vez podrías usarlas en la casa.

—¡Gracias, Benjamín! ¡Eso es increíble! ¡Realmente, realmente increíble! Por supuesto que podemos usarlas aquí.

Ella suena demasiado alegre y yo me estremezco. Reconozco que tanta emoción se debe en parte a la excitación que teníamos hace unos segundos. Pienso que es todo, que de seguro Benjamín ya se dio cuenta de lo nuestro. Digo, hay demasiada tensión aquí, Lucía está despeinada y un rápido vistazo me hace ver que su ropa está muy arrugada, como la mía.

Pero de alguna manera, Benjamín parece no enterarse de nada. Creo que confunde nuestro aspecto desarreglado porque se supone hemos estado trabajando en la casa. Se vuelve hacia mí, dándome una palmada en la espalda.

—Leonardo, hace tiempo que no te veo en el bar. Te

extrañamos. Las solteras de El Pradal también te extrañan —dice Benjamín, tomándome el pelo. Le sonrío sin muchas ganas.

—He estado ocupado últimamente, ¿sabes? Con el trabajo y esas cosas.

—Pero trabajas en el bar. No tengo que recordártelo, ¿o sí?

—Paty ha tomado medidas muy duras contra mí —le digo apresuradamente.

Acabo de inventar eso, pues la verdad es que he estado pasando cada momento libre aquí, ayudando a Lucía, pero no puedo decírselo a Benjamín, así como así. Eso levantaría sospechas.

—Iré allí a tomar un trago. ¿Me acompañas?

—No lo sé, amigo.

—Vamos, Leonardo. ¿Prefieres estar aquí con mi hermana sudando y arreglando puertas? —Benjamín me observa con confianza. Yo nunca me he negado a unos tragos. En realidad, no tengo elección—. ¿Qué te parece si vamos por unas cervezas? También están invitadas las mismas chicas de siempre, pero sé que eso nunca te ha molestado.

Asiento con la cabeza, a duras penas.

—Bueno, sí. Se oye bien. Pero déjame que limpie todo este desorden.

Benjamín me sonríe y yo casi suspiro aliviado cuando se calla de una vez por todas. Pero antes de que pueda respirar, miro por encima de su cabeza y veo la cara de Lucía. Es obvio que ella ha escuchado cada palabra que su hermano me dijo. Y también me escuchó a mi diciendo que se oía bien ir por unos tragos y por unas chicas.

Nos estamos yendo cuando Lucía nos dedica unas pocas palabras.

—Disfruten de su noche, chicos.

Está molesta, eso se nota. Pero yo no tengo la culpa, su hermano es el que vino y se puso a decir un montón de cosas que no debía decir. Lo que Benjamín dijo no es mentira, pero tampoco es completamente la verdad. Solo exageró mi vida. Y yo no puedo decirle nada a Lucía porque darle explicaciones sería como aceptar frente a su hermano que tenemos algo.

¿Cuándo se volvió mi vida tan complicada?

CAPÍTULO 13 - POCIÓN DE AMOR

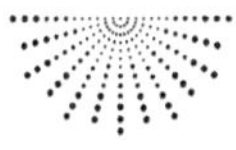

LUCÍA

Estoy conmocionada por las dudas, así que hago lo que siempre hacía cuando me metía en una pelea con Benjamín o tenía un problema del que no podía hablar con él. Voy a casa de Alma.

Conozco el camino a la pequeña y acogedora cabaña, en la que pasé la mayor parte de mi adolescencia, como la palma de mi mano. Me abruman mis pensamientos, siento una gran llamarada de furia subiendo por mi cuerpo cuando me meto en el camino de entrada pavimentado de ladrillo y golpeo mi pie contra el freno.

Unos segundos después, entro a la casa al mismo tiempo que abro la puerta.

—¡Alma! Alma, ¿estás aquí?

—¡Veo que sigues entrando sin llamar! —grita Alma. Sigo el sonido de su voz hacia la pequeña y pintoresca cocina con sus gabinetes pintados de blanco con recortes de tetera.

—No es allanamiento de morada cuando la puerta está abierta.

—Sí, estoy muy segura de que eso no es cierto.

Alma me mira mientras agita algo que se ve particularmente extraño en la estufa. En el mostrador de la cocina hay un libro abierto de par en par. Ella lo toma cuidadosamente y luego de leerlo, deja caer un puñado de... algo dentro de la pequeña olla. No sé qué es, así que me acerco para verlo más de cerca. Inhalo profundamente, solo para arrepentirme inmediatamente.

—Por Dios, ¿qué carajos es eso? —Me tapo la nariz, pero ya es demasiado tarde, el olor extrañamente dulce y amargo a la vez, ya está en mis fosas nasales.

—Es té —dice Alma, encogiéndose de hombros.

—¿Té? No hay forma de que eso sea té. Más bien parece que mezclaste aceite de ricino con un galón de jarabe. ¿Qué estás haciendo? —La miro desafiante—. Alma, ¿este es otro de esos brebajes?

Alma toma el libro, lo lleva apresuradamente ante mí y lo abre, señalando una página amarillenta por el paso del tiempo. Mis ojos recorren la página del libro sin dar crédito a lo que leen.

—¿Una poción de amor? —Mi amiga debe estar bromeando—. ¿Esto es en serio, Alma? Esto va más allá de todo lo que has hecho.

—Lo encontré en la biblioteca —Se encoge de hombros, quita la olla de la estufa. Retira la tapa para que salga el vapor y luego de un momento, lo vierte en dos pequeñas tazas de té de porcelana. Me mira mientras deja las tazas en la mesa.

—¿Qué daño podría hacer?

Miro la taza, todavía no puedo creerlo. El líquido tiene un color marrón verdoso, muy oscuro y nada apetecible.

—¿Por qué se ve tan espeso?

—Oh, vamos Lucía. Se supone que tú eres la valiente.

—¿Cómo sabes que no es venenoso?

—Solo tiene ingredientes naturales. No puede hacerle daño a nadie.

—¿Estás segura? Porque parece una pócima letal —Me inclino más cerca y casi tapando por completo mi nariz, le digo—: Y huele aún peor

—Vamos, Lucía. ¿Te vas a acobardar ahora?

Alma suele decir esa frase para retarme. ¿Cree que con eso va a lograr que yo beba esa cosa asquerosa? Pues está en lo cierto, porque ya tengo la taza en mis manos.

—Terminemos con eso —murmuro—. ¿Cómo funciona?

Alma me dedica una sonrisa triunfante.

—Para que la poción funcione, tienes que cerrar los ojos y pensar en la persona en la que quieres que funcione el hechizo, ¿de acuerdo?

—Sí. Lo tengo.

Alma se pone seria, respira hondo y cierra sus ojos. Tiene suerte de que la ame como a una hermana. No haría este tipo de cosas por nadie más.

—Bueno, hasta el fondo —murmuró con los dientes apretados, antes de cerrar los ojos e inclinar el líquido hacia mi boca.

La palabra líquido es una forma de llamarlo. Sabe cómo a canela con pasta de dientes, y para cerrar con broche de oro, sabe a lo que creo que sabe el aceite del motor del auto más viejo de todo el pueblo.

Las dos soltamos un grito ahogado. Pongo la taza sobre la mesa, empujándola lo más lejos posible para no tener que verla ni olerla de nuevo.

—Demonios, Alma, esa cosa sabe horrible. Incluso peor que cuando intentaste hacer una poción que nos hiciera invisibles.

—No estuvo tan mal.

Alma muestra una mueca de asco, pero la cambia por un gesto serio. No puede esconder la verdad; su poción de amor es horrible. Es lo peor que he probado. Después de un momento, ella se pone de pie, toma una botella de un estante y dos tazas más, luego las deja en la mesa.

—Toma, esto debería ayudar —Vierte un trago de tequila en cada una de las tazas de té y me da una—. Hasta el fondo.

Tomo el trago sin pensar y le sonrío.

—Necesito conseguirte unos vasos dignos para el tequila.

—Un trago es un trago —dice Alma sabiamente. Vuelve a llenar las tazas y se sienta frente a mí—. ¿Qué tienes? Se nota que algo te molesta.

—Te lo diré, pero necesito que guardes el secreto.

Me sonríe.

—Sabes que soy la mejor guardiana de secretos que existe. Benjamín aún no sabe que no te quedaste en mi casa aquella noche, la del concierto.

—Y será mejor que no lo sepa —Tomo otro sorbo del tequila—. Esto es un poco diferente.

—¿Diferente cómo? Porque supongo que es algo que no quieres que Benjamín sepa.

—Supones bien —Respiro hondo, abro la boca y empiezo a contarle todo a Alma—. Cuando volví a la ciudad conocí a alguien, literalmente choqué con él. Y nosotros... hemos estado saliendo desde entonces.

—¿Estás saliendo con alguien, Lucía?

—Yo no lo llamaría exactamente salir —digo, encogiéndome de hombros—. Más bien cuando nos encontramos, lo que hacemos es arrancarnos la ropa el uno al otro. Digo, no podemos estar solos en una habitación, porque sabemos que vamos a terminar haciéndolo. ¿Puedes llamarle a eso salir?

—Escucha, Leonardo y tú pueden llamarlo como quieran, pero...

—Espera, espera, yo nunca dije que se trataba de Leonardo.

Miro a Alma con sorpresa, pero ella se ve muy tranquila.

—Lucía, he visto la forma en que te mira cuando va a ayudarte en la casa, además está ahí sospechosamente todos los días. He visto la forma en que lo miras también. Es obvio que se traen algo, y es obvio que te gusta.

—Ese es el problema, Alma, que me gusta mucho. Y no sé qué hacer, no sé dónde estoy parada —Agito la cabeza con desesperación. Por Benjamín y por toda la conversación que ellos tuvieron—. Es que estábamos besándonos, y menos de un minuto después, él estaba hablando con Benjamín sobre ir al bar y sobre mujeres. ¿Cómo se supone que debo reaccionar a eso?

Alma me mira con algo de pena.

—Escucha, Lucía. Leonardo ha estado en El Pradal desde hace unos años, y en todo este tiempo nunca he sabido que tenga una relación seria.

—Lo sé. Básicamente me dijo desde el principio que podía levantarse y marcharse en cualquier momento. Que no le gusta estar mucho tiempo en el mismo lugar —Agito la cabeza—. Pero no puedo evitar pensar que tal vez esto es diferente. Tal vez lo que tenemos es diferente y él quiera quedarse conmigo aquí.

—Tal vez —dice Alma encogiéndose de hombros, sin mucha convicción—. De todas formas, Lucy, no quiero que te sientas mal por él si actúa como otro imbécil más, ¿de acuerdo? No te tomes las cosas tan seriamente.

Lanzo un pesado suspiro.

—Quiero creer que será diferente, pero todo apunta a que tú tienes razón, una vez más.

—¿Crees que la tengo?

Siempre la tiene, pero sé que le gusta escuchar que es así. Por eso se lo repito, con gusto.

—Sí, Alma. Tienes razón. Pero creo que solo necesito asegurarme...

—¿Asegurarte de qué?

—De que sea o no un imbécil —Una idea se acaba de formar en mi mente. No sé si sea el tequila, o la horrible poción de Alma, pero me siento llena de energía—. Y vamos a averiguarlo antes de que me involucre más.

—¿Qué estás planeando hacer, Lucía?

—Vamos al bar. Iremos a observar cómo se comporta Leonardo. Será como ver a un león en su hábitat natural —Digo esa pequeña broma y me rio, pero Alma me mira con duda—. Vamos a averiguar de primera mano lo que hará.

—No estoy segura de que esa sea una buena idea.

—Necesito saber la verdad, Alma —Miro a mi amiga con seriedad para que sepa que no bromeo sobre mi plan—. Ya me preocupo por él más de lo que debería. Yo... solo necesito saber la verdad, ver cómo se comporta cuando yo no estoy, ¿de acuerdo?

A regañadientes, Alma asiente y yo salto de la silla para abrazarla.

—Antes de irnos, creo que necesitas un baño —me dice.

Corro al baño para mirarme en el espejo. Todavía llevo puesta mi ropa de trabajo y estoy cubierta de pintura y manchada de suciedad y Dios sabrá qué más.

—¿Crees que en tu guardarropa haya algo que pueda ponerme? —Le grito desde el baño.

—¿Quieres algo lindo, o provocativo?

Alma aparece detrás de mí, me mira en el espejo y nos sonreímos. Creo que ya sabemos lo que usaré esta noche.

CAPÍTULO 14 - PINTURA MORTAL

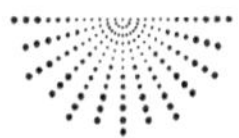

LEONARDO

*P*aty acaba de poner una cerveza frente a mí. Tomo un gran sorbo y me siento algo más mareado. Echo la cabeza hacia atrás, sorbiendo otro gran trago, pero es inútil. El alcohol no está ayudándome a alejar mis pensamientos. Más bien me hace sentir peor, pues mi mente se está enredando cada vez más.

Por un lado, me alegro de que Benjamín llegara a la casa. Sé que estoy yendo muy lejos con Lucía. Debería haber hablado con ella desde hace mucho tiempo, y ser sincero sobre mi deseo de dejarla para evitar problemas con Benjamín. Debí hacerlo mucho antes de empezar a ayudarla en la destartalada casa.

Así habría frenado las cosas con ella antes de que se pusieran más intentas. Aunque fueron intensas desde el principio, claro. Pero si desde que Benjamín nos presentó, yo le hubiera puesto un alto a todos los encuentros que hemos tenido, todo sería diferente, ¿no? No estaría en esta situación, dónde no sé cómo ver a los ojos a mi mejor amigo.

Y además, dejando de lado a Benjamín, yo odio el drama de una relación. Ya aprendí la lección en el pasado. No quiero volver a pasar por eso. Aunque con Lucía nunca hay drama, salvo por su hermano. Pero no es culpa de ella o mía. Pero su hermano sigue siendo mi mejor amigo...

Tomo otro sorbo de cerveza y disfruto del sabor amargo. Así están mis caóticos pensamientos, y el beber solo los está empeorando. Honestamente no sé cómo demonios voy a resolver esto. El remolino mental sigue abrumándome, cuando miro a la puerta principal justo a tiempo para ver a Benjamín abriéndose paso hasta mí.

Llevo algo de tiempo esperándolo. Dijo que solo regresaría a hacer el papeleo de su trabajo y luego vendría para acá. Pero aun así ya es algo tarde y el bar empieza a llenarse. Las Quince Letras es el único bar que ha sobrevivido en la ciudad, y es gracias a Paty. Aunque lleve solos tres años con él, lo ha sabido mantener.

—Paty, sírveme algo. Lo que sea —le dice Benjamín, sentándose a mi lado.

—De acuerdo, Benjamín. Ya te sirvo.

—Oye, amigo, me alegro de que me hayas convencido de salir. No estoy seguro de qué carajos está sucediéndome, que no tengo muchas ganas de salir últimamente...

Casi me muerdo la lengua cuando las palabras salen de mi boca por sí solas. Si no me concentro, puedo arriesgarme a decir algo que revele lo mío con Lucía.

—No te preocupes, le puede pasar a cualquiera, incluso a los mejores tipos, como nosotros —dice Benjamín con una sonrisa. Paty le sirve una cerveza, él toma un trago y la eleva a lo alto—. Salud, a pasar el mejor rato que podamos.

Tomo mi bebida y la choco contra la de Benjamín.

—Salud.

Los dos tomamos unos tragos. Benjamín casi termina su cerveza antes de retomar la conversación.

—Honestamente, yo también he estado muy ocupado.

Con todo el trabajo atrasado y todo lo que está pasando con Lucía... Se siente bien relajarse, ¿sabes? —Benjamín toma el último trago de la cerveza. Entonces le pide a Paty otra ronda.

Sé que no debo preguntar nada, pero no puedo evitar hacerlo.

—¿Qué quieres decir con todo lo de tu hermana?

En medio de los nervios, trato de calmar el tono de mi voz. Temo que Benjamín escuche un tono sospechoso en mis palabras. Demonios. No me había percatado de lo difícil que es ocultarle un secreto a tu mejor amigo.

—Lo de la casa, a eso me refiero. Quiero decir, tú ya has visto el lugar, no vale la pena, pero está convencida de que puede arreglarlo. Le quedan, ¿qué?, ¿cinco meses antes de que ese comprador venga aquí? Debería detenerla antes de que siga perdiendo su tiempo, pero se me hace imposible.

—Ella se ve muy feliz trabajando en la casa —digo, como si nada.

—Lo sé, amigo. Y yo no tengo el corazón para quitárselo, no después de...

—¿Después de qué? —le pregunto con inquietud.

Ya lo pregunté. Es demasiado tarde para echarme atrás ahora, y si soy honesto conmigo mismo, quiero saber más sobre ella.

—Bueno, la razón por la que nos cedieron la propiedad —Benjamín agita la cabeza y por un momento me pregunto si continuara. Por fortuna parece que el alcohol lo está haciendo más hablador—. Se supone que nuestro abuelo le dejó la casa a nuestra madre cuando murió hace 20 años, pero ella nunca pudo hacerse cargo de nada, como siempre.

Me muestra una expresión genuina de enojo. Yo permanezco en silencio. A partir de aquí, lo que me quiera contar será por su elección.

—Había otra cláusula en el testamento del abuelo. Si el primer beneficiario falleciera, la propiedad pasaría al siguiente familiar vivo. Y actualmente, ese familiar soy yo —dice Benjamín levantando su copa de nuevo.

Tengo que pensar un momento antes de entender lo que Benjamín está contándome. Cuando finalmente lo entiendo, agarró mi cerveza con fuera mientras abro los ojos de par en par.

—Benjamín, lo siento mucho. ¿Cómo sucedió?

—No lo sientas —me dice después de un largo minuto de silencio, dónde mira fijamente la espuma de su cerveza—. Lucía y yo siempre hemos creído que ellos no eran nuestros padres de verdad, ¿sabes? Más bien eran como unos extraños que vivían con nosotros, y que no hacían más que ensuciarlo todo y ser una carga para sus hijos.

Me mantengo en silencio, pues no hay nada que decir al respecto. Sé lo que se siente tener una infancia sin padres, o tenerlos, pero que ellos actúen como si no lo fuesen. Entiendo perfectamente el dolor a través de las palabras de Benjamín. Lo escucho, con seriedad.

—Cuando se fueron, Lucía se sintió muy mal, pero ella fingía que todo estaba bien. Yo, por el contrario, me sentí aliviado —Benjamín me da una mirada de culpabilidad, pero yo sería la última persona que lo juzgaría a él o a cualquier persona en su situación—. Sé que suena terrible, pero para entonces yo era el que estaba criando a Lucía. De esta manera, podía dejar de preocuparme de que mi hermana siguiera su ejemplo.

Se queda en silencio otra vez. Le pido a Paty otra ronda. Tengo la sensación de que así no era exactamente como Benjamín había pensado que sería la noche, pero creo que necesitaba desahogarse. Sí, quizá hay alguna desventaja en esto de guardarse las cosas, y es que cuando uno termina diciéndolas al fin, el dolor se multiplica.

—Fue en un accidente automovilístico —dice Benjamín, con la cabeza agachada—. Mi madre conducía estando borracha, se salió de la carretera, mi padre iba en el auto también. Se estrellaron y mi madre los mató a los dos.

—Benjamín, yo…

—Por Dios, no vayas a decir de nuevo que lo sientes —me interrumpe bruscamente, pero no hay ira en su voz. Solo habla con resignación, como si ya lo hubiera aceptado todo—. Honestamente, es un milagro que hayan sobrevivido tanto tiempo, pero al final seguían juntos, como siempre. Solo los dos.

Tomo mi cerveza y le doy otra a Benjamín antes de proponer un brindis.

—Salud, por los malditos malos padres.

Benjamín me mira de reojo, pero al final también levanta su bebida.

—Por los padres que no merecen serlo.

Palmeo su espalda y damos un largo trago de la cerveza.

—¿Cómo se tomó tu hermana la noticia?

Tengo un pequeño recuerdo de ella mencionándome que había heredado la casa, pero no me dijo nada acerca de la muerte de sus padres. Estoy bastante seguro de que recordaría si me lo hubiera dicho. No sé por qué, pero me molesta estarme enterando por Benjamín. Es como si Lucía no confiara en mí, y eso me hace enojar.

—Bueno, creo que se lo tomó con calma. Es difícil de decir, ¿sabes? Guarda muy bien sus emociones —Benjamín está empezando a hablar con algo de dificultad por el alcohol —. Apenas tenía diez años cuando nos dejaron, así que, para ella, creo que murieron hace mucho tiempo. Pero como dije, es muy difícil de decir. Las mujeres son complicadas.

—Tienes razón. Brindo por eso.

Tomo un sorbo de mi cerveza. Quiero aprovechar al Benjamín hablador, quiero saber más sobre estos asuntos de los que generalmente él no hablaría, como sus padres o Lucía. Estoy a punto de preguntarle más sobre su infancia, cuando de repente siento como un escalofrío hace que se me erice la piel.

Miro hacia atrás y no veo nada al principio. Luego volteo a la multitud, paso mis ojos por cada persona ahí, hasta que la encuentro. Lucía. ¿Qué cómo sabía que ella estaría ahí? No tengo idea. La miro fijamente, tratando de entender esto, pero solo puedo pensar en que ella está aquí, en el bar.

Se abre paso entre la multitud y veo que lleva uno de los vestidos más cortos que jamás he visto. Es un vestido rosa claro y azul con un patrón de pequeñas flores. Ahora bien, las flores son bonitas y tiernas, pero en la chica que está usando el vestido, parece todo lo contrario. Quizá es porque está muy corto, o porque se ciñe a todas las curvas de Lucía, pero se ve casi peligrosa.

Estoy tan distraído por la repentina aparición de Lucía que me lleva varios momentos darme cuenta de que Alma va detrás de ella. Se dirigen a la barra y Lucía me mira con cara de pocos amigos. Si sus ojos mataran, ya estaría muerto.

Pero eso no es lo peor, me doy cuenta de que sí viene hacía mí. Y yo estoy con Benjamín, su hermano alcoholizado que probablemente me matara si sabe lo que ha pasado entre nosotros. Como que este no es el mejor de mis días.

Tomo el resto de mi cerveza y respiro profundamente para darme el ánimo necesario para enfrentarme a la tormenta que se avecina. Benjamín mira a dónde yo no he podido dejar de ver, finalmente ve a su hermana y nota la ropa que lleva puesta. Entrecierra sus ojos, como si no diera crédito a lo que ve.

Las cosas se van a poner muy feas. Y presiento que estaré muy involucrado en esto.

* * *

LUCÍA

Alma y yo entramos al bar y vuelvo a sentir la ira que sentí en la casa, desde que supe que Leonardo y mi hermano vendrían aquí. Durante todo el trayecto al bar, me repetí a mí misma que Leonardo era un mujeriego inútil, y que yo era solo otra más en una larga fila de mujeres con las que se acostaría cada vez que quisiera, antes de pasar a la siguiente.

No voy a admitir que estaba concentrando toda mi energía en ese enojo para no tener que lidiar con las grietas en mis sentimientos, las mismas que Leonardo había atravesado antes de darme cuenta de que estaban ahí. Nunca he sido buena para lidiar con las consecuencias emocionales.

Quizás eso se lo heredé a mis padres. Pues para mí es más sencillo olvidar lo que siento, ignorar todas esas emociones hasta que repentinamente dejo de sentirlas. Eso es mucho más fácil que enfrentarlas.

Pero esta vez me da la impresión de que no será de esa manera. Leonardo despierta en mí cosas imposibles de ignorar. Pero la ira me ayuda a sobrellevarlo, me ayuda mucho. Y me aferro a ella con una desesperación que me impulsa hacia adelante como un cohete, cuando entro en el atestado bar.

Lo veo inmediatamente. Leonardo está allí en la barra, sentado, bebiendo cerveza. Mis pies se mueven en su dirección sin que yo pueda impedirlo. Voy hacia él, apenas consciente de que Alma está detrás de mí, muy nerviosa y agitada. Pero todo lo que hago, es concentrarme en Leonardo. Y toda mi rabia interna se enciende, con ganas de salir cuanto antes.

Estoy muy cerca de Leonardo, dispuesta a escupirle todas las palabras que tienen ganas de salir, pero antes de que pueda abrir mi boca, él se me adelanta. Su voz sale demasiado fuerte, como si quisiera evitar que yo dijera cualquier cosa.

—¡Lucía! Me sorprende verte aquí —dice.

Su mirada oscura me pide calma, y va de un lado a otro entre mi hermano y yo. Oh, no, no vas a poder callarme. Yo voy a decir lo que quiero decir. No importa que él siga divagando, como un idiota.

—¿Cómo va la remodelación de la casa? Bien, ¿verdad? Mejor de lo que esperábamos. Eso es... eso es bueno. ¿El plomero fue hoy? Lo vi caminando por ahí, inspeccionando las tuberías y todo. ¿Te dio buenas noticias? Apuesto a que te dio buenas noticias.

—Sí, me dio buenas noticias —refunfuño finalmente.

Abro la boca para decirle a qué vine realmente, pero él empieza a hablar de nuevo, tan rápido que ahora Benjamín lo mira con recelo.

—¡Genial! ¿Y el suelo? Nos tocará reconstruir el piso de la cocina antes de que podamos levantar la pared de yeso y luego pintar. ¿Ya elegiste los colores para pintar la casa? He oído que realmente puede marcar la diferencia. Debes elegir el color correcto, para el momento correcto —Leonardo me lanza una mirada filosa antes de voltear a ver a mi hermano —. El color equivocado en el momento equivocado puede ser realmente peligroso.

—¿Peligroso? —pregunta Benjamín, hablando por primera vez desde que yo llegué. Me doy cuenta por cómo arrastra la voz, que también ha tomado varias cervezas—. No sabía que la pintura podía ser peligrosa.

La mirada oscura de Leonardo sigue sobre mis ojos.

—Sí, puede ser muy peligrosa. Incluso mortal.

Le sostengo la mirada por un largo momento, solo para terminar exhalando con molestia. Sé lo que está haciendo. Quiere que me calle, que no diga nada para que mi hermano no se entere. Bien, puede que le haga caso ahora, pero no sé por cuanto tiempo me lo pueda callar.

Saludo a Paty y ella me saluda de vuelta, me da una sonrisa amistosa antes de darme una cerveza. Se la paso a Alma mientras me siento en el taburete junto a Leonardo, pero ella agita la cabeza, mirándome con extrañeza antes de inclinarse hacia mí.

—Lucía, ¿qué rayos estás haciendo? —pregunta en voz baja, con un tono tan bajo que solo yo puedo oír.

—Estoy descubriendo la verdad antes de que las cosas se compliquen más.

Asiento firmemente. Alma me mira negando suavemente, luego mira incómodamente alrededor, al bar lleno de gente. Sigo su mirada, notando que hay algunas personas que nos están mirando mal. Por supuesto, son mujeres que esperaban pasar un buen rato con mi hermano, o con Leonardo, pero las que estamos aquí, sentadas con ellos, somos Alma y yo.

Es una fortuna que Benjamín se excuse para ir al baño, porque siento que me hierve la sangre cuando una chica pelinegra me lanza una mirada mortal. Mi hermano apenas está entrando al sanitario cuando yo ya estoy volteando fieramente hacia Leonardo, con los brazos cruzados.

—¿Y bien?

Las palabras salen con ira, y el hecho de que él se encoja de hombros y me mire con vergüenza, me hacen enojar más.

—Lucía, cariño, no tuve tiempo de explicártelo antes en la propiedad. Pero tu hermano salió de la nada y no pude negarme. Si le decía que no a su invitación, él sospecharía de inmediato.

—Podrías haber dicho que no, Leonardo. Podrías haberle

dicho que estabas ocupado, que no te sentías bien ¡o cualquier otra cosa! Pero no, le dijiste que te encantaría ir al bar y que no te molestaba que estuvieran las mismas chicas de siempre, ¡las mismas de siempre, Leonardo!

—Oye, yo no dije eso, fue Benjamín —Leonardo gruñe las palabras, luego toma un trago de su cerveza, está empezando a molestarse—. Ni siquiera sé por qué estamos discutiendo sobre esto. Lo dije solo para salvarte el pellejo.

—¡No, tú lo dijiste para salvar tú pellejo!

—Que no. Mira, tu hermano apareció de pronto, casi nos descubre, cariño.

Lo miro con frustración. No quisiera que todo tuviera que girar en torno a Benjamín.

—Como yo lo veo, te importa más él que yo.

—Lucía, no…

—¿No, qué? La verdad es que no te importa si yo…

Me corto abruptamente cuando Benjamín vuelve a aparecer frente a mis ojos. Quiero sacudirlo, y mandarlo lejos, junto con Leonardo, pero en lugar de eso dejo mi cerveza y me levanto.

—Lucía, ¿qué estás haciendo? —pregunta Alma. Le sonrío con malicia.

—Voy a mostrarle a alguien exactamente lo que se está perdiendo.

No me detengo a pensar mientras me dirijo a la pista de baile llena de gente. Miro a Leonardo una última vez, antes de empezar a mover las caderas.

CAPÍTULO 15 - LA ESPERANZA ES PELIGROSA

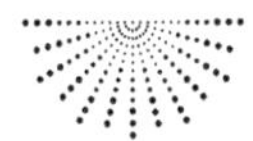

LEONARDO

No puedo respirar. Apenas y oigo lo que Benjamín está diciéndome. Sé que es peligroso, más que eso, lo que estoy haciendo es temerario, pero no importa cuántas veces me lo diga a mí mismo, no puedo mirar a otro lado.

Lucía está en la pista de baile, balanceando sus caderas lentamente con las canciones que suenan en la rockola. Se ve jodidamente sexy. Hay personas a su alrededor que también están bailando, lo que dificulta un poco el verla, pero eso no me impide hacerlo descaradamente.

Benjamín no la ve, creo que no enfoca muy bien por todo el alcohol que ha bebido, lo que me hace más fácil no quitarle el ojo de encima a su hermana.

Lucía dijo que me iba a enseñar de lo que me estoy perdiendo, pues en este momento quisiera ir hasta dónde está, sujetarla de la cadera, ponerla contra la pared más cercana, y enseñarle una lección también. ¿Por qué estábamos peleando hace un momento? Todo lo que nos dijimos me parece insignificante ahora.

Aunque sé por qué está tan molesta conmigo. Cuando

llegué al pueblo, me cree una reputación sin querer. Nunca pasaba nada nuevo aquí, así que cuando yo llegué, era la novedad. Me acosté con algunas mujeres, no lo voy a negar, pero luego todo fue creciendo y esas mujeres se convirtieron en una multitud, gracias a los chismes de las personas.

En un pueblo aburrido, los chismes siempre estarán a la orden del día. Cuando me hice amigo de Benjamín, ya traía esa reputación conmigo, ya había oído de mí y mis supuestas aventuras de una sola noche. ¿Qué habrá escuchado Lucía hasta ahora? No lleva tanto en el pueblo, pero sé cómo funciona esto.

Por eso creo que está tan molesta conmigo, porque todo el mundo le debió de contar ya sobre mí. Y si le agregaron que no he tenido una novia formal desde que llegué aquí… Las cosas están peores de lo que me imagino. Pero lo cierto es que nunca he buscado una relación, pues eso significa compromiso, y yo soy un alma libre.

Escucho a Benjamín diciendo algunas cosas, pero creo que ya no tiene control de sus pensamientos e ideas. Es una suerte, porque de todas formas no le estoy poniendo atención. También es bueno que esté así, porque ya no debo tener mucho cuidado en disimular que estoy viendo a su hermana.

Lucía atrae mi mirada hacia ella como un imán, lo hace con sus seductores movimientos. Recorro las curvas de su cuerpo mientras baila por toda la pista. Está dando un espectáculo, y lo está haciendo solo para mí. Sus ojos verdes, fijos en mí, me lo están gritando.

Entonces el tiempo se detiene mientras ella baila, la cerveza se calienta sin que yo la tome, y mis ojos no pueden dejar de verla.

—Amigo, disculpa. Voy al baño —Mi voz es un murmullo, y no estoy muy seguro de que Benjamín me hay escuchado, por la música.

Él asiente, sin molestarse a mirar en mi dirección mientras me levanto.

Obviamente no voy al baño. En cambio, mis pies se mueven, casi como si tuvieran mente propia. Mi cuerpo sabe lo que quiere. Y lo que quiere es a la chica de cabello dorado y ojos verdes que se desplaza sensualmente en la pista de baile.

Me detengo justo detrás de ella. Mis manos tocan con hambre sus caderas y puedo sentir el escalofrío que recorre todo su cuerpo. Me inclino hacia adelante y dejo a mi boca caer muy cerca de su oído, le ofrezco algo que sé que no podrá rechazar.

—Te quiero en la bodega de atrás, ahora —susurro, mi voz sale áspera.

No puedo evitar sostener su cadera con fuerza, ni llevar mi mano por su costado hasta su cuello. Estoy a punto de explotar, pero como hay mucha gente alrededor, alejo mi cuerpo del de Lucía, muy lentamente. Esto último es lo más difícil que he hecho hasta ahora en mi vida.

Doy un paso atrás aparentando la calma que claramente no tengo. Un suspiro ronco me traiciona, pero me voy a la bodega sin mirar atrás. El bar está lleno, así que Paty está muy ocupada, y yo ya me aseguré por la mañana de que no le falte nada del depósito, así que nadie nos molestará allí. No la invité a mi apartamento, pues Benjamín tiene llave.

Estoy pensando en qué nadie nos descubrirá, aunque creo que debería estar pensando en si Lucía aceptará venir conmigo. No tendría por qué hacerlo, ¿verdad? Entro a la bodega, con la duda ya instalada en mis pensamientos.

* * *

LUCÍA

Te quiero en la bodega de atrás, ahora.

Demonios.

Leonardo solo me susurró con su grave voz, y me tocó como por cinco segundos. Solo me hizo una invitación, pero yo ya siento a todo mi cuerpo temblar. Aprieto las piernas, mientras lo veo alejarse. Si soy sincera, me asusta un poco todo esto. Me asusta que Alma me dijo el tipo de hombre que es, pero que a mi cuerpo le importe poco eso.

Porque ahora quiero desesperadamente ir a la bodega de atrás, con él. Y al mismo tiempo me tranquiliza que él siga buscándome, a pesar de que no debería hacerlo, por mi hermano.

"¿Desde cuándo te importa Benjamín? Él no se dará cuenta, ve y diviértete con Leonardo, pero no dejes que se involucre el corazón. Porque él no se quedará, no se arriesgará por ti."

En esta ocasión la voz dentro de mi cabeza tiene toda la razón. Hasta me sorprendo de estar de acuerdo con ella. Aunque lo que dice no es tan fácil como parece. En realidad, tengo aún más miedo de que ya sea demasiado tarde para evitar que ese órgano en particular se involucre.

"Pero Leonardo lo vale."

Es este último pensamiento el que hace que mis pies se muevan. Empiezo a caminar, tratando de que la gente que está bailando me cubra, y así evitar que Benjamín sepa que voy tras su mejor amigo. Alcanzo a ver a mi hermano, se ve muy borracho y parece a punto de dormirse encima de la barra. No se fijaría en mí, aunque me hubiera acercado a gritarle directo en la cara.

Menos de treinta segundos después, estoy entrando a la bodega del bar. La puerta se cierra tras de mí y apenas tengo tiempo de abrir la boca antes de que Leonardo me atrape con un beso apasionado.

Eso es suficiente. Su boca acaba con toda la ira, todo el miedo, toda la duda y la preocupación. Dentro de mí solo queda un deseo al rojo vivo, que me exige que lo bese con la misma fuerza, con las mismas ganas, y yo así lo hago.

Nuestras bocas se fusionan, su lengua lucha con la mía. Leonardo me muerde el labio inferior, y la electricidad que comienza a atravesarme el cuerpo, me sacude. Nos acercamos más, el uno al otro, mientras nos adentramos más en la oscuridad del depósito, hasta que su espalda golpea con el borde de lo que creo es una estantería.

A él no le importa, pues me sigue tocando con más fuerza, con más ganas, por todas partes, y cada caricia se siente como fuego en mi piel. Se apodera de mi cuello, mis brazos, mis caderas, todo lo toca, hasta que llega a mi pecho. No se detiene hasta que ambas manos descansan contra mis senos, que ya exigen ser liberados del vestido que los cubre.

Leonardo masajea mis pechos con sus dedos. Mi cuerpo se arquea, queriendo sentir más. Como si el escalofrío que llega a mi vientre bajo no fuera suficiente. Se da cuenta de los involuntarios movimientos de mis caderas, así que lleva una mano lentamente por mi torso hasta hundirse debajo de mi vestido.

Entonces me besa, y yo siento que no puedo con tanto. Su respiración agitada, sus manos en mi cuerpo y su boca. Leonardo hace que pierda la razón. Solo soy consciente de la tensión contenida en mí, que crece a cada segundo que pasa.

Dejo de besarlo cuando siento su mano debajo de mi ropa interior, ya no puedo controlar los gemidos. Pero Leonardo tiene otros planes, porque me sigue besando, como puede, haciendo que mis gemidos se pierdan en su boca. Nos inhalamos el uno al otro con cada respiración.

Leonardo baja la mano por mi muslo y lo vuelve a subir varias veces. No sé si quiera torturarme, alejándose y volviéndome a tocar, pero me encanta que lo haga, quizá soy algo masoquista.

—Quise arrancarte el vestido desde que te vi —susurra contra mi boca mientras sube el dobladillo con mucha lentitud, por mis piernas—. Casi muero mirándote en la pista de baile.

Tira más de la tela apretada hacía arriba.

—No es mi vestido…

Jadeó las palabras, y lucho porque salgan con algo de coherencia de mi boca. No es mi culpa que no pueda responderle más de cuatro palabras seguidas.

Mi cadera sigue moviéndose frenéticamente, pero ahora quiero participar también. Intento quitarle la ropa, pero Leonardo no me deja, toma mis dos manos y las eleva sobre mi cabeza. No tiene ningún inconveniente en esto, su estatura le ayuda. Se agacha a besarme, y lo dejo juguetear con mi boca por algunos minutos. Solo que ya no es suficiente solo ese contacto.

—Leonardo, por favor. Necesito que me toques, ahora…

—¿Dónde? —gruñe—. ¿Dónde quieres que te toque?

Está jugando conmigo, pero, aunque lo sé, bajo una mano por mi cuerpo necesitado hasta que la pierdo entre mis piernas.

—Aquí.

Leonardo me ve con mucha intensidad, pasa suavemente la yema de uno de sus dedos justo dónde quiero que lo haga, pero tan rápido como llega ahí, su mano se va.

—No —le suplico. Tomo su mano y la vuelvo a colocar en medio de mis piernas—. Aquí.

Ambos dejamos escapar un gemido con ese contacto y

Leonardo maldice en voz baja cuando su mano comienza a frotarse contra mí.

—Lucía, cariño…

Mi nombre pronunciado con esa voz y los movimientos de la mano de Leonardo, hacen que mis piernas se conviertan en gelatina. Me apoyo en él para no caer, dejo caer mi cuerpo arqueado sobre sus cálidas manos y un fuerte gemido se me escapa.

—Silencio —dice Leonardo contra mi cuello—. Podrían oírnos allá afuera. No hagas tanto ruido.

—Para ti es fácil decirlo —le susurro, tratando de ahogar otro gemido.

—No, cariño, no es fácil. A mí me encanta oír todo lo que sale de tu boca cuando lo hacemos. Cuando te toco en el lugar correcto —Me da una sonrisa maliciosa mientras sus dedos hacen conmigo lo que quieren, me muerdo el labio para evitar jadear—. Sí, justo así.

Me da un último beso que me lleva a otro lugar en el universo. A un lugar dónde todo es mejor y más placentero. Cuando se separa, me da la vuelta y sus manos se deslizan por mi cuerpo, guiando a las mías hacia las estanterías delante de mí.

—Sujétate bien, cariño. Si no, lo lamentarás.

Escucho el sonido del cierre de sus vaqueros, y luego escucho como estos caen por sus muslos. Me toma con fuerza por mis caderas mientras levanta el dobladillo de mi corto vestido, baja mi ropa interior y luego hay una pequeña pausa que no sé cómo interpretar, porque Leonardo se deja de juegos y me embiste una sola vez, sin piedad.

Y luego… luego nada, se empieza a mover tan lentamente como me había torturado antes con sus manos. Aun así, muevo la cabeza hacia atrás, mordiéndome el labio inferior para evitar que salga de mi boca cualquier sonido que puedan escuchar en el bar. ¿Quién diría que esta tortura sería tan placentera?

Quizá es porque la única certeza en medio de la oscuridad de esta bodega, es que Leonardo y yo ahora somos uno. Quizá es porque sus brazos me rodean lentamente a medida que comienza a cambiar el ritmo. O porque está luchando para no perder el control.

Escucho como su respiración se hace más incierta con cada segundo. Sus pulmones inhalan y exhalan el preciado aire, con dificultad, mientras yo no puedo dejar de temblar. El éxtasis dentro de mí va en aumento, lento y constante, como un tren a vapor que va a toda velocidad, directo hacia mí. Un tren poderoso. Peligroso. Tanto, que no quiero quitarme, quiero que me golpee de lleno.

Esa sensación se incrementa, llenándome de placer, pero noto que hay algo más. Un sentimiento agridulce que hace que me duela el pecho. Entonces, en este momento, en el oscuro almacén de del bar, con Leonardo dentro de mi cuerpo, y con sus brazos rodeándome con fuerza, soy capaz de reconocerlo. Lo que siento es preocupación por él.

Ya no puedo engañarme y decirme que no estoy involucrando a mi corazón, pues la preocupación por Leonardo, y lo que mi hermano puede hacerle, es real. No lucho para deshacerme de este sentimiento, porque ya me envuelve con la misma seguridad que los brazos de Leonardo.

Por fortuna el dueño de mis pensamientos, y de mi cuerpo en este momento, deja de contenerse y empieza a moverme más rápido. Todo lo que puedo hacer, es dejar ir mis pensamientos y levantar más mis caderas, para encontrar el ángulo perfecto para los dos.

No puedo controlar mis labios, abriéndose una y otra vez, diciendo su nombre, gimiendo su nombre.

—Lucía, cariño… No gimas tan alto…

Está, perdido, igual que yo. Su voz es ronca e incierta. Tomo las estanterías con más fuerza, anticipándome a lo que viene. Al mismo tiempo, hay una mano de Leonardo que deja mis caderas, para ir a mi boca. La cubre con su palma, quitándome la posibilidad de seguir haciendo ruido.

La presión de todo su cuerpo se cierne sobre mí con fuerza, y luego de algunos segundos, las olas de placer me sacuden como un maremoto. Oigo un bajo gemido de Leonardo, contra mi cuello. Entra y sale una, dos veces, para finalmente enterrarse más profundamente en mí, cuando yo todavía estoy en la neblina de mi orgasmo.

Nunca antes había llegado a la cima del clímax con nadie. Dejo de tener control de mi cuerpo por muchos instantes, me sacudo fuertemente contra la espalda de Leonardo. Es algo bueno que sostenga mi cadera con una mano. Mis piernas no hubieran sido capaces de mantenerme en pie.

Un largo momento transcurre antes de que cualquiera de nosotros pueda moverse, y cuando Leonardo finalmente da un paso atrás, la sensación de vacío es insoportable. Ya no hay ningún tipo de contacto entre nosotros. Me dan ganas de llorar, pero entonces me doy la vuelta y él no tarda en fundirse en un abrazo conmigo. Lo beso, lo beso mucho, hasta que me duelen los labios.

No quiero separarme de Leonardo, y él no quiere separarse de mí. O eso es lo que elijo creer. Hasta que repentinamente él se aleja de mí y comienza a subirse el pantalón. Yo empiezo a arreglar el desastre que es mi vestido y a tratar de peinarme, en automático.

Lo veo alejarse, cuando está completamente vestido. Se acerca a la puerta de la bodega, la que conecta con el bar, y se asoma. Cierra la puerta con cuidado y regresa conmigo, con un gesto extraño.

—¿Qué sucede? —pregunto.

—Benjamín. Está apoyado en el borde de la barra, conversando con Alma. Justo al otro lado de la puerta —Leonardo sonríe y se encoge de hombros—. Cariño, supongo que estamos atrapados aquí.

—Supongo que sí —susurro, aunque antes estaba gritando de placer.

Es una suerte que mi hermano esté tan borracho como para notar que su mejor amigo y su hermana no están. Creo que Alma me está ayudando con eso.

Leonardo se sienta a mi lado. Me dejo caer también, no podemos hacer más que esperar. Volvemos a estar cerca, así que aprovecho para que nuestros cuerpos se rocen lo más posible. Me aprieto a su brazo, y a su pierna, como si nada.

—Lo siento —dice Leonardo en voz baja, luego de algunos minutos.

—¿Por qué?

—Por todo. Pero lo siento mucho más por tus padres, Benjamín me contó algunas cosas.

Aprieto mis manos, pero no puedo quitar la amargura de mi voz cuando finalmente le hablo.

—No lo sientas. No por ellos.

—No es por ellos que lo siento, Lucía. Es por ti. Siento que hayas tenido que pasar por eso. Creo que perder a tus padres así debió ser bastante duro, eso es todo.

—Créeme, los perdí hace mucho tiempo.

Mi voz sale en forma de susurro, se pierde en la oscuridad y luego hay un profundo silencio entre nosotros. No se siente mal, no es un silencio pesado, sino uno cómodo. Me gusta que Leonardo no me forcé a hablarle acerca del tema.

Por eso rompo el silencio, pero ya no lo hago de forma despectiva, sino resignada.

—A decir verdad, no sé cómo sentirme al respecto —me encojo de hombros—. Supongo que por eso no se lo he contado a nadie, solo a Alma.

—Cariño, te entiendo. Por lo que Benjamín me contó, no eran precisamente los mejores padres del mundo.

—Ciertamente no lo eran —digo, abrazándome a mí misma.

—Pero todavía te duele, ¿verdad? Aunque no deberías sentirte así, porque hasta ahora pensabas que no te importaban, aun así, sigue doliendo.

Ahora es Leonardo el que habla con pena. Se queda callado y yo lo miro fijamente. Reconozco la forma en que habla, me veo reflejada en él. Como si fuéramos iguales, y a los dos nos hubiera pasado lo mismo.

—¿También perdiste a tus padres?

La pregunta sale sin que pueda detenerla. Pasa mucho tiempo en el que Leonardo se mantiene en silencio, tanto, que por un momento creo que no me va a responder. Sin embargo, cuando lo hace, se me rompe el corazón.

—No perdí a mis padres. Perdí a mi hermano —Lo oigo inhalar profundamente antes de continuar —: Yo tenía quince años, él tenía nueve. Nació con un defecto cardíaco, pero vivió más de lo que todos los doctores predijeron. Su cuerpo no resistió más, al final se fue, me dejó…

—Leonardo, de verdad lo siento mucho.

Pienso en qué sería de mi vida sin Benjamín y me dan unas enormes ganas de llorar. No puedo, ni quiero imaginarme lo que debe haber sido para él. Me trago el nudo en mi garganta y trato de consolarlo.

—Benjamín fue más padre para mí de lo que nunca lo fueron mis padres. Él prácticamente me crió, y sé que me mantuvo alejada de todo lo malo. Siempre me ha protegido. Creo que inconscientemente por eso es que no le agrada la idea de que yo esté con alguien. Porque siempre hemos sido solo él y yo, logrando salir adelante, juntos.

La sensación de la mano de Leonardo deslizándose sobre la mía, en la oscuridad, hace que me sobresalte un poco. Nuestros dedos se quedan entrelazados un buen rato. Es como si con este simple contacto, nos desahogáramos, sacando todo el dolor acumulado a lo largo de todos los años de nuestras vidas.

—Me fui poco después de la muerte de mi hermano Gustavo. Tan pronto como cumplí dieciocho años, me fui de mi casa. Me mudé de pueblo en pueblo, porque me aburría de la gente, o del lugar. Trabajaba donde pudiera, la verdad eso no me importaba mucho. Y llegó un punto dónde me acostumbré a esta rutina. Me acostumbré a mirar siempre hacia adelante, nunca hacia atrás.

—Suena como si siempre estuvieras solo. —Las palabras salen sin filtro, otra vez, pero Leonardo me sonríe.

—Estoy seguro de que has oído chismes de la gente del pueblo sobre mí. Así que sabrás que no siempre estuve solo. Ten en cuenta que tampoco estuve rodeado de mujeres todas las noches, solo que aquí lo exageran todo.

Escuché algo de eso, sí, pero también quería escuchar su versión. Y el hecho de que él sea el que sacó el tema, me tranquiliza. Me tomo lo siguiente que dice con la mayor calma posible.

—En los últimos dos años me he sentido diferente. Es como si hubiera madurado aquí, en El Pradal. Ahora tengo un mejor amigo, y un trabajo decente que me gusta. Esa necesidad de ir a otra ciudad ya no es tan grande ni tan urgente como antes.

Leonardo se encoge de hombros. Yo siento una pequeña

llama de esperanza con sus palabras, pero me esfuerzo por permanecer calmada.

"La esperanza es peligrosa, Lucía."

Por segunda vez en la noche, concuerdo con la voz en mi cabeza.

—Nunca pensé que volvería a El Pradal —digo, para alejar mis pensamientos—. Al menos no de esta manera. Pero con todo lo que ha pasado, con todas estas cosas, con el hotel... Sé que puedo hacer que funcione. Tengo que hacerlo —Agito la cabeza—. No puedo fallar de nuevo. Benjamín cree que es un secreto, pero sé que usó cada centavo de su cuenta de ahorros para pagar mi universidad, y lo estropeé todo por mis estupideces.

—Estoy seguro de que no es tan malo como crees —interrumpe Leonardo.

—Es peor. Créeme —digo riendo, sin nada de humor—. Porque no tengo que demostrarme solo a mí que no soy una fracasada, sino también a mi hermano.

Leonardo toma mi mano con más fuerza.

—Si te sirve de consuelo, sé que no eres una fracasada. Esa misma pasión que tienes conmigo, la estás usando también para alcanzar tus sueños. Cuando te veo, veo a una mujer fuerte y segura de sí misma, que puede lograr todo lo que se proponga.

Sus palabras le llegan a mi alma, haciéndome sentir inmediatamente mejor.

—Cuando yo te veo a ti, Leonardo, veo a un hombre feliz, porque encontró un lugar dónde encajar. Y en este lugar, hay personas que nos preocupamos por ti.

No estoy segura de cuánto tiempo estamos sentados aquí, tomados de la mano en la oscuridad, esperando que Benjamín se marche para poder salir a hurtadillas. Pero sí tengo la seguridad de algo. Y es que, aunque no sé qué pueda pasar en nuestro futuro, Leonardo en verdad vale la pena.

Siento la calidez de una mano sosteniendo la mía y sonrío suavemente, pensando en la horrible poción de amor de Alma. Tal vez funcionó, después de todo.

CAPÍTULO 16 - PEQUEÑA BESTIA

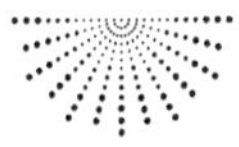

LUCÍA

—Lucía, no lo comprendes. No puedo hacer eso.

—No, usted no entiende, señor Robles. Sé que usted le vendió este mismo panel de yeso a mi hermano por la mitad del precio que está tratando de cobrarme. Ahora, o lo compro por el mismo precio o empiezo a comprar en la tienda de los hermanos Ruiz. ¿Está claro?

—Vamos, Lucía. Solo estás comprando dos cajas de paneles de yeso. No puedo hacerte tanto descuento. Si hago eso, quebraré.

—Bueno, debería haber pensado en eso antes de tratar de robarme con esos precios.

—¡Pequeña estafadora! —balbucea el señor Robles.

Veo cómo su cara empieza a enrojecerse. Entonces saco mi teléfono, finjo que marco un número y me lo pongo en la oreja.

—¿Señor Ruiz? Soy Lucía, de la propiedad Reyes. ¿Recuerda el pedido de paneles de yeso que dijo que podía darme? Genial, voy a pasar por su tienda y...

—¡Espera! ¡Espera un momento, Lucía! —El señor Robles

se limpia la frente con una mano antes de hacerme una mueca para demostrarme que gané—. Son tuyos. Te los venderé al mismo precio que a Benjamín. Pero, por favor, no le digas a nadie que te hice un descuento, ¿de acuerdo?

Apenas puedo contener mi sonrisa triunfal mientras meto mi teléfono en el bolsillo trasero de mis pantalones cortos.

—No se preocupe, señor Robles. Sé cómo guardar secretos. Y también soy una buena clienta, seguiré viniendo para comprar todo lo que necesito para el resto de las renovaciones de la propiedad —La expresión del señor Robles cambia completamente a una mucho más feliz. Casi me siento culpable de lo que le digo a continuación—: Siempre y cuando me dé el mismo descuento en todos los productos.

—Pero… ¿Estás bromeando, Lucía? Te juro que realmente parece que estás tratando de quebrarme.

—Por favor. Ambos sabemos que sigue ganando bastante con todos estos materiales.

Trabajé medio tiempo unos meses en una empresa pequeña de materiales, mientras estaba en la universidad, así que conozco perfectamente la relación costo-ganancia de los productos del señor Robles. Vaya, y solo tomé ese trabajo para hacer algo de dinero, pensé que no me serviría para nada más.

No me da tanta pena pedirle ese descuento a este señor, porque él era el que me quería estafar, para empezar. Así que rápidamente le quito la factura y firmo en la parte inferior antes de que él pueda cambiar de opinión. Se la devuelvo y me mira con disgusto.

—Tendrás el yeso a finales de esta semana.

—Lo necesito mañana, señor Robles.

Contengo la respiración, pero no bajo mi mirada. Creo que ya me arriesgué demasiado, pero finalmente él se rinde, con un suspiro.

—De acuerdo. Mañana por la mañana lo tendrás. Haré que los muchachos lo lleven.

Retengo mi sonrisa hasta que vuelvo a subir a la camioneta. Unos minutos después, conduzco por la mitad del largo camino de entrada a la propiedad. El camino está rodeado de hermosos y grandes árboles, los contemplo, y solo entonces me permito inclinar mi cabeza y reír. Todavía estoy sonriendo cuando llego a la casa.

Hace dos meses que empezamos las remodelaciones en la casa. Ha mejorado bastante durante las últimas semanas, y es debido al duro trabajo de todos. A pesar de que cada día parecía que encontrábamos un nuevo problema, no nos dimos por vencidos. Seguimos trabajando cuando encontramos la tubería rota en el dormitorio de arriba, los daños causados por el agua en la cocina. Los techos de todo el piso de arriba, llenos de goteras.

Sí, es un lugar antiguo y sé que la mayoría pensaría que no valdría la pena renovarlo, sobre todo por la gran cantidad de tiempo que hay que invertir. Pero ahora, mientras miro a mi alrededor, a las paredes y las vigas de madera desnudas de los cimientos, puedo ver prácticamente cómo se vería cuando esté terminada. Exactamente como lo imaginé la primera vez que visitamos la casa con esa agente inmobiliaria.

Benjamín trabaja en una empresa constructora bastante grande. Así que cuando les sobran materiales, me los traen sin ningún problema. ¿Por qué me regalan cosas? Porque mi hermano lleva trabajando muchos años con ellos, es un gran empleado y es muy respetado.

Y quizá me regalen algunas cosas también porque jugué la carta de los pobrecitos niños que perdieron a sus alcohólicos padres. Quizá visité a Benjamín en el trabajo y sin querer me puse a llorar un poco frente al gerente. Sinceramente ni yo sabía que podía tener tanto poder de convencimiento, hasta ahora.

Me porto así con el señor Robles, porque necesito algunos materiales que la empresa de Benjamín no tiene. Aquí gasto el poco dinero que me quedó de la universidad. ¿Qué haré cuando se me terminé? No lo sé, pero no quiero pedirle dinero a mi hermano. Seguro se me ocurrirá algo. Debo empezar a pensar en esto, ya pasaron dos meses.

Esto último me hace recordar la fecha límite que me dio Benjamín. Tengo cuatro meses, todavía. Cuatro meses para terminar la reconstrucción y empezar a hacer reservaciones para nuestros primeros clientes durante el verano. Cuatro meses para lograr algo que parece imposible.

—No es imposible. Difícil sí —murmuro mientras cierro la puerta tras de mí—. Pero imposible no.

El sonido de un choque proveniente de arriba me sorprende. Se escucha a través de la casa vacía. O al menos se supone que a esta hora está vacía. Yo soy la única que iba trabajar en este momento. Salgo corriendo en dirección al sonido.

Llego a la torreta, una sección que fue añadida por mi excéntrica abuela. Su torre redondeada llega hasta el tercer piso, con una escalera de caracol que sube hasta la habitación superior. En mi proyecto esta parte pasará a ser una habitación para parejas recién casadas. Es la única parte de la casa cuya estructura principal de alguna manera ha sobrevivido casi intacta con el pasar de los años.

Termino de subir la escalera y abro la puerta, tomo una escoba para defenderme, en caso de que sea necesario. La habitación está completamente en ruinas, vigas y unas cuantas láminas de madera cubren el suelo.

Encuentro la causa del ruido rápidamente. Hay un agujero redondo en la pared, donde había estado el vitral, y hay vidrios multicolores esparcidos como confeti por toda la habitación. Algo, o alguien, lo acaba de romper. Avanzo con la escoba todavía apretada en mi mano y entonces la veo. Los ojos negros y brillantes. La nariz rosada y la cara puntiaguda. Abre la boca y emite una especie de silbido que me hace correr de nuevo a la puerta.

Cierro de golpe, impactada, con el corazón acelerado. Saco mi teléfono y marco un número que me sé de memoria. Unos momentos después, contesta una voz que me encanta.

—¿Hola?

—¿Leonardo? Gracias a Dios. Soy lucía, escucha, estoy en la casa. Algo sucedió. Necesito tu ayuda, necesito que vengas.

—¿Estás bien?

—Sí, ven pronto, por favor.

Apenas termino de hablar, y Leonardo ya está contestándome, con la misma urgencia.

—Estoy en camino, cariño. No te muevas, estaré allí en un momento.

*** * ***

LEONARDO

—¿Lucía? Lucía, ¿estás ahí arriba?

—¡Aquí, Leonardo! Estoy en la torre.

—Cariño —murmuro, mientras subo la escalera de caracol rápidamente—. El piso aún no está terminado, y el agujero en el techo todavía tiene que ser reparado. Te dije que no es...

—Sí, ya lo sé.

Abro bien los ojos cuando llego a la plataforma superior. Dejo escapar un respiro de alivio que no sabía que estaba aguantando cuando la veo a salvo e ilesa. Estuve desesperado por verla desde el momento que me llamó pidiendo ayuda.

Por mi mente habían pasado los peores escenarios. Estaba tan ansioso por venir, que seguramente me pasé todos los límites de velocidad en el camino, pero todo lo que podía imaginar era que Lucía estaba herida, atrapada, o algo peor.

—¿Qué pasó? ¿Estás herida? —Corro hacia ella, notando por primera vez la escoba que tiene en la mano, y que sostiene como un arma.

—No, no estoy herida. En realidad, no me pasó nada.

—Entonces, ¿cuál es la emergencia?

La recorro con mis manos, busco inconscientemente alguna herida en cualquier lugar de su cuerpo, pero no veo sangre ni nada roto. El miedo que sentí en el camino, finalmente comienza a disiparse.

Lucía está avergonzada. Toma la manija de la puerta para abrirla, pero le tiembla la mano. Su respiración es entrecortada.

—Llegué a la casa y oí un ruido aquí arriba. Subí a ver qué era y encontré... algo.

—¿Qué encontraste exactamente?

—Toma —dice, ofreciéndome la escoba y un par de guantes—. Vas a necesitar esto.

Agarro la escoba y los guantes con duda y con cierta confusión. Me pongo ambos guantes antes de hacerle un gesto para que abra la puerta. Lucía se acobarda cuando lo hace, tiembla, como si esperara que algún monstruo terrible salga del otro lado.

—Lucía, ¿qué carajos hay ahí? —pregunto, entrando.

Justo acabo de preguntar, cuando la veo. Una lenta sonrisa se extiende por mi cara. Rápidamente se convierte en una carcajada un momento después.

—¿Una zarigüeya? ¿Todo esto por una zarigüeya?

—Solo... sácala de aquí, por favor. —Lucía sigue de pie, congelada junto a la puerta, como si tuviera miedo de acercarse demasiado al pobre animal, como si este la fuera a atacar.

—No te preocupes —digo, aun riendo—. Rescataré a la princesa de la gran zarigüeya mala.

—Muy gracioso, Leonardo.

—Sí es gracioso.

Miro alrededor de la habitación, estoy más preocupado por caer a través de una de las vigas del suelo que por el caprichoso animal. Un momento después, encuentro algo perfecto para atrapar a mi presa. Tomo la caja y llego al centro de la habitación, dejo la escoba en el piso.

—Creo que lo asustaste tanto como ella a ti —murmuro, caminando lentamente hacia el animal. Coloco la caja en un pedazo sólido de piso a mi lado, antes de agacharme. Tan lentamente cómo puedo, avanzo hacia adelante. Con calma, tomo a la zarigüeya por el cuello y la meto en la caja.

Sigo riendo mentalmente mientras cierro la tapa y la llevo de vuelta a la puerta. Lucía da algunos pasos atrás cuando me acerco.

—¿Puedes llevarla afuera? Déjala muy, muy lejos de aquí.

—Probablemente tenga familia cerca. No sé qué hacía en la casa —Agito la cabeza—. Ya vuelvo.

Bajo al primer piso y camino algunos metros lejos de la casa. Saco al animal de la caja e inmediatamente se aleja de la propiedad. La veo desaparecer dentro del bosque que rodea los manantiales de El Pradal, y emprendo mi camino de regreso. Entro y encuentro a Lucía arriba, limpiando el vidrio de la ventana rota. Me lleva un momento darme cuenta de que está llorando.

Normalmente, cuando veo a una mujer llorando, corro lo más rápido que puedo para consolarla, lo hago por inercia. Pero ver a Lucía así, con las lágrimas cayendo por su rostro, se siente diferente. Me congelo en mi lugar, volteando a todos lados, tratando de descubrir el motivo de su pena.

Ella recoge los pedazos de vidrio, y cada vez que toma uno, suelta un sollozo. Me arrodillo junto a ella, creo que entendiendo por qué está llorando. La abrazo con fuerza, con cuidado de no tocar los vidrios.

—Cariño. No hay problema, es solo una ventana. Podemos repararla o cambiarla.

—Lo sé. Es solo que... era muy hermosa. Era una de las pocas partes de este lugar que aún estaban intactas, una parte de mi familia que aún estaba viva. Sé que suena estúpido...

—No, no suena estúpido —murmuro, atrayéndola más hacia mí—. No suena para nada estúpido. Te entiendo, y escucha, Lucía, te prometo que haré todo lo que pueda para ayudar, lo que sea necesario para arreglarlo todo.

Me inclino lo suficiente hasta encontrar su mirada llena de lágrimas, para que ella pueda ver la seriedad en la mía.

—Esto no puede arreglarse, Leonardo —susurra, sonriéndome suavemente—. Pero gracias por tus palabras de aliento de todos modos. Significa mucho para mí que me prometas algo.

La abrazo de nuevo, antes de separarla de mí. Echo un vistazo a la habitación.

—Bueno, esa pequeña bestia sí que hizo un desastre.

Lucía deja salir una carcajada.

—¿Pequeña? Era enorme, si hubieras tardado más, podría haberme matado.

—Sí, he oído hablar de muchas muertes relacionadas con zarigüeyas en esa zona. Es algo que pasa todos los días.

Lucía me golpea con un codo en las costillas. Nos reímos un momento antes de volver a trabajar recogiendo los fragmentos de vidrio. Unos pocos minutos después, una voz resonando en la habitación nos hace saltar a los dos.

—¿Qué pasó aquí?

Me vuelvo para ver a Benjamín, aún con su ropa de trabajo, su chaleco naranja brillante y todo, mira la habitación. Y finalmente, nos ve con ojos inquisidores.

—¡Benjamín! ¿Qué estás haciendo aquí? —tartamudea Lucía, levantándose cuidadosamente del suelo.

—Me quedaron algunos materiales de la obra que acabamos de terminar. Pensé que podrías usar la pintura sobrante.

—¡Eso es genial! Gracias.

—¿Qué pasó aquí, Lucía? Parece que hubo una explosión.

—Estaba trabajando abajo y oí un ruido. Era una zarigüeya que rompió la ventana. La que me dijiste que la abuela había hecho especialmente para esta habitación —Lucía se traga las lágrimas y el dolor—. Llamé a Leonardo y él vino y me ayudó a deshacerme de esa cosa. Pero perdimos la ventana, no se puede arreglar.

—De veras lo siento, Lucy. Sé que era la habitación que estaba mejor conservada —dice Benjamín con simpatía. Pero luego su voz cambia cuando habla de nuevo—. ¿Por qué no me llamaste?

—¿Qué? —Lucía ladea la cabeza, confundida.

—¿Por qué llamaste a Leonardo? ¿Por qué no me llamaste a mí? Podría haberte ayudado.

— Ah, sí, bueno… —Los ojos de Lucía se abren de par en par, buscando ágilmente una respuesta—. Sabía que estabas en el trabajo, no quería molestarte.

—Pero Leonardo también estaba en el trabajo, ¿no?

—Estaba en mi descanso —intervengo rápidamente.

Le respondo a Benjamín con la mayor tranquilidad posible. Lucía asiente, pero Benjamín sigue mirándonos sospechosamente mientras se gira para mostrarle a Lucía los materiales sobrantes que ha traído.

Me quedo allí por un momento que parece una eternidad. Los dos salen y yo siento algo, en mi pecho, aparte de todo el nerviosismo causado por Benjamín. Sonrío porque el primer instinto de Lucía fue llamarme a mí cuando necesitaba ayuda.

¿Pero qué demonios significa eso?

No hay una respuesta para mí en la habitación vacía. Suspiro profundamente, sin saber si es correcto que me sienta tan feliz como lo estoy. Pero como no puedo responder esas dudas, tomo impulso y salgo del cuarto para bajar las escaleras. Tengo que regresar a trabajar.

CAPÍTULO 17 - PERFECTO

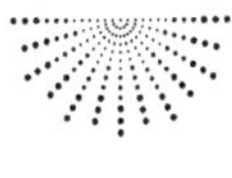

LUCÍA

El aroma de las flores y hierbas que se han apoderado del jardín detrás de la casa, inundan mi nariz agradablemente. El sol se muestra entre los árboles que rodean el borde de la propiedad, arroja sus rayos de luz sobre la salvaje vegetación.

El jardín ahora es más maleza que flores, pero si pones atención, se pueden ver algunas flores rosadas y rojas asomándose por debajo de la mala hierba. Unas pequeñas flores amarillas se abren paso tercamente, luchando por unos pocos rayos de sol que las mantengan con vida.

El paisaje me llena de esperanza, y de una felicidad feroz, específicamente, ver esa flor resistir ante las circunstancias adversas, me recuerda a mí misma. Las dos somos sobrevivientes. Seguimos floreciendo a pesar de todo lo malo.

Me inclino para oler la naturaleza, respiro hondo y luego emito un chillido de sobresalto al sentir unas manos en mis caderas. Miro detrás de mí y sonrío cuando veo a Leonardo, muy cerca de mí.

—Hola, cariño.

—Hola.

Todavía hay una enorme sonrisa en mi cara al volver mi cabeza para encontrarme con él. Lo beso con gusto. Sé que nos queda un largo camino por delante, pero me siento segura. Desde aquella noche en el bar, cuando nos abrimos el uno al otro, me siento mucho más tranquila. Podemos hacer que esto funcione.

—Te vi desde la ventana. Me sorprendí de verte aquí, tomando un descanso.

La voz de Leonardo en mi oído es dulce. Se siente bien que alguien te hable con el cuidado que él lo hace. Rio suavemente antes de caer en sus brazos.

—Me distrajeron las plantas, pero creo que ya debería volver a poner manos a la obra. Apenas restan tres meses y medio para la fecha límite de Benjamín y no podemos bajar la guardia.

—Vas a morir pronto si sigues trabajando así, Lucía. Relájate —Su aliento se siente cálido, al instante hace que los escalofríos corran por todo mi cuerpo—. Puedo ayudarte a relajarte.

—Apuesto a que puedes.

Me acerco a él para que me dé otro beso, esta vez más lento, más sensual. Un beso que me haga perderme, como todos los que me da.

Me levanta con sus brazos y yo me sostengo sobre su cuerpo, sin separar nuestras bocas. Un segundo después, me recuesta sobre la hierba. Apenas me doy cuenta de las flores silvestres que nos rodean. Cada célula de mi cuerpo está enfocada exclusivamente en él. No hay lugar para nada más.

Jadeo cuando sus manos bailan por mis costados. Mete su lengua en mi boca, y yo la recibo sin ninguna queja, ansiosa por todas las sensaciones que me sé de memoria, pero que parece nunca son suficientes. Hago que el beso sea aún más profundo, tiro de su cuerpo, cuando está encima de mí.

Leonardo no está siendo tan apasionado esta vez, él se separa de mi boca y dibuja una silueta de besos suaves a través de mi mandíbula y mi cuello, me hace retorcerme debajo de él. La mirada intensa y profunda que me da después, es suficiente para hacer que me olvide de que, por alguna razón, parece querer llevar las cosas de una manera más lenta.

Comienza a tocar mis piernas, hasta que llega a mis pies, saca mis botas y luego desliza sus palmas por mis pantorrillas, mis rodillas y la piel sensible de mis muslos. No se detiene hasta que llega al botón de mis pantalones cortos. Los desabrocha con una lentitud exasperante, antes de bajarlos y arrojarlos a un lado.

Leonardo me quita toda la ropa. Se concentra en ver cada trozo de piel que se revela, a medida que me despoja de la blusa, luego el sostén, y finalmente el pequeño trozo de bragas de encaje. Y por fin, estoy completamente desnuda debajo de él.

Extiendo la mano para hacerle lo mismo, pero él la detiene a medio camino.

—Oye, eso no me parece justo —Lo señalo—. También quiero verte desnudo.

—Espera un momento, cariño, quiero hacer algo primero.

Lo que quiere hacer es besarme, mucho. Por todos lados. Su barba de un par de días me hace cosquillas en el cuello, y luego en mis pechos. Intento sostenerme a algo cuando lo siento bajar por mi estómago, pero solo hay hierba a nuestro alrededor.

Me llega un pensamiento extraño, de que no quiero arrancar ninguna flor, pero lo olvido rápidamente cuando Leonardo me abre las piernas suavemente y entonces comienza mi delirio. En realidad, me olvido de las flores, y de la casa, de los tres meses que faltan de plazo y de los materiales que tenía que comprar hoy.

Solo puedo gemir con fuerza, y arrancar la hierba que no quería arrancar. Me retuerzo bajo su boca, y llega un momento en el que mis manos se enredan en su cabello. Todo mi cuerpo se tensa y me arqueo, echo la cabeza para atrás, muevo mis caderas instintivamente, perdida en una nube de placer que no tarda en explotar.

Y lo que antes parecían movimientos descoordinados por mi parte, se convierten en un cuerpo totalmente descontrolado. Todo me quema, me cuesta llenar mis pulmones de aire, y no sé dónde estoy o quien soy. Solo está Leonardo, y el mundo de sensaciones que me hace sentir.

Me tardo en recuperarme. Cuando vuelvo a sentir mi cuerpo como lo que es, tomo a Leonardo de los hombros y trato de subirlo, hasta que su cara está muy cerca de la mía. Me sonríe con confianza, contento por lo que acaba de hacerme.

—Te quiero —digo en voz baja.

La sonrisa de Leonardo se desvanece lentamente, sus ojos se hacen más oscuros. Vuelve a quemarme, con su mirada, solamente. Entonces empezamos a quemarnos los dos, nos desesperamos por acercarnos, por quitarnos la ropa y deshacernos de cualquier barrera que nos separa.

Le quito la ropa, o él se la quita. No lo sé. Pero al segundo siguiente la que está arriba soy yo, mis muslos están a ambos lados y con un movimiento suave, lo hago hundirse en mí. Ambos echamos la cabeza hacia atrás.

Empiezo a moverme con los ojos cerrados, arqueando la espalda. Mis caderas se mueven una y otra vez, con el ritmo que sé que nos gusta a los dos. Nos estamos quedando sin aliento, mi respiración agitada y los sonidos roncos que salen de Leonardo, me lo confirman. Mis músculos se están volviendo a tensar.

Una marea de luces, como fuegos artificiales, se aparecen detrás de mis párpados. Me hacen pensar en dispersar todo, para concentrarme únicamente en el punto donde nuestros cuerpos se unen. El placer que siento va en aumento, es tan intenso que me roba el último aliento de mis pulmones mientras grito el nombre de Leonardo.

Mi cuerpo vuelve a sacudirse, pero Leonardo no me da tregua y sigue empujando, sujeta mi cadera, en una deliciosa tortura. No se detiene, ni baja la velocidad, sino que jadea y gime roncamente. Hace que intensas ondas de placer lleguen a mi cuerpo, otra vez.

Yo caigo sobre él. Mi cuerpo dejó de responderme desde hace unos minutos, así que simplemente lo dejo hacer lo que quiere, que es acurrucarse con Leonardo. Cuando su respiración se normaliza un, poco, me abraza. Su voz sale entrecortada, cuando me habla.

—Cariño, eres…increíble. Eres hermosa y eres… eres…

Sonrío bobamente. Quizá no puede terminar su oración, pero yo tampoco me siento capaz de hablar. Aun así entiendo perfectamente lo que quiere decir, porque es algo que yo siento por él, también.

A regañadientes, y con las pocas fuerzas que me quedan, me enderezo un poco y ruedo a su lado. No me separo mucho de él, pues quiero seguir estando lo más cerca posible. Damos largas y profundas respiraciones.

Sonrío ampliamente, con los ojos cerrados, hasta que siento una mirada. Se trata de Leonardo viéndome, exhausto y feliz. Sonrío más. El césped bajo nosotros se siente como una alfombra. Perfecto. La verdad todo se siente perfecto, pero me conozco a mí misma, y la vocecita en mi cabeza no tarda en aparecer.

Una frase se asoma por mis labios, sin que pueda detenerme siquiera a pensarla.

—Leonardo… ¿Qué somos?

Leonardo abre mucho los ojos, parece que quiere evitar mi mirada, pero solo lanza un suspiro gigantesco y se mantiene en silencio mucho más tiempo del que a mí me gustaría. Finalmente se endereza.

—¿Qué quieres decir?

—Lo que quiero decir es justo lo que acabo de preguntar. ¿Qué somos? ¿Qué es… esto?

Hago un gesto, señalándonos. Yo soy la que está preguntando, pero al mismo tiempo no quiero saber lo que va a responderme. Él cambia totalmente su expresión.

—¿Eso importa?

—¿Cómo?

—Sí, eso no importa. La pasamos bien, ¿no?

—La pasamos bien —repito—. ¿Solo la estamos pasando bien?

Aunque lo haya dicho dos veces, las palabras me siguen pareciendo extrañas. Leonardo se congela a mi lado. Está rígido como una tabla de surfear. Pero luego se pone de pie y comienza a vestirse rápidamente, mira al horizonte, no a mí.

—Tengo que volver al bar. Paty dijo que necesitaba ayuda con… algo.

—De acuerdo, está bien —digo en voz baja, sin creerle verdaderamente—. ¿Nos vemos luego?

—Sí, después.

Y así, sin más, se va.

El sol que había calentado mi piel hacía un momento, ahora se siente helado y frío. Me apresuro a ponerme la ropa antes de empezar a correr. Quiero volver a la casa, necesito ponerme a trabajar para olvidar. Tal vez si me esfuerzo lo suficiente, si me mato limpiando y arreglando las paredes y los techos, pueda borrar de mi mente la expresión de Leonardo.

Cuando entro a la propiedad, tomo algunas herramientas rápidamente. Me muevo a gran velocidad, porque si me detengo, aunque sea solo un segundo, puede que las lágrimas que queman mis ojos, salgan a torrentes.

CAPÍTULO 18 - ¿CHOCOLATES, JOYAS O FLORES?

LEONARDO

—Paty, ¿me das otra cerveza?

Al menos, eso es lo que creo que dije. A juzgar por la cara de Paty, lo más probable es que soné un poco más confuso. De todas formas, supongo que me entendió, porque me da otra cerveza antes de mover la cabeza.

—¿Vas a gastar todo tu sueldo en cervezas hoy, Leo? Porque hasta ahora parece que así será.

—¿Qué tiene de malo, linda? Si voy a pagar por ellas.

—Tu adulación no sirve aquí, Leonardo. Ya lo sabes.

—Sí, lo sé, y solo puedo decirte lo decepcionado que me siento por ese hecho.

Paty mueve la cabeza y resopla mientras golpea su toalla en la barra.

—Apuesto a que te rompieron el corazón.

Todavía se ríe para sí misma mientras camina hacia el otro extremo de la barra, para seguir tomando órdenes y preparando bebidas.

Es una lástima. Su compañía había mantenido mis pensamientos a raya durante un minuto. Miro fijamente a la cerveza que tengo enfrente. Se supone que ese es el trabajo del alcohol, pero no funciona. De hecho, cuanto más bebo, más difícil es ignorar las preguntas que Lucía me hizo.

¿Qué somos? ¿Qué es esto?

Y luego mi estúpida respuesta.

¿Eso importa?

Pude haber dicho muchas otras cosas, solo que me tomó por sorpresa. Me imaginé la cara de Benjamín por un momento, y el pánico me invadió. Claro que sí es importante lo que somos. Llevamos casi tres meses viéndonos, haciéndolo cuando podemos, conversando, besándonos y abrazándonos.

Había otras respuestas mejores que esa, decenas de cosas que pude haber dicho. Aunque tampoco me agradan mucho, porque nunca hemos hablado de eso. Lucía y yo tenemos exclusividad desde que ella regresó al pueblo. Me siento maravillosamente bien con ella, pero no estoy seguro de cómo podríamos llamarnos.

Todavía puedo ver su cara, la forma en que su sonrisa se desvaneció, como una flor marchitándose. Me siento culpable de que esa felicidad se alejara. Odio el hecho de haber ahuyentado esa sonrisa. Pero fue mi culpa, por responderle de esa manera.

Tomo un largo trago de cerveza, pero la sensación de incertidumbre e inquietud sigue presente en mi pecho. No es la misma inquietud impulsiva que normalmente me hace querer marcharme al siguiente lugar, alejándome de un sitio del que me siento cansado.

Esta vez es diferente. En lugar de huir de algo, me está empujando hacia algo. Como si un imán estuviera plantado en lo profundo de mi pecho, atrayéndome hacia Lucía una y otra vez. Mil veces más.

El bar está algo desierto hoy, así que escuchó perfectamente los pasos de las botas que se acercan a mí, un segundo antes de sentir una fuerte palmada en mi espalda. Miro hacia un lado, mientras Benjamín se sienta junto a mí. No quiero estar con mi mejor amigo precisamente hoy.

Desde ese día en la torre, cuando Lucía me llamó a mí, en lugar de a él, ha estado mirándome de forma sospechosa. Yo siempre finjo la calma que no tengo, como ahora, que le sonrío cómo puedo y le hablo con tranquilidad.

—Hola, Benjamín. ¿Saliste temprano del trabajo hoy?

—Terminamos antes de lo previsto. El jefe dejó que todos se tomaran el resto del día libre, pues los materiales no llegaron a tiempo —Benjamín me mira fijamente—. Parece que tú también tienes el día libre.

Inclino mi vaso de cerveza, tomo un sorbo sonriéndole con naturalidad.

—Estoy tratando de ahogar mis penas.

—¿Penas? ¿Se trata de una mujer? —Benjamín levanta la mano para saludar a Paty, y le pide una cerveza.

Espera a que yo le responda. Y yo, que no hilo mis ideas bien, por todo el alcohol que he tomado, digo lo primero que se me ocurre.

—Por supuesto que sí. Es por una mujer —balbuceo y Benjamín suelta una risa.

—Siempre es lo mismo contigo, Leonardo. Nunca aprenderás.

—¿Aprender qué? Por favor, ilumíname, sabio.

Le hablo con sarcasmo, casi incitando a Benjamín a hablar, a que me revele algo que me distraiga, pero él solo sonríe con tristeza mientras toma su bebida. Se pierde un rato en sus pensamientos, y yo aprovecho para pedir otra cerveza.

—A las mujeres les gusta el vino, pero el problema es que no se puede sobrevivir solo con vino —dice finalmente—. Se necesita agua para sobrevivir.

Lo miro durante un minuto. Estoy mareado, pero creo que no estoy tan borracho como para malentender lo que acaba de decir.

—Diablos, Benjamín. ¿Qué carajo dijiste?

Se encoge de hombros, con nerviosismo.

—Mejor olvida que dije algo, ¿de acuerdo?

—¿Estás sonrojándote? Me haces pensar que mis problemas con las mujeres no son nada comparados con los tuyos.

Él abre sus ojos de par en par, con una expresión idéntica a la de Lucía, cuando estaba sorprendida.

—No hablaré de ese tema. Ni siquiera lo menciones.

Levanto mis manos y las dejo en el aire un rato. Sé que Benjamín tenía algún tipo de relación complicada, pero nunca habló mucho de ello. Me siento satisfecho de saber solo esa parte. Siempre me he contentado con dejar que Benjamín guarde sus secretos, así yo también guardo los míos.

Solo que algo es diferente ahora. Se nota con solo mirarlo que algo está comiéndoselo por dentro. Parece que necesita sacarlo, pero no puedo obligarlo a nada. Decido que es mejor darle mi apoyo y la posibilidad de elegir si me lo cuenta o no.

—Bueno, no lo mencionaré más —digo después de un rato—. Pero sabes que estoy aquí si necesitas algo.

—Gracias, Leonardo. Te lo agradezco, aunque eso no va a pasar. Pero aun así te lo agradezco.

Me encojo de hombros, volviendo a mi cerveza. Continuamos tomando sin decir nada, como si ese silencio fuera una muestra de respeto por nuestros asuntos.

—Leonardo, sabes que también estoy aquí, para lo que necesites.

Aprieto la boca con fuerza y me hundo en mis pensamientos. Podría asentirle y dejar de lado la conversación. Si no le contesto, estaría mucho más seguro.

Pero entonces, algo en mi mente repentinamente me golpea, probablemente por las cervezas que ya había tomado. Benjamín es la persona que mejor conoce Lucía, él puede ayudarme con todas mis dudas. Solo debo encontrar la manera de hablar de ella sin que mi amigo me descubra. Es fácil. O eso cree mi alcoholizada mente.

Respirando hondo, me giro y veo a Benjamín a los ojos. Voy a contarle todo. Bueno, todo lo que pueda sin decirle que se trata de su hermana. ¿No es el plan perfecto?

—Escucha, tengo este... problema. He estado saliendo con una chica.

—¿Y cuál es el problema? ¿Descubrió que realmente eres un imbécil?

—No, no, nada de eso. El problema es que me gusta. Es divertida, dulce, generosa y muy sexy —Agito la cabeza sin darme cuenta de la pequeña sonrisa de adolescente enamorado que se asoma en mi boca mientras hablo de Lucía—. Me gusta mucho estar con ella. Pero hoy me preguntó que qué éramos. ¿Y cómo carajo iba a responderle bien eso?

—¿Qué le respondiste?

—Bueno, que eso no importaba, mientras la pasáramos bien.

Benjamín suelta una risa que se parece a una burla.

—¿Sabes qué? Púdrete. No necesito tu consejo de todos modos.

—Lo siento, lo siento. Es solo que está claro que ninguna mujer quiere oír que alguien está con ella para pasarla bien —Benjamín niega con la cabeza—. Pero si yo fuera tú, no me preocuparía por eso. Hay muchas otras chicas por ahí.

—No amigo, esta vez no quiero a otra chica. No quiero... no quiero acostarme con otra. Quiero buscar algún modo de arreglar esto con ella. Me gusta mucho, ¿sabes? Pero no sé cómo solucionar las cosas.

Benjamín se queda callado. Miro sus ojos, en busca de respuestas, y me muestra una mirada de sorpresa.

—Demonios, estás hablando en serio, ¿verdad? Leonardo Garza, el galán, está pidiéndome consejos sobre relaciones.

—Cállate, hombre. —Me levanto, molesto, pero Benjamín me detiene.

—Siéntate y discúlpame. Es solo que me siento sorprendido, eso es todo —La expresión de Benjamín se torna seria y pensativa—. Creo que, si vas en serio con ella, debes ser honesto, ¿sabes? Dile la verdad sobre cómo te sientes. Dile lo importante que es para ti.

Lo miro y me cruzo de brazos.

—¿Eso es todo? ¿Ese es tu gran consejo?

—¿En qué estabas pensando? ¿En darle chocolates? ¿Joyas y flores?

—Bueno, no exactamente. Pero se supone que eso es lo que hacen los hombres enamorados.

—No tiene que ser así. No es como que estés sobornándola para estar contigo, Leonardo. Créeme, solo dile la verdad. Dile lo que sientes.

—¿Y si no sé cómo me siento?

Mi amigo rueda los ojos.

—Estás aquí diciéndome que te interesa esta chica, y que quieres arreglar las cosas con ella, ¿y no sabes cómo te sientes? Creo que lo que tienes es miedo al compromiso, porque nunca has tenido una novia antes —Benjamín bebe lo que queda de su cerveza antes de volverse hacia mí con una mirada inquisitiva—. Vas a perderla por imbécil.

—Puede que en eso tengas razón —murmuro en voz muy baja, Benjamín no me escucha.

—Por cierto, ¿quién es la chica?

—¿Cómo dices?

—¿Quién es la chica misteriosa que te tiene enloquecido?

Me tomo un largo trago, sin responder a la pregunta de Benjamín. Cualquier indicio de que se trata de Lucía, y no sé qué pueda pasar.

—¿Vas a mantenerlo en secreto de tu mejor amigo?

Demonios, sí. Lo siento, Benjamín. No se lo contaría a nadie. Menos a ti.

Me encojo de hombros y Benjamín agita la cabeza, se pone de pie y golpea suavemente la barra con su palma.

—Está bien, está bien. No te obligaré a que me lo digas. Pero ya sabes cómo son los chismes en este pueblo, algún día me enteraré. De hecho, me bastaría con preguntarle a algunas personas con quien te han visto últimamente.

—Probablemente no deberías hacer eso, yo mismo te la presentaré si todo resulta bien —digo con una gran sonrisa, tratando de calmar su curiosidad.

Cuando vuelvo a levantar mi cerveza, tengo que controlar los temblores de mi mano. Benjamín pide otra ronda y yo empiezo a pensar en lo estúpido que soy. Justo acabo de empezar a cavar mi tumba.

Mi amigo no es chismoso, en realidad. No es como que se va a poner a investigar a mi chica misteriosa que irónicamente es su hermana, ¿verdad?

CAPÍTULO 19 - CORAZÓN ROTO

LUCÍA

Cuando entro a la biblioteca, y recorro los pasillos, noto que están los mismos libros de siempre. Incluso se sienten iguales al tacto que hace unos años. Justo como todo lo demás en esta ciudad. Nada parece cambiar. Excepto por mí, que me fui y regresé.

Ya no soy la misma chica que solía correr como un animal salvaje con su hermano por los manantiales. Pero tampoco soy la mujer exitosa que se graduó de la universidad. Ese sueño me parece muy lejano.

No, no logré nada de eso. Pero para ser honesta, ahora tengo la certeza de saber lo que quiero. Profesionalmente hablando, quiero convertir la propiedad de los Reyes en un exitoso sitio de huéspedes.

Sentimentalmente hablando, quiero a Leonardo. Y ese es un gran problema.

"Porque él no te quiere."

Ah. Hola, voz odiosa dentro de mi cabeza. Lanzo un suspiro, porque sé que sí me quiere.

"Pero no lo suficiente."

Parece que siempre tendré una respuesta negativa a todo

lo que creo que es bueno. Camino por las estanterías de la biblioteca, dándole vuelta una y otra vez a la breve conversación que tuve con Leonardo. No debí preguntarle qué éramos.

O tal vez sí debía hacerlo, para darme cuenta de qué es exactamente lo que él puede ofrecerme. Y eso es un rato para pasarla bien. Sacudo la cabeza, justo cuando llego a la mujer de pie que sube un libro al estante superior. En su expresión hay seriedad, muy propia de su trabajo.

—Alma.

Ella salta cuando la llamo, dejando caer el libro que acababa de recoger. Me mira disgustada, como siempre lo hace cuando la sorprendo así.

—¡Lucía! ¡Vas a matarme de un susto!

—Sabes que nunca haría eso —Sonrío lo más inocente que puedo y me acerco a ella—. Quiero decir, no intencionalmente.

—Qué bueno que tus amenazas no me asustan —Alma me mira con algo de diversión—. ¿Qué haces aquí? Odias la biblioteca.

—No la odio —digo en un intento de defenderme—. Más bien nunca tuve tiempo para los libros, ¿sabes?

—Entonces dices que la universidad te abandonó en vez de abandonarla tú a ella —Alma dice esa frase bromeando, pero en sus palabras hay algo de verdad. Capta el gesto de pena involuntario en mi cara. Su sonrisa se desvanece y me abraza rápidamente para consolarme—. Lo siento mucho, Lucía. No debería haber dicho eso.

En esta ocasión, el que Alma sea tan perceptiva, me sienta bien. Aun así, trato de restarle importancia a lo que dijo.

—No lo sientas, no dijiste nada más que la verdad. Pero...

—Todavía te duele —dice ella, completando mi frase. Tiene razón. Asiento con mi cabeza—. Lo entiendo, pero oye, ya estás haciendo algo al respecto. Tienes un nuevo sueño que seguir. Fui a la propiedad ayer, y has avanzado mucho.

—Sí, lo sé, vamos mejor de lo que esperaría. Todos han ayudado mucho —digo, cargada de motivación.

Y no miento, estoy convencida de hacer mi mayor esfuerzo para que el hotel y el restaurante abran sus puertas, aunque me lleve días y noches enteros sin dormir. Aunque tenga que limpiar los pisos y las paredes de todo el lugar, no importa si me lastimo las manos o las piernas, estoy decidida a lograrlo.

—Entonces, ¿qué te hace lucir así? —pregunta Alma después de un momento. La miro, con confusión.

—¿Así?

—Así, como si tuvieras el corazón roto.

—Por favor —resoplo—, no seas ridícula, claro que no tengo el corazón roto. Vine porque quería hablarte de algo. ¿Hay algún lugar tranquilo al que podamos ir?

—Lucía, estamos en una biblioteca. Este es uno de los lugares más tranquilos que hay en el mundo.

—Ya sabes a qué me refiero —digo dándole un suave golpe en el hombro. Ella sonríe.

—Sí, lo sé. Vamos a la sala de descanso. Allí podemos hablar con calma.

Alma empieza a caminar por el pequeño pasillo y yo voy detrás de ella. Abre una puerta detrás del escritorio de la secretaria. Me detengo brevemente a contemplar todas las plantas que cuelgan en la pared. La decoración incluye cristales de varios tonos esparcidos por casi todo el lugar, lo que lo hace ver como un lugar muy natural. Alma tiene potencial para ser una gran decoradora de interiores. Quizá pueda comenzar con el hotel…

Ella se sienta en una silla, y yo aparto un tazón lleno de piedras de colores brillantes mientras me siento frente a ella.

Alma se inclina hacia adelante, posa sus codos en el borde de la mesa

—Entonces, ¿qué querías contarme? ¿Es sobre Leonardo? ¿Tienen problemas en el paraíso?

Abro los ojos de par en par, preparada para responderle con sarcasmo, pero me contengo, porque tiene razón. Otra vez. Y me vuelve a doler, otra vez.

—No sé qué pasó, Alma —digo casi sollozando, no es una muy buena forma de comenzar esta conversación. Pero el recuerdo de la expresión de Leonardo aparece en mis pensamientos—. Por un momento todo parecía perfecto, estábamos muy bien, y un segundo después me miraba como si me quisiera muy lejos.

—Bueno, algo debe haber pasado para que te viera así —dice Alma, después de un momento.

En serio, esta mujer debería ser conocida como la más perceptiva del mundo.

—Bueno, es que le pregunté qué éramos, ya sabes, yo quería saber qué es lo que estamos haciendo. Pero él se puso raro, se congeló y se puso nervioso. Después huyó como un cobarde.

Alma me mira con compasión y se levanta. Permanece en silencio mientras prepara una tetera con agua caliente para hacer de té de menta. Toma asiento y suspira.

—Lo asustaste.

—¿Qué? —Miro a Alma con recelo.

—Lo asustaste, Lucía. Ya te había dicho que no es del tipo de hombre que tiene relaciones serias, y honestamente...

—Honestamente, ¿qué? —le pregunto impulsivamente.

—Honestamente, no esperaba que se quedara tanto tiempo contigo como lo ha hecho. Y sí, amiga. Sé que eso no es lo que quieres oír.

Claro que no es lo que quiero oír. Alma me sonríe con simpatía.

—Pero no importa, ¿verdad? —dice—. Porque ya estás perdidamente enamorada de él.

Esa última frase me deja callada, pero aun así sé que Alma puede ver la respuesta escrita en toda mi cara.

—¿Sabes qué tienes que hacer? —dice ella, sabiamente. Yo niego, implorándole con los ojos que me diga la solución a este problema—. Tienes que luchar por él, Lucía. Por ustedes. Mira, yo creo que te mereces ser feliz, has pasado por mucho, y si Leonardo es la persona que te trae felicidad, entonces lucha, hasta que ya no puedas más.

—Sí, pero…

—Tú también estás asustada —continúa Alma—. Realmente son el uno para el otro. Dos fóbicos del compromiso que se encontraron y ahora no pueden mantenerse alejados el uno del otro. Pero por suerte para los dos, tengo algo que los ayudará.

—Dios mío, que no sea otra de tus pociones —me quejo. Todavía puedo sentir en mi paladar el amargo sabor de la última.

—No, no es una poción.

Alma se levanta, escarba en la pequeña mesa auxiliar apilada con libros, papeles y cristales, y finalmente toma algo. Vuelve a la mesa, extiende su mano y yo miro el contenido con confusión.

—No muerde —dice ella, ríe después de un momento.

—¿Qué rayos es eso? —pregunto, contemplando la roca que descansa en su palma.

—Es un ágata. Es para la fuerza y el coraje. Tómala.

Ella se adelanta antes de que yo pueda hacer nada y la deja caer en mi mano. No creo realmente que un pedazo de roca rojiza me ayude, pero la mirada esperanzada en el rostro de Alma hace que no le comparta mis pensamientos. Tomo la roca, enrollo el cordón de cuero al que está atada y lo pongo alrededor de mi cuello.

—La usaré. ¿Estás feliz con eso?

Alma asiente enérgicamente, me sonríe desde el otro lado de la mesa.

—¿Y ahora qué vas a hacer?

—Iré a casa. Necesito una ducha.

—Espera, tomemos un té, para que te relajes —Le digo que sí con un gesto y ella se levanta a servirnos el té. Está de muy buen humor, porque acepté ponerme su piedra—. Lucía, yo me refería a qué harías con el asunto llamado Leonardo.

Respiro profundamente. Ya sabía que estaba hablando de eso.

—Luego de ducharme iré a buscarlo, para hablar con él.

—Espero que no lo asustes más.

—Y yo espero no terminar con mi corazón roto en mil pedazos después de esta noche.

—¿Sabes que más espero? —Enarco una ceja—. Espero que no te rompa el corazón, porque entonces yo tendré que romperle otra cosa. Dile que, si te hace llorar, se las verá conmigo.

—No serías capaz de golpear a nadie, Alma.

—No, pero podría contarle a Benjamín como se está aprovechando de ti.

Mi amiga me sirve una taza enorme de té, la tomo mientras ella se sienta.

—Pero no se está aprovechando de mí.

—Pero tu hermano no sabe eso.

Río y luego bebo un sorbo de mi té, mientras le sonrío con complicidad a Alma. Té caliente y una buena conversación es justo lo que necesito antes de ver a Leonardo.

* * *

LEONARDO

El juego transcurre en la pequeña televisión de la pared, pero no estoy viéndolo realmente. Estoy distraído, mirando hacia todos lados al tiempo que mis pensamientos se concentran totalmente en la única persona en la que parece que puedo enfocarme últimamente. Lucía.

Es mi día libre y aprovecho el tiempo para tomar unas cervezas. Todos los días libres que he tenido en los últimos dos meses los he pasado trabajando en la propiedad de los hermanos Reyes. Pero no estoy seguro si Lucía me quiere ahí. No después de lo que le dije.

Se oye un leve golpe en la puerta que interrumpe mis pensamientos. ¿Quién puede ser? Sé que no es Paty. Ella siempre me grita desde el bar si necesita algo. Benjamín tiene su llave del apartamento, pero no acostumbra venir muy seguido.

Vuelven a tocar y me decido a levantarme. Cuando abro la puerta, veo a la última persona que esperaba ver. Lucía, de pie en la entrada de mi apartamento, me mira con sus hermosos ojos verdes. Ya está, ya me olvidé de todo. Por este breve instante, solo cabe una emoción en mí, la alegría

—Hola, cariño —digo finalmente, dando un paso atrás y haciendo un gesto para que entre—. Me sorprende verte aquí a esta hora.

—Hola, Leonardo.

Me sonríe, pero bajo ese cálido gesto, puedo ver que algo no está bien. Hay duda en sus ojos, y también dolor. Yo soy el causante de que ella esté así, y no sé cómo arreglarlo. Ni siquiera sé que decir.

Lucía se detiene, antes de entrar a mi apartamento. En su

cara surge una expresión de seriedad cuando me ve. Ella respira hondo y yo me preparo para lo peor. Estoy seguro de que va a decirme que hemos terminado con lo que sea que estábamos haciendo.

Que ironía, en el pasado, cuando me involucraba demasiado con una mujer, yo era el que terminaba dejándola. Y ahora estoy aquí, temblando como una hoja al pensar en que Lucía va a romper conmigo. Aunque se supone que, para poder romper, primero hay que estar en una relación, ¿no?

Pues eso no lo hace menos doloroso.

—Solo quería decirte algo —empieza ella. Aprieto mis puños, esperando por sus palabras, porque sé que, en el fondo, es lo correcto—. Solo quería decirte que está bien.

Lo sabía, sabía que ella iba a... espera un minuto, ¿qué?

—¿Qué dijiste? —pregunto, tratando de entender sus palabras. Lucía se encoge de hombros y sonríe levemente.

—Dije que está bien. No fue justo empezar a preguntar ese tipo de cosas. Te sorprendí, ¿cierto? Me han dicho que nunca has tenido una relación seria antes, al menos desde que llegaste al pueblo. Así que olvida lo que te pregunté.

—Oye, espera un momento —digo, levantando la voz, sin querer.

No le grito, pero mi voz sale extraña, y es debido a que hay mucha confusión en mí. Para empezar, me siento enojado, y algo decepcionado. ¿Por qué me siento así? Si Lucía está diciendo algo que para mí está bien, algo que me ha funcionado, desde siempre. Pero me molesta que sea ella quien lo diga así, con tanta convicción.

—Está bien, Leonardo —dice Lucía—, no necesito una respuesta, en serio.

—Pero te mereces una —digo, sorprendiéndonos a ambos.

Lucía abre la boca y me mira con los ojos abiertos. Luego

yo empiezo a tartamudear horriblemente, pero ni siquiera me siento mal por eso, pues mi mente está a mil por hora.

—Cariño, es que yo nunca… nunca he tenido algo serio… Lucía, nunca he tenido una relación real —Agito la cabeza, tratando de ser lo más claro—. Me asustaste… cuando me preguntaste por lo que somos, me asustaste.

Suelto esa frase, y es como si me quitara un gran peso de encima. Lucía me mira, con cierta sorpresa, yo estoy igual. Porque no le había podido poner nombre a lo que sentía. Y solo estaba asustado. Después de un momento, Lucía da un paso hacia mí, y luego otro. Finalmente, ambos estamos tan cerca, que ella pone sus brazos alrededor de mi cuello.

—Sigue estando bien, que estés asustado está bien. Pero necesito decirte algo más —susurra en voz muy baja. Es como si también tuviera miedo de seguir hablando—. Tú ya me importas mucho. Me preocupa dónde estás, y lo que estás haciendo. Pero no quiero que me rompas el corazón. Entonces, si crees que no puedes con esto, dímelo ahora, ¿de acuerdo? Antes de que me vaya a doler más.

La miro fijamente durante un largo momento. Es tan hermosa, tan frágil, y al mismo tiempo tan fuerte. Fácilmente podría terminar con esto, y podría dejar de estar involucrado. Pero no quiero eso, ya no. Quiero ser tan fuerte como ella.

—No, Lucía —le hablo con voz suave y calmada, como ella lo hizo—. Con toda sinceridad te digo que hacerte daño es lo último que quiero. Es solo que… todo esto es nuevo para mí. ¿Podemos llevar las cosas con algo más de calma?

Lucía me muestra una sonrisa brillante, que me ilumina el alma como si de un faro se tratara.

—¿Algo más de calma? No sé cómo podríamos hacer eso, porque tú y yo cómo que ya hemos perdido muchas veces el control…

Al siguiente segundo ella ya está besándome. Todavía estoy tambaleándome por la conversación que acabamos de tener, pero el que ella me bese, hace que me olvide de todo. La tomo de la nuca, acercándola más para hacer todas las sensaciones mucho más fuertes de lo que ya son. Cuando siento sus manos, subiendo por los botones de mi camisa, desabrochándolos, me separo de ella abruptamente.

—Espera, cariño —digo, con la voz ronca.

—¿Qué...?

Parece genuinamente molesta conmigo porque acabo de detener las cosas. Si no estuviera tan excitado, probablemente me reiría de su gesto.

—Quiero decirte algo más.

—¿Qué es? —Ella me suelta la pregunta con inocencia, pero sus manos, que siguen en mi pecho, comienzan a desabotonar mi camisa. No la detengo, igual no me tardaré mucho con lo que le quiero decir.

—No estoy contigo solo para pasar el rato, Lucía. Estoy contigo porque así lo quiero. Y por si no soy lo suficientemente claro, te digo que mientras los dos queramos estar con el otro, no me fijaré en nadie más, solo en ti.

Me sonríe, y luego decido que la conversación ya se acabó. La tomo de la cintura y me la llevo arrastrando, hasta mi habitación. Ahí, nuestra ropa se queda enredada en el piso, y en la cama.

Si yo pudiera, haría que Lucía se retorciera de placer por muchas horas. Solo que desde que la conocí, ella me tiene como un adolescente. Las sensaciones en mi cuerpo se conectan con mi pecho, que es un lugar ya ocupado por la hermosa mujer que está debajo de mí.

Por extraño que parezca, no me asusta que esté dentro de mi pecho. ¿Sera eso algo malo? Quién sabe, en lo único que puedo concentrarme en este instante, es en la exquisita sensación de hundirme en lo más profundo de su cuerpo, una y otra vez. Lucía gime, al ritmo de mi cadera.

En serio quisiera poder permanecer así toda la noche. Volviéndome loco junto con ella. Sin entender completamente por qué me gusta tanto esta mujer. O por qué el mechón de cabello rubio que tiene en la cara me parece lo más hermoso del mundo. Igual que sus ojos verdes que están cerrados en este momento, o sus manos que se aferran a mi espalda, y sus piernas que rozan mis caderas.

Ella respira con dificultad, se arquea con fuerza, y yo solo quiero besarla mucho y tocarle todo el cuerpo. Y luego quiero… luego quiero volver a empezar. Y quiero hacerlo todos los días, la quiero aquí, conmigo, cada día.

CAPÍTULO 20 - CACTUS

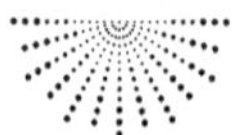

LEONARDO

—¡Oye, Leonardo! ¿Estás aquí arriba?

—¡Sí, estoy aquí! —le grito.

Escucho pasos, viene subiendo por la escalera, con rapidez. Luego está el sonido de una risa sincera. Unos segundos después, Lucía ya está aquí, cubriendo su boca con una mano, la alegría de su risa de antes, brilla en sus ojos verdes.

—¿De qué te ríes? —Sonrío, contagiado por su alegría.

Sé muy bien de qué está riéndose. Como el ático había pasado décadas sin ser limpiado, estoy lleno de polvo. Pero en serio, es como si tuviera toneladas de polvo cubriéndome.

—¿Estás seguro de que eres tú? ¿O eres un monstruo que se ha escondido aquí desde hace veinte años? —pregunta Lucía mientras camina cuidadosamente hacia delante. Su voz todavía tiene un timbre de risa.

—Creo que solo soy yo —Busco la manera de retirar algo de polvo de mí, pero lo único que consigo, es volverme a llenar de suciedad—. Bueno, para ser honesto, no estoy totalmente seguro.

Se detiene frente a mí, me sonríe con malicia.

—Bueno, se me ocurre una forma de saberlo.

—¿Ah, sí? ¿Y cuál sería?

No contesta. Más bien se inclina hacia adelante, con cuidado de no ensuciarse. Pasa su pulgar por mi boca, antes de posar sus labios dulcemente contra los míos. Está claro que queremos besarnos con más intensidad, pero en vez de hacer eso, damos presiones suaves por unos segundos, antes de separarnos.

No se sintió como un beso, más bien se sintió como una caricia. De igual forma me quedo sin aliento con el contacto. Es maravilloso, que el deseo lata dentro de mí, aunque la haya estado besando todos los días. Lo que siento solo ha crecido más y más desde esa noche que ella llegó a mi puerta y me pidió que no le rompiera el corazón.

Las cosas habían sido extrañas al principio. Porque fue la primera vez en toda mi vida que intento tener algo serio con alguien. Pero algo en Lucía me mantiene a su lado, es como si no importara cuánto tuviera, siempre quiero más de ella.

La mayor parte de nuestro tiempo lo pasamos trabajando en la casa, y por la noche nos quitamos la ropa. Así que nos hemos estado conociendo mucho y mejor. Todavía tenemos que esquivar las sospechas de Benjamín, una vez casi nos sorprende juntos. Mi amigo tiene como costumbre entrar en la casa sin anunciarse, y hubo una vez que todavía hace que el pelo de la parte posterior de mi cuello se me ponga de punta.

Lucía y yo hicimos el amor… No recuerdo en qué punto comencé a llamarle hacer el amor, pero eso no es lo importante, no me molesta. Entonces terminamos de hacer el amor en uno de los cuartos que ya habíamos renovado, y estábamos descansando tras ese intenso momento.

Solo el sonido de una tabla crujiendo afuera nos advirtió para que saltáramos de la cama, pero no había lugar para esconderse, la única salvación que encontré, fue una ventana abierta. Por suerte, Lucía pudo vestirse a tiempo, pero a mí no me quedó más remedio que saltar. Directo a los arbustos. Había un cactus ahí abajo, entre la hierba.

Luego de ese día, me quedé varios días limpiando la maleza de alrededor de la casa. Benjamín me felicitó por mi arduo trabajo, no supo que él fue el causante de eso. Él, y las espinas que todavía me estoy quitando del trasero.

—He estado pensando en algo —le digo a Lucía, ella me mira con curiosidad.

—¿Sí? ¿En qué?

Me tomo un momento para recordar qué era lo que quería decirle, pues mis pensamientos se esfuman al ver sus ojos verdes como un bosque. Su boca suave parece que espera uno de mis besos. Aclaro mi garganta y me concentro para evitar pensar en hacerle el amor, en esta misma habitación.

—Estaba pensando que tal vez es hora de decirle la verdad —digo finalmente—, a Benjamín.

No he terminado de hablar y ya Lucía está sacudiendo la cabeza. Ni siquiera he empezado a tratar de convencerla.

—No —dice todavía moviendo la cabeza. Sus cejas lucen arrugadas por la preocupación, mientras continúa subiendo la voz—. De ninguna manera. No. No podemos decírselo, Leonardo. No sabes... no sabes lo sobreprotector que es conmigo. No debe descubrir lo nuestro.

—¿Cuánto tiempo más vamos a seguir escondiéndonos? —le pregunto.

Eso es lo que más me preocupa. Estoy cansado de tener que escondernos. Así que increíblemente, quiero contarle al mundo sobre la chica a mi lado. Pero también sé que Lucía tiene razón..

—Todo el tiempo que sea necesario —dice Lucía, respondiendo a mi pregunta mientras me empuja hacia atrás. Me abraza, sin importarle el polvo en mi ropa—. Tenemos la opción de irnos del país, si las cosas salen mal.

—Cariño, eso se oye un poco drástico —Me río, cediendo y abrazando su espalda—. Bueno, supongo que podemos mantener el secreto un poco más.

—O mucho más.

La voz de Lucía suena un poco apagada, así como está, presionada contra mi pecho. Ella también sabe que Benjamín va a enterarse tarde o temprano. Pero ahora ya no sé si quiero que se entere más tarde que temprano, o al revés.

CAPÍTULO 21 - ¿DE QUIÉN ES LA CULPA?

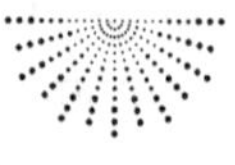

LUCÍA

Me siento de nuevo sobre mis talones, frotando mi adolorida columna vertebral, pero llena de una alegría feroz mientras miro alrededor de la habitación principal. Antes, todo este espacio era un completo desorden, con escombros por todos lados, pedazos arruinados de yeso y una chimenea a punto de caer.

Ahora luce distinto, incluso agradable. Se ve como un lugar acogedor. El ambiente se transformó en uno en el que cualquier persona desearía estar. Yo me siento bien estando aquí, espero los futuros huéspedes también se sientan así. Espero también que el sentimiento de bienestar no se deba a todo el trabajo que hice aquí.

Estuve durante semanas llenando de detergente mis brazos para limpiar, lijar y volver a teñir los pisos, una labor que solo pude hacer tras retirar la atroz alfombra de cuarenta años de antigüedad que nunca había sido removida. Ahora, los pisos brillan con un luminoso ámbar intenso que hace resplandecer el cálido color gris francés que acabo de usar para pintar las paredes. Están perfectas.

Dos meses. Quedan dos meses hasta la fecha límite. Alejo

ese recurrente pensamiento de mi cabeza. Y lo hago empezando a recoger algunas herramientas. Eso es lo que he estado haciendo por un largo tiempo: trabajar y trabajar con afán para olvidarme de cómo el tiempo va pasando tan rápido.

Aun así, parece que el tiempo va en mi contra. Ya hemos terminado los espacios principales, la sala, el restaurante y el jardín principal con la gran ayuda de Alma y los chicos, pero las habitaciones tienen mucho trabajo pendiente. Falta también el mobiliario y la decoración, y empezar el mercadeo y la promoción.

No he estado perdiendo el tiempo, vendí muchas cosas mías y ahorré lo suficiente para poner un pequeño anuncio en una revista turística local sobre atractivos turísticos de la zona, especialmente los manantiales y sus alrededores boscosos.

Dos clientes interesados ya me contactaron para reservar una habitación para el verano. Tengo que asegurarme de que para entonces haya habitaciones aptas para recibirlos y que no se quejen del estado de la edificación. Si todo sale como lo planeo, querrán regresar, o por lo menos recomendarán nuestro hotel a más clientes deseosos de visitar El Pradal.

Entonces siento un leve pánico subiendo por mi cuerpo, desde los pies hasta mi sien, hincándose con ardor mientras atraviesa mi cuerpo. Es el mismo pánico que me hizo sentir que era una fracasada por no haber terminado la universidad. Ese mismo pánico que me repitió muchas veces que nunca podría lograrlo, que nunca sería una persona exitosa.

Dos meses.

¿Cómo voy a terminar esto en dos meses?

"No lo harás, no puedes. Es imposible."

Me pongo a levantar algunas cosas del suelo, tengo que mantenerme ocupada, para alejar los pensamientos malos.

Pensar positivo ayuda también, pero no confío mucho en mí misma para eso de pensar en las cosas buenas.

Pero ahora tengo un as bajo la manga, cuando la vocecita en mi cabeza me ataca. Lleva algún tiempo funcionándome, así que solo me concentro en pensar en una persona: Leonardo.

Instantáneamente me siento mucho mejor. Todo lo que hemos avanzado en el hotel empieza a parecer mucho, en comparación con lo que falta. Todo lo que hay por hacer se hace mucho más fácil, y el tiempo me parece justo el que necesito para terminarlo todo.

Todo es diferente porque soy consciente de que no estoy haciendo esto sola. Está Leonardo, sí, pero mi hermano ha sido un gran apoyo, igual que Alma, y los muchachos.

Sonrío.

El futuro se ve mejor, pues ahora tengo también una persona a mi lado. Alguien con quien estoy haciendo planes, y que empieza a aceptar más seriamente que hay un nosotros. Pero no es solo él el que ha cambiado. Yo también cambié, nunca me había abierto a nadie como lo he hecho con Leonardo.

Me di cuenta hace tiempo que me era difícil abrirme ante las demás personas, no solo porque Benjamín ha sido muy sobreprotector conmigo, sino porque era muy difícil para mí confiar en alguien después de todo lo que he vivido. Me costó, pero entendí que mamá y papá, han tenido mucho que ver en esto.

Hay una punzada de culpa atravesándome cuando recuerdo todo el asunto de la universidad, pero eso ya es pasado. Quizá también me perdí en el alcohol, pero pude salir, y no volveré a estar ahí. Yo no soy mis padres. No lo soy.

Yo estoy aquí, sobria y trabajando por un sueño. Optimista sobre el futuro. Respiro profundamente y sigo en lo mío. El trabajo ayuda, pensar en Leonardo y acostarme con él, también. Justo estoy pensando en él, cuando escucho su voz, detrás de mí.

—Hola, cariño. Ahí estás.

Volteo a verlo. Aunque su ropa esté sucia, yo lo sigo viendo perfecto; alto y con sus ojos oscuros posados sobre mí. Se ve tan guapo que debería ser ilegal permitirle hablar con la voz grave que tiene.

—Hola —digo, con mucho entusiasmo.

—¿Cómo va todo por aquí? —pregunta Leonardo acercándose. Su mirada se fija con detalle en la moldura que acabo de retocar—. Se ve bien.

—¿De verdad?

Miro la habitación, sintiendo la misma sensación de satisfacción que me había llenado antes, cuando pensaba en él. Me es grato escuchar que Leonardo siempre tiene un comentario de ánimo para mí. Aunque tiene razón, la moldura quedó verdaderamente bien, le sonrío con más ganas.

—¿Qué tal arriba?

—El baño de arriba está casi listo. Acabo de instalar esa elegante bañera redonda que rescatamos del sótano.

—Es una bañera japonesa —digo, sonriendo mientras nos abrazamos en medio de la habitación—. Y es maravillosa. O lo será, para los invitados.

—¿Solo para los invitados?

Me detengo, entendiendo perfectamente a qué se refiere. Aun así, hago como que no le entiendo.

—¿De qué hablas?

Sus brazos me rodean, estremecen cada célula de mi cuerpo, y me jalan mientras me susurra al oído.

—¿Quieres ir a probarla?

Ladeo mi cara y nuestros ojos se encuentran por un

momento, pero no pasa mucho tiempo antes de que una risa salga sin querer de mi boca.

—No creo que sea buena idea… —digo, tratando de sonar razonable, pero imaginarme a Leonardo, desnudo y goteando en esa bañera, es una idea que parece demasiado buena para resistirse—. Aunque, ¿por qué no?

—Ese es el espíritu.

Toma mi mano con suavidad y me lleva por las escaleras. Cuando llegamos al segundo piso, Leonardo me lanza otra sonrisa traviesa. No nos detenemos hasta que llegamos a la puerta abierta del baño.

Apenas puedo ver la bañera, pues él ya me está besando. Todo lo demás queda en segundo plano. En un momento, sus besos me alejan de todo, y lo que queda en mi mundo son solo sus brazos que me atraen con fuerza contra su cuerpo.

—Leonardo…

Mi voz sale, llena de deseo. Siento una presión en mi vientre, en medio de cada beso la cadera de Leonardo se encaja más en mí. Y él me sigue besando húmedamente, hace que mis rodillas comiencen a temblar, y que me sea difícil permanecer de pie.

Él comienza a jalar mi ropa, tira del dobladillo de mi camisa, pero mi boca que no quiere separarse de la suya, no lo deja lograr su cometido. Siento una fiebre pasando a través de mis venas, encendiéndome en fuego y elevándome cada vez más, y sé que solo hay una cosa que me la quitará y apagará este volcán hambriento de deseo.

—Leonardo… —susurro, embelesada por el calor de ese beso ardiente que acabamos de compartir—. Quizá debe-ríamos probar uno de los dormitorios.

—Todavía no hay camas en ninguna de las habitaciones —replica Leonardo, con la voz entrecortada, como la mía.

Él está tratando de llevarme hacia la bañera que está en la

esquina del baño. Le muestro una leve sonrisa que desaparece cuando me besa nuevamente, con mayor intensidad. Después de un momento retrocedo sin aliento y sintiendo a todo mi cuerpo temblar, por la necesidad.

—Busquemos una cama.

Una carcajada sale de la boca de Leonardo. Hay calidez, humor y alguna otra emoción brillando en sus ojos oscuros. Me gusta lo que sus ojos me ofrecen, es algo diferente a la mirada llena de deseo de hace meses, hay algo más profundo, más bello.

—No necesitamos una cama —dice, con sus manos tirando de mi camisa sobre mi cabeza, en un frenético movimiento antes de besarme el cuello con pasión—. Antes no nos ha hecho falta, ¿y de quién crees que es la culpa?

—Lo sé —admito—. Es mía.

—Así es, es tu culpa —Enfatiza la frase con otro beso de sus labios sobre mi piel—. Ahora, lo que pase aquí, será mi culpa.

No espera por una respuesta. Su boca se inclina con fuerza sobre la mía, callándome. Puedo sentir sus manos recorriéndome, rastreando cada rincón de mi piel, y su lengua chocando con la mía. Me quedo sin respiración. Como si no lo hubiera hecho un millón de veces, mi cuerpo se derrite contra él.

Estamos tan perdidos el uno en el otro, que ninguno de los dos escucha los pasos afuera de la puerta del baño, hasta que es demasiado tarde.

—¿¡Qué mierda está pasando aquí!?

Pensé que me había quedado sin aire, pero estaba equivocada, pues en cuanto oigo la voz de mi hermano, ahora sí, todo el aliento que me queda sale de mis pulmones. Grito. Chillo. No sé qué hago, pero un sonido lastimoso sale de mí.

—¡Benjamín...!

Me separo de Leonardo, sin saber muy bien qué hacer. Lo veo rápidamente, está pálido, perdió todo el color en sus mejillas. Yo me siento igual, pero como si toda la fuerza de mi cuerpo se hubiera ido a Dios sabrá dónde. Termino llevando mis ojos de nuevo a Benjamín.

Él está peor, tiene un gesto en la cara que podría hacer temblar a cualquiera, los puños apretados, y su respiración es igual de irregular, como lo era la de Leonardo y la mía hace unos segundos. Ojalá mi hermano no perdiera los estribos, ojalá escuchara lo que tenemos que decirle, ojalá…

—Espera, Benjamín, cálmate ¡por favor! —le pido.

—¡¡Leonardo!! ¿Qué mierda? ¿En serio, con mi hermana? ¿Cómo pudiste, imbécil?

La furia recorre la cara de Benjamín. Su mandíbula está tan tensa que parece que está a punto de caer.

Mira a Leonardo, pero este solo se estremece bajo la mirada airada de su mejor amigo, luchando por explicar, por decir algunas palabras que resuelvan todo esto. Pero no puede decir nada, es como si Leonardo no estuviera aquí.

Yo también me quedo congelada en mi sitio, trato de auricular algo, pero no logro abrir la boca. Todo eso es peor para mi hermano, pues su cara comienza a ponerse roja, y antes de que Leonardo o yo podamos hacer nada, Benjamín nos dedica una mirada de odio intenso y se da la vuelta para irse, estampando la puerta del baño contra la pared.

Esa puerta la compré la semana pasada. Leonardo la instaló ayer. Ahora está rota, astillada, como yo, como mi hermano, que se fue, sin dirigirnos otra palabra.

CAPÍTULO 22 - LO AMO

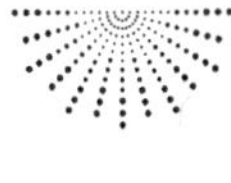

LUCÍA

—¡*B*enjamín! ¡Benjamín, espera! —grito persiguiéndolo, luego de recuperarme del susto inicial.

Mis gritos no sirven de nada, pues cuando bajo las escaleras, ya es demasiado tarde. Mi hermano ya subió a su camioneta, encendió con rapidez el motor y salió de la propiedad a toda velocidad. Lo sé, porque acabo de escuchar el fuerte rechinido de las llantas contra el suelo.

Me detengo ahí, sollozando, con el corazón en la garganta y una sensación de ardor en la boca del estómago, cuando me doy cuenta que en verdad se fue. Me siento mareada, agotada, como si hubiera corrido un maratón, y es porque mi peor miedo acaba de hacerse realidad.

—Lucía —dice Leonardo en voz baja, junto a mí. No me había dado cuenta de que me siguió hasta aquí—. ¿Estás bien?

Le doy la vuelta a la pregunta en mi cabeza. No importa si estoy bien o no. Solo importa que Leonardo esté bien después de que Benjamín se recupere del impacto por la noticia y de que su temperamento sobreprotector entre en acción.

—Tengo que hablar con él.

—Lo sé. Si quieres puedo llevarte...

—No. Necesito ir sola. Si te vuelve a ver ahora mismo...

No termino la frase. Es demasiado doloroso el no poder estar con la persona con la que quiero estar, por culpa de mi hermano. También es doloroso pensar en que él le pueda hacer daño. Por más que intento decirme a mí misma que no pasará nada, no estoy tan segura.

Leonardo me sigue hasta la puerta principal de la casa, lo miro extendiendo una mano hacia mí. La tomo din dudar, él me da la fuerza que necesito.

—No tienes que hacer esto sola —dice.

Sus palabras están llenas de calma. Pero está equivocado. Esto si es algo que tengo que hacer sola. Es hora de enfrentar a Benjamín. Yo detuve a Leonardo cuando él me pidió que le dijéramos la verdad, así que debo vivir con las consecuencias de esa decisión. Además, tengo que tantear el terreno.

—Lo siento, Leonardo —murmuro, yendo en dirección a mi auto—. Tengo que hacerlo sola. Me voy.

Rezo dentro de mí, para que él me obedezca y permanezca aquí, incluso aunque quiera seguirme. Tengo algo de miedo de no tener la fuerza para decirle que no una segunda vez si insiste en acompañarme.

En estos últimos meses, Leonardo se ha convertido en alguien que me hace sentir segura. La persona a la que acudo cuando tengo algún problema o necesito consuelo. Él siempre me envuelve en sus brazos y mantiene alejados a todos los monstruos. Pero este es un monstruo que no puede ayudarme a derrotar. Tengo que enfrentarme a esto por mi cuenta.

El sonido de la puerta del lado del conductor cerrándose de golpe, resuena demasiado fuerte. Mis oídos suenan con un zumbido como una alarma que suena en mi cabeza.

Leonardo está ahí, fuera del auto, con una mirada inquieta, como si estuviera a punto de tomar el control de la situación.

Pero antes de que pueda subir al auto, enciendo el motor y arranco. Conduzco por el largo camino de entrada, levantando una nube de polvo cuando salgo del terreno de la propiedad.

Un rato después, me detengo frente al apartamento que comparto con Benjamín. No estoy muy segura de cómo llegué, el camino hasta aquí está algo borroso, en mis recuerdos. Me quedo sentada dentro del auto por un momento que parece una eternidad.

Mi mente está llena de temor e incertidumbre, y tengo un sabor agrio en la boca, creo que se debe a las náuseas que tengo desde que escuché la voz de Benjamín, en la propiedad. Dios, sé que esto terminará mal para mí y para Leonardo, pero eso no me impide salir del auto y tomar el impulso necesario para encarar a mi hermano.

Me paro frente a la puerta. El destartalado edificio de apartamentos luce mucho más intimidante de lo que es, frente a mí, como si quisiese devorarme. Tomo una fuerte respiración y me acuerdo de la calma y tranquilidad con que Leonardo me habla. Comienzo a llenarme de fuerza y determinación.

La primera noche que pasamos juntos, fue para divertirme, para olvidarme de mis fracasos. En ese entonces me era muy fácil perderme en él, para no tener que dar la cara a mis problemas. Pero eso está en el pasado, porque ahora nos une un sentimiento más profundo, más intenso. Y esto me lleva a enfrentarme a mis problemas en lugar de tratar de evitarlos.

Entro a la casa, pero me detengo apenas en la sala, congelada por la mirada de desilusión y enojo que Benjamín me dispara desde su asiento en la cocina. No se acerca, no se mueve más que para abrir la boca y hablar.

—¿Cómo pudiste ser tan...?

—Lo amo —digo, interrumpiéndolo.

Las palabras salen de mi boca sin que pueda hacer nada al respecto. Me sorprendo a mí misma casi tanto como sorprendo a Benjamín. Es la primera vez que lo digo en voz alta. Creo que es incluso, la primera vez que soy consciente de cómo se llama el sentimiento que tengo.

—¿Qué dijiste?

—Que amo a Leonardo —repito, saboreando la frase en mi boca. Es extraño, nuevo y algo aterrador, pero al mismo tiempo, no hay otra forma de llamarlo—. Estoy enamorada de él, Benjamín.

—¿Estás enamorada de quién? ¿De Leonardo? —Finalmente, Benjamín se levanta y se dirige hacia mí con una mirada lastimera. Sus ojos dan un poco de miedo—. ¿Estás segura de que estamos hablando del mismo Leonardo?

—Sí, y ya sé que parece una locura.

—No, no parece una locura, Lucía —dice Benjamín, enfadado. Mueve la cabeza de un lado al otro cuando se detiene frente a mí—. Es una locura. Ese hombre es el peor mujeriego que he conocido. Tiene una mujer diferente en su cama cada noche, se ha acostado con todas las solteras de El Pradal, y la mitad de las casadas. ¡Y ahora resulta que también se acostó con mi hermana! ¿Cómo se atreve...?

—Benjamín, escúchame —interrumpo, al ver que la rabia sube por su cuello, como un auto a toda velocidad—. Él no es así, no es cómo tú crees. Y si lo fuera, te puedo asegurar que ahora es diferente, él ha cambiado. Ambos lo hemos hecho.

—No puedo creerlo, Lucía. Y tú tampoco deberías hacerlo.

—Pero te estoy diciendo la verdad.

—No es la verdad, Lucy. Está jugando contigo, y no voy a dejar que te lastime.

—¿Qué vas a hacer, castigarme? —pregunto, con sarcasmo—. ¿Prohibirme que lo vea como si estuviera en la secundaria? Tienes que dejarme vivir mi vida, Benjamín. Tienes que dejar que yo cometa mis propios errores.

—Ya has cometido muchos errores en toda tu vida —dice.

Tiene razón. Cuando lo oigo decirlo me afecta bastante. Se me descompone el rostro. Por un momento parece que está a punto de disculparse, pero luego su expresión vuelve a llenarse de mucha molestia.

—Voy a arreglar este problema, como he hecho con todos los demás.

—No necesito eso, Benjamín. ¡Porque no hay nada que arreglar! —le grito.

Quiero hacer que entre en razón, pero antes de que pueda decir algo más, un golpeteo se escucha, desde el techo.

—¡Chicos, no hagan ruido ahí abajo! ¡Estoy tratando de ver la televisión!

La voz demacrada de la señora Sotelo nos llega desde el apartamento del segundo piso y Benjamín y yo nos miramos. La situación es tan parecida a los viejos tiempos que por un momento pienso que mi hermano va a terminar cediendo, como antes. Estoy muy equivocada, porque él me toma de los hombros y me obliga a sentarme.

—Quédate aquí, Lucía. Trata de no meterte en más problemas hasta que regrese —dice mi hermano. Cada palabra resuena lo suficientemente fuerte en mí como para que me estremezca.

—¿Regresar? ¿A dónde vas a ir, Benjamín? —le pregunto, al borde de la histeria—. ¡Benjamín, no vayas, por favor no…!

Pero es inútil. Él me ignora y sale del apartamento.

Volvieron con fuerza las náuseas que han estado conmigo

desde que Benjamín nos encontró a Leonardo y a mí en la propiedad. Tomo mi cabeza con las dos manos, con desesperación. Tengo que contener las lágrimas mientras me levanto para llegar al baño. Me veo al espejo, mi reflejo se ve terrible, estoy despeinada y mi cara está roja por todas las emociones de la última hora.

También me siento exhausta. Cansada, y derrotada. No me miro más, pues es doloroso verme. Sacudo la cabeza, pensando en Leonardo, en todo lo bueno que representa en mi vida. Ni siquiera me importa mi aspecto, imito a Benjamín y salgo rápidamente de aquí.

LEONARDO

Echo un vistazo a Las Quince Letras. Todavía está bastante tranquilo para ser una noche de mitad de semana, pero los clientes habituales están dispersos por el bar, ahogando sus penas en sus cervezas.

—Igual que yo —murmuro para mí mismo antes de tomar otro gran trago.

—Leo, ¿qué dijiste? —pregunta Paty detrás de la barra, limpiando y ordenando los vasos.

—Nada, Paty —Le sonrío, sin ganas—. Estoy compadeciéndome de mí.

—Hacer eso nunca funciona —dice, mirándome de reojo—. Siempre digo que, si tienes un problema, es mejor enfrentarlo, ¿sabes?

—¿Y si ese problema quiere romperme las rodillas y matarme por meterme con su hermana pequeña?

Paty se calla por un largo momento.

—¿Esto es sobre Lucía y tú?

—¿Lo sabías?

—Leo, no has sido tan reservado como crees. Te fuiste del bar con ella el día que regresó, ¿no? Supuse que sería una aventura de algunas noches. Pero luego los vi juntos unas cuantas veces. Pero no te preocupes, soy la única que lo sabe.

—Eso no es verdad. Ahora Benjamín también lo sabe.

Esas palabras se escuchan mal, como si decirlas en voz alta lo hiciera todavía peor. Paty agita la cabeza, sirviéndome otra cerveza en el acto.

—Toma, Leo. Vas a necesitar esto —Acepto la cerveza, con un terrible suspiro—. No deberías estar tan mal, digo, se dice que Benjamín ha sobreprotegido a su hermana siempre, pero ahora son adultos, ¿no crees que ella está lo suficientemente grande como para tomar sus propias decisiones?

—Sí, en verdad creo eso, y sé que tú también, pero Benjamín no lo ve así. Lo conozco, no estará contento para nada.

—Pero ¿ya has hablado con él?

—No, Lucía no me dejó hacerlo. Ella quería explicarle todo primero.

—Pero tú eres su mejor amigo, Benjamín no debería ponerse tan mal por esto.

—Paty, ¿qué se dice de mí en El Pradal?

Ella desvía la mirada antes de contestar.

—Que eres un mujeriego.

—Exacto, Benjamín piensa eso también.

—Pero no lo eres. Yo me entero de todo aquí, y puede que nunca hayas tenido una relación seria, pero tampoco metes a una mujer diferente en tu cama cada día. Lo haces por lo menos cada mes, y eso no es tan malo.

Agacho la cabeza, sigue sonando mal que lo diga así.

—Bueno, gracias por tus intenciones de animarme, pero sigo sin saber qué hacer.

—¿Quieres un mal consejo? Si crees que no hay nada por hacer, entonces vete. Huye de la ciudad.

La miro, creyendo que puede estar bromeando. Solo que su actitud es seria. Paty ya intentó disminuir la gravedad de las cosas, haciéndome creer que todo estaría bien, y ahora me dio la otra opción, la de dejar todo atrás.

—Gracias, Paty. De verdad.

Cierro los ojos, aunque esto no ayuda a quitar la pena en mi pecho. Bebo la mitad de la cerveza de un solo trago, pero eso tampoco me hace sentir mejor.

En ese momento me da un escalofrío que atraviesa todo mi cuerpo. Esa es la única alerta que recibo antes de que Benjamín, muy enojado, llegue corriendo hacia mí, como un tren a toda velocidad.

—¡Maldito! ¿¡Cómo pudiste!?

Me pongo de pie rápidamente, y levanto las manos, frente a mi amigo.

—¡Benjamín, escucha! Solo déjame explicarte...

Levanta su puño derecho, sin darme tiempo para hablar. Me quedo ahí, congelado, esperando que llegue la explosión, y cuando lo hace, siento que me envía a otro planeta por la fuerza con que me golpea.

Siento el dolor en mis entrañas y trato de recobrar el aliento, pero medio segundo más tarde otro golpe se estrella contra mi mandíbula y me hace tambalearme contra la barra. Me levanto y vuelvo a levantar las manos en gesto de paz.

—Benjamín, déjame explicarte las cosas. Tranquilízate.

—¿Qué me tranquilice? —ruge Benjamín—. ¿Cómo quieres que me tranquilice, imbécil? ¡Si te estás aprovechando de mi hermana!

—No, no es así. En serio lamento no haberte contado todo antes, pero las cosas no son como crees con Lucía. Te lo juro, voy en serio con ella.

Benjamín suelta una carcajada bastante desagradable, sin nada de humor en ella.

—¡Te lo dije cuando te la presenté! ¿No? ¡Te dije que era mi hermana, idiota! —Él me pone un dedo con fuerza en el pecho—. Te dije que no que no la tocaras, te dije que no te le acercaras. Tú lo sabías, y aun así te acostaste con ella.

—¡Ella también lo quería! —Escupo las palabras, con frustración. Comienza a fastidiarme que Benjamín no quiera escucharme. Entonces se me olvida que se supone debo ser cauteloso, y no veo la mirada de advertencia de Paty—. Ella se quiso acostar conmigo, porque me deseaba tanto como yo la deseaba a ella.

Me propina otro golpe. Esta vez me toma por sorpresa, lo que me hace dar algunos pasos hacia atrás. No me deja reponerme, Benjamín me asesta dos golpes más, uno más fuerte que el otro, antes de que yo pueda defenderme un poco y empujarlo hacia atrás.

Siento que mi cara se inflama, arde con tantos golpes. Mi ojo izquierdo comienza a cerrarse, pero no tengo problemas para seguir viendo la ira en los propios ojos verdes de Benjamín, tan verdes como los de Lucía. Se me acerca, todavía amenazándome con los puños cerrados.

—Vete de la ciudad. ¡Lárgate! —me grita—. Vete de la ciudad o te juro, Leonardo, te juro…

—¿Qué, qué harás?

—Vete, te dejaré ir por nuestra amistad. Yo no soy como tú, yo si tengo algo de respeto por los amigos. Así que vete, esta noche, o no sé de qué pueda ser capaz.

Lo miro, está hablando con sinceridad. Me duele ver esa mirada de un hombre que he llegado a considerar mi mejor amigo. Una pequeña parte de mí siempre había pensado que entendería, que me perdonaría. Entonces me doy cuenta de que no va a ser así, de que estoy muy equivocado.

—No me importa de lo que seas capaz, Benjamín —Me las arreglo para seguir hablando, pese a que me duele pronunciar cada palabra—. No dejaré a Lucía. Me quedaré aquí para seguir a su lado. Ella ya no es una niña, y si queremos estar juntos, tú no podrás impedirlo, no importa cuantos puñetazos me des, no me iré.

Nos batimos en un duelo de miradas. Lo que le digo es cierto, y es una verdad que debe empezar a aceptar. Si tan solo pudiera entenderlo…

Finalmente él baja la cara, pero su cuerpo sigue igual de tenso. Cuando empiezo a creer que por fin cederá, que aceptará lo que le acabo de decir, vuelve a mirarme, con odio.

—Si no te vas, venderé la propiedad. Se la quitaré a Lucía y la venderé, la van a demoler.

Frunzo el ceño, eso no es jugar limpio. Benjamín está cayendo muy bajo.

—Ella ama ese lugar —digo, al instante—. Si la vendes, vas a destruir a tu hermana.

—Lo sé. Y me aseguraré de que sepa que fue por tu culpa.

Miro fijamente a Benjamín durante un largo rato. Creyendo que sus crueles planes son solo un invento de mi imaginación, como si él no fuera capaz de hacerlo. Sus ojos me dicen lo contrario, me dicen que sí, lo haría.

—¿Sabes lo importante que es esa casa para ella? —pregunto fríamente—. Ella ha invertido mucho tiempo y dinero ahí. Me ha hablado del acomodo de los muebles mil veces. La he visto trabajar en ella desde antes que salga el sol, y la he visto pasar la noche allí porque ya es de madrugada cuando termina. El hotel y el restaurante son un gran sueño para Lucía.

—Ya lo sé. Si no quieres arrebatarle eso, vete.

Quiero golpear a Benjamín. Pero como no quiero que su

hermana lo vea con la nariz rota, me conformo con mirarlo con el mismo odio con el que él me está viendo.

—Bien, me iré. Supongo que está claro a quien le interesa de verdad el bienestar de Lucía. Está claro que yo la amo más.

Benjamín se vuelve loco cuando le digo esto último. Vuelve a levantar sus puños, pero yo ya no lo dejo pegarme. No después de que acaba de chantajearme con algo tan bajo. Detengo su mano, sin tanto problema, antes de que me dé directo en la cara.

—Espero que Lucía no se entere de esta conversación, porque si lo hace, te odiará por el resto de su vida.

Él me gruñe y yo lo aviento hacía atrás, con todas mis fuerzas. Creo que se golpea con unos taburetes cerca de la barra. Pero no lo miro más de dos segundos. Ni a Paty, ni a la bola de chismosos del bar. Solo quiero irme, sin pensar en nada o en nadie, pues siento que si me detengo, aunque sea un momento, saldré de del bar corriendo a buscar a Lucía.

Por eso salgo del bar con paso firme, rumbo a mi apartamento. Benjamín fue claro, me quiere fuera esta noche, entonces me iré esta noche.

CAPÍTULO 23 - CORAZÓN ROTO

LUCÍA

Miro el apartamento vacío con mucha desesperación. Soy incapaz de creer cómo mi mundo se viene abajo frente a mis ojos.

La noche anterior conduje hasta la propiedad, pensé que Leonardo estaría ahí todavía, pero no encontré a nadie. Fui a contarle todo a Alma y ella me consoló toda la noche, me preparó lo que según ella era un té relajante. Pasé la noche con mi amiga.

No regresé a casa y Benjamín no me ha llamado todavía. No lo hizo anoche y no lo hizo esta mañana. Tampoco es como que tengo muchas ganas de hablar con él. Esta mañana salí muy temprano de la casa de Alma, vine a buscar a Leonardo a su apartamento. Él me había dado una llave, pero eso no me preparó para llegar aquí, y ver el lugar, completamente vacío.

Estoy aquí de pie, congelada al darme cuenta que en algún momento entre anoche y esta mañana, Leonardo empacó sus posesiones, las pocas que tenía de todos modos, y se fue sin decir nada. No me llamó para decirme que iría a algún lugar. En su apartamento solo queda el inmenso silencio y miles de preguntas sin respuesta.

Miro el suelo de madera, pero por más que busco en él, no están los pedazos de mi destrozado corazón. Me duele respirar, pero fuerzo al aire a entrar y salir de mis pulmones, mientras trato desesperadamente de encontrarle sentido a lo que estoy mirando. No funciona, es como si mis pensamientos no se ordenaran, como si mi mente no entendiera lo que mis ojos ven.

Empiezo a sentirme adormecida y el universo se empequeñece ante mis ojos. Salgo del apartamento de Leonardo y bajo por las escaleras. No hay nada ahí que me ayude, nada ni nadie. Me duele el pecho, como si me hubieran apuñalado, y con cada paso que doy, el dolor empeora.

Cuando salgo del edificio, volteo a ver al bar. Un poco de claridad me llega, y me acuerdo de Paty, ella debe de saber algo. Entro al bar, decidida. La veo detrás de la barra, como siempre. Ella no me mira. Se mantiene concentrada en lo que está haciendo, pero eso no me detiene de avanzar hacia ella y hablarle.

—Pa… Paty —Tengo que parar y aclararme la garganta antes de poder seguir—. ¿Sabes algo de Leonardo? Su apartamento está vacío. ¿Sabes si pasó algo, o dejó la ciudad…?

Gira y me mira con simpatía antes de responder con un suspiro profundo y sincero.

—Se fue noche. Salió con un poco de prisa, pero creo que está bien, eso es lo que sé.

Empiezo a sentir un zumbido, cómo si las palabras de Paty estuvieran distorsionadas. Cuando hablo otra vez, mi propia voz sale muy extraña.

—¿Dejó una dirección? ¿Quizás un número de teléfono?

Mi cuerpo se siente frío, como si alguien hubiera lanzado un témpano de hielo en mi cabeza y este se derritiera sobre mi cuerpo lentamente. Paty niega, con la cabeza y el hielo se hace más helado, todavía.

—¿Sabes cómo puedo encontrarlo? Es... es importante. Realmente necesito hablar con él.

—Lo siento, cariño. No puedo ayudarte —dice Paty. Veo en sus ojos que no me está mintiendo.

"No me digas cariño. Él lo hacía. Tú no puedes... porque no eres él, no es su voz la que escucho. No vuelvas a decirme así."

— No me dijo a dónde iría —dice Paty, ajena a mis pensamientos—. Ya sabes cómo es él.

"Sí, lo sé. Lo conozco, y por eso sé que él no me abandonaría."

Estoy tan dolida, que no me doy cuenta que la vocecita en mi cabeza finalmente se siente como si fuera yo.

—Sí, Paty, lo sé. Gracias de todos modos.

Frustrada, y sin saber muy bien qué hacer, me doy la vuelta para alejarme. Paty grita mi nombre y me detengo en seco.

—Tal vez que él se haya ido sea lo mejor. Quizá te des cuenta con el tiempo.

Solo puedo mover mi cabeza para negar.

—No lo creo. No es lo mejor ahora, ni lo será después.

Sigo caminando, intentando mantenerme recta. Aunque todo lo que pida mi cuerpo a gritos es que me lance al suelo, sobre un montón de lágrimas y rabia. Camino al baño de mujeres, empujando la puerta y suspirando aliviada al ver que no hay nadie.

Saco mi teléfono celular y marco el número de Leonardo, como lo he hecho desde esta mañana. Pero suena por milésima vez y por milésima vez no deja de sonar hasta que oigo el buzón de voz. Ni siquiera es su voz la que oigo, se trata de la voz de un robot que, con palabras confusas, me dice que deje un mensaje después de la señal.

Cuelgo sin dejar ningún mensaje. Ya le dejé varios, de

todos modos. En los primeros sonaba calmada, y en los demás, suplicante y desesperada. Luego dejé otro mensaje con voz de enojo y luego otro completamente histérica. Lo peor es no saber de él.

La falta de noticias es la que está destruyéndome, comiéndome por dentro como una enfermedad. Hace que mi estómago se tense con náuseas que son cada vez más fuertes y por segunda vez desde esta mañana, me encuentro corriendo al baño más cercano.

Vacío mi estómago, pese a que no recuerdo haber comido mucho desde ayer. Tardo en recomponerme, me siento algo débil también, pero luego de algunos minutos me levanto y salgo del lugar con dificultad. Llego al lavamanos y hago todo lo posible por enjuagarme la boca con el agua del grifo. Quiero quitarme ese agrio sabor de la garganta.

Me encuentro con mi propia mirada cansada en el espejo colgado en la pared, noto unas manchas oscuras gigantes bajo mis ojos, como recordatorio de que no he podido dormir bien por tanto trabajar en la casa, y por no poder dormir nada anoche. Sinceramente, me veo como un fantasma que tiene el corazón roto.

Una sonrisa triste se instala en mis labios. Por primera vez en toda mi vida, mi corazón está roto en mil pedazos. Y el culpable de esto es la persona que hizo las maletas anoche y se fue, sin decir nada sobre su destino ni por qué iría allí.

Vuelvo a verme en el espejo, tragándome mis sentimientos. En el fondo ya lo sabía. Siempre supe cómo terminaría esto. Sabía que Benjamín eventualmente nos descubriría y haría hasta lo imposible para separarnos. Ilusamente pensé que no lo lograría. Pensé que lo que Leonardo y yo sentíamos era mucho más fuerte.

Quizá si es más fuerte, ¿no? Quizá he estado buscando respuestas con las personas equivocadas. Sea lo que sea que pasó aquí, anoche, puedo estar segura de que mi hermano está involucrado. No he sabido de él desde entonces, ahora debe de estar trabajando. Me dirijo a la salida del bar. Me abrazo a mí misma, de repente me siento muy sola.

Siento que voy naufragando en un mar de dudas, sin nada ni nadie que me ancle, y sin tierra a la vista.

Tengo que volver a la orilla por mi cuenta.

* * *

LEONARDO

Mi teléfono vibra en mi bolsillo y aunque me digo a mí mismo que no debo ver quién es, no puedo evitar sacarlo y mirar la pantalla.

Cariño.

Eso es lo que aparece en el identificador de llamadas, y el verlo me apuñala como un cuchillo directo en el pecho.

No es la primera vez que Lucía trata de llamarme desde que tomé mis cosas y dejé El Pradal sin mirar atrás ni pensar en nadie. Tampoco es la primera vez que estoy tentado a responder, tentado de decirle la verdad, de explicarle que no tenía otra opción que irme. Benjamín no me dio otra alternativa.

Mi pulgar pasa por encima del botón verde para contestar la llamada. Estoy a segundos de responder, pero luego recuerdo la amenaza de Benjamín. Puedo recordar la mirada en su cara cuando me dijo que me fuese de la ciudad, me amenazó con hacer lo que fuese necesario para destruir el sueño de Lucía si no me iba.

Tomo el teléfono con fuerza y lo tiro al cubo de basura más cercano. Me obligo a continuar hacia el estacionamiento de la gasolinera donde dejé mi camioneta.

Todas mis pertenencias están en el asiento del pasajero, organizadas de la peor manera posible. Pero, aun así, dejé en El Pradal lo más importante de mi vida. Hay un enorme agujero en mi pecho, y tiene la forma de Lucía. Me impacta pensar que jamás podré llenar ese enorme hoyo en mi mente y mi alma.

Miro al horizonte. Veo los tupidos árboles, el aire es cálido. Me lanzan una fresca brisa veraniega a las mejillas. El camino abierto se extiende, ancho y acogedor frente a mí. Como si me invitara a continuar.

Normalmente, me llenaría de una gran emoción ir a un lugar nuevo y olvidar que el pasado existió. Pero ahora todo es tristemente diferente. Lo que quiero no estará en ningún lugar al que vaya.

Abro la puerta de la camioneta y entro, pero me siento allí durante mucho tiempo antes de encenderla. Un horrible sabor a acidez llena mi boca. Todos mis pensamientos son sobre Lucía.

Con sus brillantes ojos verdes, su cabello dorado como el sol, la pasión que tiene por la vida y el amor, y el corazón más grande de todos los que he conocido.

Dejarla como lo hice no es lo que yo hubiera querido, pero esa era la única manera de dejarla, porque si la buscaba, si escuchaba su dulce voz, si escuchaba el dolor que le causé mientras le rompía el corazón, no podría haberme ido.

Y tenía que irme, por ella y por su sueño. La dejé para que pueda ser feliz, para que sea la mujer exitosa que siempre ha querido ser. Aunque yo no pueda serlo, en verdad no importa, la que importa es ella.

CAPÍTULO 24 - OCHO SEMANAS

LUCÍA

Subo con dificultad desde el porche delantero hasta el segundo piso. Mis piernas tiemblan y mis brazos sudan como una cascada.

Leonardo dejó El Pradal hace una semana. Benjamín me aseguró que no tenía nada que ver con esa huida. No le creo ni por un segundo, pero sin pruebas, todo lo que me queda es una rabia infinita y un vacío que me devora.

Estoy tratando de llenarlo de la única manera que puedo; poniéndome a trabajar todos los días en la casa de mi abuelo. Finalmente estamos a punto de concluir con la renovación de toda la propiedad, pero hay algunas cosas que aún deben hacerse, y la fecha límite está a punto de llegar.

Que Leonardo se marchara así, en cierta forma está resultando en algo bueno para mí. Puedo dedicar toda mi atención a arreglar la propiedad. He estado aquí día y noche desde que Leonardo se fue, y no he llorado ni una vez desde ese día en su apartamento vacío. Estoy demasiado adolorida y exhausta para llorar por él.

El dolor se me acerca sigilosamente en momentos extraños. Miro una puerta o una ventana en la que Leonardo había estado trabajando y me lo imagino allí, tan alto y tan guapo que me duele el pecho. Entonces encuentro azulejos y baldosas para rejuntar o pintar y puedo concentrarme en esa labor por un tiempo, y así olvidar el dolor acumulado en mí corazón.

Estoy tan distraída con esos pensamientos que no me doy cuenta que una mujer con impactantes ojos azules está de pie justo en el pasillo. Es demasiado tarde para evitar el golpe.

—¡Lucía, cuidado! —grita Alma, saltando a un lado justo a tiempo para evitar que la impactara con una gran tabla de madera que aventé sin siquiera mirar al pasillo.

—¡Lo siento, lo siento! Alma, no te oí llegar.

—Obviamente —murmura ella, mirándome con preocupación.

Siento calma cuando no dice nada sobre mi lúgubre aspecto. En vez de eso, Alma sonríe, de forma resplandeciente, siguiéndome mientras camino con la tabla hacia una de las habitaciones sin terminar. La coloco junto al gran montón de madera en el piso y ella empieza a hablar.

—He estado buscándote, Lucía. Intenté llamarte un par de veces —dice mi amiga, y puedo ver la preocupación en sus brillantes ojos azules, pero me encojo de hombros.

—He estado muy ocupada aquí. Tengo menos de dos meses para terminar esta casa. Y ya tengo reservaciones para el verano.

—¡Eso es genial! —Alma sonríe nuevamente, con alegría genuina. Siento como si me hubieran quitado algo del peso que llevo encima—. Sé lo duro que estás trabajando para que este proyecto sea un éxito, Lucía. Estoy muy orgullosa de ti.

De la nada, mis lágrimas amenazan con salir ante las frases de Alma, amenazan con derramarse por toda mi casa, pero las escondo detrás de mi propia sonrisa llorosa.

—Gracias, Alma. Realmente necesitaba escuchar eso.

Y es verdad, necesitaba algunas palabras de aliento. Ya que la persona que me las decía siempre, me abandonó.

—Benjamín también está orgulloso de ti.

Mi corazón se acelera al oír el nombre de mi hermano, me tenso al instante y Alma me mira con lástima.

—Por favor, dime que Benjamín no te envió a ver cómo estoy.

—No tenía que hacerlo, Lucía. No es necesario que él me envíe, cuando yo ya estoy preocupada por ti.

—Si es por eso, puedes irte, yo me encuentro bien.

Digo esas palabras con rapidez y me dirijo hacia las escaleras. Aún debía subir más tablas para poder comenzar la pared que realzaría cada habitación con ese toque de madera que quiero. Así se vería más acorde con el bosque que rodea el hotel, y estoy segura que les encantará a los huéspedes.

—No estás bien, Lucía. Estás trabajando muy duro. Me preocupa que no estés cuidándote. ¿Cuánto tiempo llevas sin dormir?

Una semana, para ser exactos. Pero no puedo confesárselo, al hacerlo le daría la razón y no quiero hacer eso en ese momento.

—Un par de días. Pero es porque hay mucho trabajo qué hacer.

—No es cierto, es porque él se fue, ¿verdad?

Dejo las tablas que estoy cargando, con fuerza sobre una estantería. Ya es suficiente con mis atormentados pensamientos, no necesito que alguien venga a decirme que estoy mal por Leonardo.

—¿Y qué si es así?

—Pues que no está bien. Escucha, ya sé que se fue, pero no puedes dejar que te influya así, no deberías…

—Disculpa, pero tú no sabes lo que debería o no de hacer, Alma. Y no quiero hablar de eso —le digo con voz fría.

Lo último que quiero es recordar a Leonardo, y mucho menos hablar de cómo se fue sin intentar luchar por mí, rompiéndome el corazón en mil pedazos. Ni siquiera se despidió. Se fue, como si yo no le importara.

—¡Por favor Lucía, solo descansa un poco! —me dice Alma, suplicando.

Yo trato de alejarme de ella, quiero seguir trabajando, por lo que la aparto de mi camino. Pero en mi apuro, mi camisa se atasca en la estantería llena de tablas y mi cuerpo está demasiado cansado para reaccionar lo suficientemente rápido y evitar que una tabla me dé directo en la cabeza.

Grito de dolor cuando la gruesa tabla hace contacto con mi sien. Alma reacciona con prisa, sentándose a mi lado y examinándome.

—¡Lucía! Oye, ¿estás bien? ¿Lucía? —Me sujeta con sus brazos, en un intento de ponerme de pie.

Su voz repite mi nombre muchas veces, pero el sonido me llega lejano, como si yo estuviera bajo el agua. Siento que me toma de la cara, al mismo tiempo que siento algo caliente deslizándose por mi rostro.

Me cuesta enfocar a Alma, tengo que hacer varios intentos hasta que el azul de sus ojos se presenta claro, frente a mí. Abro la boca, por fortuna mi voz sale, aunque algo entumecida.

—Estoy bien. Al menos eso creo.

Hago algunos ruidos extraños, debido a las náuseas que estoy sintiendo. Pero contengo mis ganas de vomitar. Aprieto mi boca y muevo mi mano a mi cabeza, dónde empiezo a sentir un terrible dolor.

—¿Estás segura? Estás sangrando Lucía. —Alma se mueve rápido, buscando algo con que contener la sangre. Me cuesta seguir sus movimientos.

—Estoy segura de que no es grave.

—Te golpeaste la cabeza. Debemos ir al hospital para que te revisen. Podrías tener una conmoción cerebral o algo así —La expresión de Alma se vuelve tan seria que me contagia la preocupación—. Te llevaré a ver al doctor Ramírez.

—Estás exagerando, Alma. Solo fue un pequeño golpe, no necesito ver a ningún doctor. Estoy bien. Puede que solo necesite descansar un momento.

—No estoy exagerando —resopla mi amiga, sus ojos azules muestran decisión. Ahora no hay forma de convencerla de lo contrario. Ella puede ser aún más terca que yo.

Cuando siento la sangre comenzando a bajar pesadamente por mi cabello, finalmente cedo suspirando.

—Bien —digo con molestia.

—Pero no te enojes conmigo por preocuparme por ti.

Ella me ayuda a levantarme, siento náuseas y una fuerte palpitación en mi cabeza. Me saca de la casa y me lleva a su auto. Es un pequeño auto viejo pintado de un escandaloso amarillo.

—No voy a subir a ese trasto. Vamos en mi auto.

—Entra ya Lucía, y deja de quejarte —Alma abre la puerta del lado del pasajero para mí, no se mueve hasta que subo al asiento con una expresión de descontento.

—Estás convirtiéndote en tu amargada tía, Alma.

—Puede ser —Ella suspira, sin un ápice de arrepentimiento en su voz, mientras camina alrededor del auto y sube del lado del conductor antes de sonreír—. Alguien tiene que actuar con algo de madurez en este pueblo, ¿no crees?

Abro los ojos de par en par y sonrío tímidamente. A Alma le cuesta mucho enfadarse, siempre ha sido así. En un momento parece estar un poco enojada por algo y al siguiente nos estamos riendo como locas.

—Conduce rápido, para terminar con esto. Todavía tengo mucho trabajo que hacer.

—No te preocupes, el trabajo no va a ninguna parte. Pero no podrás hacer nada si no te cuidas.

—Está bien, está bien, por eso vamos a ver al doctor. ¿Qué más quieres que haga? —digo mientras retrocedemos por el largo camino de la entrada. Alma agita la cabeza y hacemos el corto viaje al centro de El Pradal.

Se estaciona frente al consultorio del doctor Ramírez. Insiste en llevarme adentro sosteniéndome con uno de sus brazos en mi cintura. De nuevo la miro con molestia.

—Puedo moverme por mí misma, ¿sabes? Solo me golpeé un poco la cabeza.

—No me arriesgaré —dice ella. Luego le sonríe a la mujer mayor detrás del escritorio.

—Hola, Karina —saluda Alma—. ¿Está el doctor Ramírez? Traje una paciente terca para él.

—Oh, Alma. Me alegro de verte. Y ella es… ¿Lucía Reyes? —dice Karina, con sus ojos muy abiertos sobre mí, unos segundos antes de notar la mancha de sangre en mi cabeza.

—Oh, querida, ¿qué sucedió contigo? —Karina revolotea mientras toma un portapapeles y empieza a apuntar mis datos.

—Lucía estaba trabajando en la propiedad de su abuelo y se tropezó. Se golpeó la cabeza fuertemente. Pensé que sería una buena idea traerla aquí, por si acaso es una conmoción cerebral.

—Bien, hiciste lo correcto, Alma. Las heridas en la cabeza pueden ser peligrosas.

Lucho para mantenerme callada mientras ellas hablan como si yo no estuviera oyéndolas.

—Llévala al consultorio, le avisaré al doctor que están aquí.

—Muchas gracias, Karina —dice Alma, y yo sonrío sin ánimo, más por educación que por cualquier otra cosa.

Mi amiga me lleva al consultorio sin soltarme. Trata de ponerme en la camilla, pero le quito las manos de mi cuerpo y me siento por mí misma.

—Es solo una pequeña herida. De verdad estoy bien.

Alma rueda los ojos, pero me deja acomodarme en la camilla. Por un momento, siento mareos y náuseas de nuevo, pero los ignoro. Finalmente, decido permanecer sentada, creo que, si me acuesto, me costará mucho levantarme después. La cabeza comienza a martillarme fuertemente ahora, que la adrenalina del momento se está esfumando de mi cuerpo.

El viejo doctor Ramírez entra al poco tiempo, Alma vuelve a explicar lo que me pasó. Él me empuja y me pincha la cabeza, chasquea su lengua mientras me examina. De repente, me siento exactamente como cuando era niña, cuando me fracturé y me examinó el brazo en este mismo consultorio.

El doctor revisa rápidamente todo mi cuerpo. Se detiene en cada parte que puede haber resultado herida durante la caída. Pero me pregunto por qué me revisa los brazos, las piernas, los pies, los ojos, el abdomen... todo. Finalmente, después de esa extensa revisión, me sonríe y me habla con una voz extremadamente tranquilizadora.

—Bueno, señorita Reyes, no hay nada de qué preocuparse. Sin duda están bien. —El doctor se vuelve hacia sus papeles y comparto una mirada confusa con Alma por el plural en su última frase.

—Sí, claro que Alma está bien. Ella no fue la que se cayó. ¿Está seguro de que estoy bien?

Quiero que me afirme otra vez que estoy bien, así Alma me dejará volver a trabajar en la propiedad, y dejará de decirme que trabajo demasiado. Pero él doctor Ramírez solo asiente, esta vez él es el que me mira con confusión.

—Ya sé que Alma no se cayo, querida. Pero yo hablo de tu bebé y tú. Los dos están bien. Te vendaré la herida en la cabeza, no necesitas puntos. Las heridas de la cabeza siempre se ven peor de lo que son, es porque hay muchos vasos sanguíneos, cuando...

El doctor sigue hablando, pero yo dejé de escuchar. Dejé de oír todo cuando él dijo la palabra bebé. Levanto una mano para pedirle que deje de hablar. Me cuesta hacer la pregunta, pero luego de aclararme la garganta varias veces, lo logro.

—¿Dijo Bebé? ¿Qué bebé?

—Es claro que hablo del bebé que se está formando en tu vientre.

—No hay ningún bebé.

Mi voz sale rasposa, llena de emociones.

—Claro que sí, porque estás embarazada, Lucía. Creo que tendrás unas ocho semanas, si no me equivoco. He visto las señales lo suficientemente a menudo como para saber cuándo una paciente está esperando un bebé.

—Ocho semanas —repito débilmente, como para entenderlo—. ¿Embarazada? No puedo estar embarazada, estoy en control de natalidad.

Agito la cabeza. Miro a todos lados, a todos los presentes. El doctor Fernández se encoje de hombros.

—Nada es cien por ciento seguro, señorita Reyes. Todavía existe la posibilidad de quedar embarazada, incluso aunque esté tomando la píldora. Y esa posibilidad es mayor si alguna vez te retrasaste en tomar una o te olvidaste de tomarla. ¿Crees que eso pudo haber pasado?

Empiezo a buscar en mis recuerdos, pero me sigue doliendo la cabeza por el golpe. Aun así trato de recordar las fechas, si tomé las píldoras todos los días, y a la misma hora. He estado tan enfocada en la remodelación de la casa... y con el propio Leonardo, que es totalmente posible haber olvidado tomarla alguna vez. Mi estómago se aprieta dolorosamente con ese escenario que se abre paso ante mí, sin piedad.

—Creo que voy a vomitar.

—Sí. Es totalmente normal en una mujer en esta etapa del embarazo —El doctor asiente con la cabeza tranquilamente, como si no hubiera lanzado una bomba nuclear sobre mí—. Te daré algo para el dolor y te prescribiré algunas vitaminas. Y necesito que te hagas otros estudios, haz cita con Karina para que vengas la próxima semana. Luego te veré cada cierto tiempo, para llevar el control de tu embarazo.

Se da la vuelta y sale de la habitación, sin más, dejándome sola, con el golpe de la noticia arrojando una sombra de confusión sobre mí. Hay una gigantesca explosión en mi mente. Estoy tan pasmada que me he olvidado de que Alma está conmigo en la habitación, hasta que de repente está de pie a mi lado, con su mano apretando la mía.

La miro, con lágrimas en los ojos.

—Alma, ¿qué voy a hacer?

—No te preocupes, Lucía. Sé que es una... sorpresa, pero verás que todo estará bien.

Respiro profundamente, con tantos pensamientos en mi mente que no puedo concentrarme en ninguno de ellos. Todo mi cuerpo está congelado, estático. Esto es un tremendo impacto para mí. Un instante me golpeo la cabeza y al siguiente me entero de que voy a ser mamá. Todo cambió tan rápido que no me siento capaz de digerir la información.

No me siento capaz de muchas cosas, en realidad.

—Vamos —dice Alma, ayudándome a ponerme de pie—. Te llevaré a casa.

CAPÍTULO 25 - OTRO ERROR

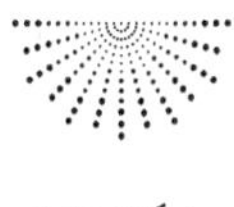

LUCÍA

Sé que Alma me trajo a mi apartamento, pero no recuerdo muy bien como llegamos aquí . Es como si estuviera viendo todo a través de una pantalla, y en cámara lenta.

El doctor me dijo que mi bebé estaba bien. Cámara lenta. Leonardo, su expresión mientras me alejaba la última vez que nos vimos. Cámara lenta. Benjamín, enojado conmigo por ser una fracasada. Más cámara lenta.

Estoy en el andrajoso y gastado sofá de la sala de estar. La televisión está encendida, pero es lo último a lo que le presto atención. Cada uno de mis pensamientos es un deseo de desenredar el mayor desorden que me ha tocado enfrentar en la vida.

Y eso que siempre he estado desenredando todo. Cuando fracasé en la universidad, y cuando me enteré sobre la muerte de mis padres. Luego cuando conocí a Leonardo, y todo lo que pasó con él. Y luego, mi sueño de convertir la casa en un hotel, está pendiendo de un hilo.

Pero como eso no es suficiente, ahora voy a tener un bebé.

Instintivamente, mis manos tocan mi estómago. Todavía está plano, no hay señales de vida creciendo dentro de mí. Me hice tres pruebas de embarazo cuando llegué a casa para despejar tantas dudas que tenía, pensando que el viejo doctor loco finalmente había perdido la razón. Pues resulta que sigue estando completamente cuerdo.

La puerta del apartamento se abre, pero no la escucho, los pensamientos en mi cabeza son mucho más fuertes. No oí el movimiento de los pies en el piso desigual. Ni siquiera oigo la voz de Benjamín llamándome desde la cocina.

—¿Lucía? Oye, ¿Lucía?

Una parte de mí debe haber reconocido su voz y volteo a verlo, pero sin hacerlo realmente.

—Hola, hermanita —dice, cuando lo enfoco.

—Hola...

Me pongo de pie. Respirar y hablar me cuesta, y no quiero que Benjamín me sermonee, no podría con eso también. Si mi hermano empieza a gritarme, y a decirme de nuevo que soy un fracaso, ya no podría con tanto. Me derrumbaría, de seguro.

Giro y comienzo a caminar hacia mi habitación, pero la voz de Benjamín me detiene de nuevo.

—¿Adónde crees que vas?

—A mi habitación. Estoy muy cansada, necesito dormir —Sé que mi tono es frío, y seco. Plano y sin emoción, espero que él no lo note. Espero que crea la tranquilidad que aparento.

—Espera un momento, Lucy —Benjamín camina hacia mí. Se para en frente y retira la venda blanca sobre mi cabeza. Parece de todo menos sorprendido—. Alma me llamó... Me contó lo que pasó.

Me quiebro un poco más, si es eso posible. ¿Alma lo llamó? ¿Le contó todo? ¿Cómo pudo hacerlo? Mis palabras se abren paso, en medio del pánico y la incertidumbre que siento.

—¿Ella te lo contó? ¡No tenía derecho! No tiene ningún derecho...

—Por supuesto que lo tiene. Es tu mejor amiga y está preocupada por ti.

—¡No tiene por qué preocuparse por mí! ¡Y tú tampoco! Sé que piensas que soy un fracaso, un caso perdido, y tal vez tenga razón, pero te juro que cuidaré a este bebé y seré la mejor madre que pueda ser. ¡No necesito que tú, Alma o alguien más me diga qué...!

—¿Bebé? —dice Benjamín, en voz baja, con confusión.

Me callo al instante, y toda la furia que estoy sintiendo, se disuelve. Entonces miro a Benjamín, con la boca abierta, y mi corazón latiendo a mil por hora. Aprieto los ojos con fuerza cuando lo entiendo. Me llevo una mano a la cara, ahora mismo quisiera desaparecer.

—Alma... ella no te contó sobre el bebé, ¿verdad?

No es una pregunta. Yo ya sé la respuesta, pero Benjamín me la da de todos modos, sacudiendo la cabeza en silencio. Luego levanta la cara y me mira, con extrañeza.

—No. Acaba de decirme que tuviste un accidente en la propiedad y que te golpeaste la cabeza y estabas sangrando. Dijo que te llevó al médico, no me dijo nada de un bebé.

Estoy tan avergonzada que me obligo a mirar al suelo. Se me hace imposible mirar a mi hermano a los ojos.

—Creí que te lo había dicho —susurro. Ya no hay escapatoria, no hay nada que esconder—. Sí, hubo un pequeño accidente en la propiedad y me golpee la cabeza. El doctor Ramírez me hizo una revisión y luego me lo dijo. Yo no... yo no lo sabía.

—Bueno, ya somos dos —dice Benjamín, conmocionado.

Nos quedamos en silencio un rato, luego él me toma de un hombro—. Lucía, tengo que preguntar. ¿El padre es...?

No voy a mentirle ahora, a estas alturas ya no.

—Es Leonardo, Benjamín. Leonardo es el padre.

Benjamín cambia el gesto, por uno de furia. Rodeo mi vientre con mis brazos.

—No puedo creerlo. Confié en él. Lo traté como a un hermano y él me hizo esto.

—¿A ti? —pregunto, mirándolo con mis ojos bien abiertos—. Benjamín, esto no tiene nada que ver contigo. Esto es entre Leonardo y yo.

—No, no lo es. Soy tu hermano. Saldremos de esta, juntos. Lo que sea que quieras hacer con el bebé, lo haremos.

Después de un rato entiendo lo que trata de decirme. Jadeo con horror, ante lo que está insinuando.

—Tendré este bebé, Benjamín. Y le daré todo el amor que necesite.

Mi hermano levanta las manos.

—Solo digo que tú decides qué hacer, eso es todo. Te apoyaré de cualquier manera.

—Dices que me apoyas, pero en el fondo crees que estoy cometiendo un error, ¿verdad? —Lo veo en sus ojos, me ve como si esto fuera otro fracaso—. ¡Tú piensas que esto es solo otro error! ¿No es así?

—¡No! Lucía, deja de decir lo que crees que pienso de ti. Y además, en todo caso, esto es mi culpa.

—Tu culpa —repito sus palabras, moviendo la cabeza con incredulidad—. Escúchame, Benjamín, Leonardo es el padre de mi bebé. Yo lo amo, yo decidí enamorarme de él. Y sé que lo amaré por el resto de mi vida. Eso no es un error, aunque me duela ahora, y seguro que no fue tu culpa, ¿de acuerdo?

Pero Benjamín sigue hablando como si yo no estuviera ahí.

—Si no hubiera estado tan ocupado. Si hubiera sabido antes lo que estaba pasando...

—Si lo hubieras sabido, ¿qué? ¿Lo habrías echado de la ciudad antes? ¿Nos hubieras separado antes? ¿Hubieras golpeado antes al hombre que amo? Supéralo, Benjamín.

Me alejo con un profundo suspiro de enojo. Camino al sofá y me dejo caer. Me llega una ráfaga de irritación y nerviosismo. Mi hermano es un egoísta al pensar que se trata de él, cuando en realidad todo tiene que ver conmigo, con Leonardo y con el bebé que crece dentro de mí.

Benjamín se sienta en el extremo opuesto del sofá al cabo de un rato. Respira con dificultad.

—Lo siento por ponerme así, Lucy —dice después de un largo momento.

La tensión que había estado guardando se extingue lentamente. Ahora empieza a quedar solo una densa sensación de pesadez. Estoy demasiado cansada para discutir. Demasiado cansada para hacer otra cosa distinta a lo que siempre he hecho en toda mi vida. Apoyarme en mi hermano mayor cuando las cosas se pongan difíciles.

—Yo también lo siento. No debí darte la noticia así.

—No se me ocurre mejor forma en que lo hubieras podido hacer —dice Benjamín, burlándose. Le doy una palmada en el hombro, pero no puedo evitar mostrar una risa llorosa.

—Sé que no tiene sentido, Benjamín, pero ya siento que amo a este bebé. Cuando el doctor me dijo que estaba embarazada, me asusté, porque me acordé de nuestros padres... Pero creo que no podría hacerle daño a mi hijo, sea una niña o un niño, yo siento que ya lo amo.

—Hermana... no te pareces en nada a mamá o a papá. Lo sabes, ¿verdad? —Benjamín toma mi mano para darme fuerzas—. No eres como ellos, nunca lo serás.

Tiemblo al oír sus palabras. Quiero creerle, pero necesito que me lo asegure.

—Pero, ¿y si al final me parezco a mamá? ¿Y si termino igual que ella?

—No tienes que preocuparte por eso, nunca pasará.

Me recargo en su hombro y suspiro profundamente. Luego me llega otro pensamiento de preocupación.

—¿Y Leonardo? Tengo que decírselo. También es su hijo —Benjamín cierra sus ojos verdes ante mis palabras y mira hacia otro lado.

—No te preocupes, hermanita. Estaré a tu lado para resolverlo.

Asiento con la cabeza, sin entender qué quiere decir. Pero el cansancio me vence, mis ojos se sienten pesados y me dejo envolver por el mundo de los sueños.

CAPÍTULO 26 - HAZ LO CORRECTO

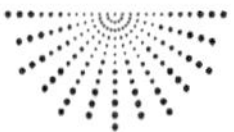

LEONARDO

—Hola. No te conozco —dice una linda morena interceptándome mientras camino hacia la barra el bar. Le sonrío pero la miro con algo de seriedad—. ¿Acabas de llegar a la ciudad?

—Solo estoy de paso —digo, apoyándome en la parte superior desgastada de la barra de madera.

Cuando llegué a este pueblo, encontré rápidamente un trabajo como camarero gracias a mi experiencia. El gerente no me preguntó mucho sobre mi pasado. Tuve la sensación de que no era el único vagabundo que había llegado a este pueblito rural. Y creo que tampoco sería el último.

—Bueno, es una pena —La chica se acerca más. Me mira de arriba abajo y sonríe provocativamente—. ¿Cuánto tiempo te quedarás aquí? ¿Lo suficiente como para divertirte?

Sonrío, con burla. Qué fácil habría sido aceptar su invitación antes.

—Lo siento. Me iré pronto —Su sonrisa desaparece al escucharme. Parece que es una de esas chicas a las que no les gusta recibir un no como respuesta—. ¿Qué te sirvo?

—Ginebra —dice. Está molesta, su tono es totalmente diferente al de hace un momento—. Si te quedas el tiempo suficiente como para servírmelo.

—Para eso sí tengo tiempo —Respiro mientras me alejo, buscando su bebida.

Miro hacia atrás con disimulo, viendo a la chica morena, ella pasea sus ojos por el lugar. Ahora que ya no está tan pendiente de mí, puedo contemplarla mejor. El tono algo oscuro de su piel es bastante bonito, es una chica esbelta y de ojos negros . Todo lo contrario a Lucía.

Lucía era un sol que iluminaba mis días con su dorado cabello y su agradable sonrisa. Cuando ella me veía, de la misma forma en que la chica morena acaba de verme, yo me olvidaba de todo y me perdía en sus ojos verdes, en su boca y en su cuerpo. Ya pasó más de una semana desde que dejé El Pradal y no puedo pensar en nada ni en nadie más que ella.

Esta es la ciudad más cercana a Lucía, estoy apenas a unos setenta kilómetros de El Pradal. Y no he podido salir de aquí desde entonces. Mi plan era quedarme un día o dos, y alejarme lo más que pudiera, hasta el siguiente pueblo. Solo que me aturde la idea de separarme más de ella. Me duele saber que habrá cientos de kilómetros entre los dos.

Desde el momento en que me fui, supe que había sido un gran error irme sin hablar primero con ella. Y cuando no contesté sus llamadas telefónicas, también sentí que cometía un gran error. Esto no me deja dormir por las noches y me mantiene pensando durante el día. Pero siempre llego a la misma conclusión.

No podía quedarme. Estoy seguro que perderme le dolió mucho, el sentir que la abandoné de seguro la hizo llorar, pero el perder su sueño del hotel, eso la destruiría, seguramente. Y esa es la verdad. Me cuesta aceptarlo, pero es así.

Aunque me sigo sintiendo terriblemente mal por ni siquiera intentar quedarme y luchar.

Benjamín me golpeó, y yo estaba dispuesto a quedarme ahí, a hacer todo lo que estuviera en mis manos para permanecer junto a su hermana. Pero no pude competir con la amenaza del hotel. Me fui, sin dar explicaciones. Sin despedirme de ella.

No me gusta lo que hice, no se siente bien.

—Hola, guapo, ¿me sirves otra?

Hay otra chica recargada en la barra, pidiéndome una bebida. Pero no es Lucía. La miro fijamente por un largo rato, sin moverme, sin hablar, mientras mi mente empieza a pensar en lo poco que me gusta el lugar dónde estoy, y en cómo cometí el mayor error de mi vida al dejar a Lucía.

Casi meneo la cabeza, mientras dejo los vasos que estoy sosteniendo, en la barra. Y luego, por primera vez en mi vida, decido que quiero ir hacia mi pasado, en vez de alejarme de él.

Una semana me fue más que suficiente para darme cuenta. De hecho, me estoy engañando a mí mismo; quise regresar desde el momento en que tomé las cosas de mi apartamento y subí a mi camioneta para irme.

—¿Hola? —pregunta la chica frente a mí.

—Lo siento —digo, con una sonrisa—. Debo irme.

—¿Disculpa?

Ella me mira, sorprendida, pero a mí no me importa. Ya no puedo esperar ni un minuto más, tengo que irme de aquí, tengo que regresar. Me quito el delantal, lo arrojo sobre la barra y corro. Nada me importa, nada, excepto buscar a Lucía y explicarle todo. No sé si me perdonará, pero no me voy a quedar lamentando por algo que no me atreví a hacer.

¿Y Benjamín?

Esta vez escucho a la voz en mi cabeza, pero la mando al

carajo encogiéndome de hombros. Ya me ocuparé de Benjamín cuando llegue el momento. Hoy es sábado, de seguro está en Las Quince Letras, donde normalmente suele estar estas noches. Con suerte, ni siquiera tendría que verlo, podría ir directo a buscar a Lucía.

Salgo del bar y camino directamente a mi camioneta para arrancar el motor.

Al cabo de un rato ya voy en dirección a El Pradal. Recorro los pocos kilómetros hasta el pueblo con la música muy alta, para que acalle cualquier tipo de pensamiento relacionado con Benjamín. Ya está anocheciendo cuando llego a la calle principal, continuo unos metros hasta que veo mi antiguo bar con el rabillo del ojo.

Siento una punzada en mi pecho. Algo que nunca había sentido antes; nostalgia. Claro que la siento por Lucía, pero también por el bar, y por Paty. Casi por Benjamín, pues fue mi mejor amigo por algo más de dos años. Se siente bien regresar a un lugar que se parece a un hogar.

Acelero mientras conduzco hasta el apartamento de Lucía. Sonrío suavemente, recordando cómo me habló de la malhumorada casera que vive en el segundo piso y de las peculiaridades del destartalado y antiguo edificio.

Sus planes eran convertir una parte de la propiedad en una pequeña oficina con baño y quedarse a vivir allí. Lucía era muy feliz con todos esos planes, se preocupaba porque todo saliera bien, el recuerdo de su brillante sonrisa me conmueve.

Apenas estaciono mi camioneta antes de saltar y arrastrarme nerviosamente hacia la puerta principal. Golpeo un par de veces y pedazos de pintura que se desprenden por la vibración. Con cada golpe se desgasta un poco más. Entonces la puerta comienza a abrirse y la sonrisa en mi cara crece mucho más. Hasta que veo a la persona del otro lado.

Benjamín.

Casi me caigo del susto.

Él era la última persona que quería ver, y sé que soy la última persona que quería ver. Pero ya que estoy aquí, ya no puedo dar marcha atrás, tengo que intentarlo.

—¡Leonardo! ¿Qué carajos haces aquí? —grita Benjamín.

Sigue tan molesto como la semana pasada. O aún más enojado. Respiro profundamente, pensando qué decir. Debo ser cuidadoso, no puedo permitirme perder el control.

—Necesito ver a Lucía. Necesito explicar por qué me fui. Quiero despedirme de ella, por lo menos…

—No, no lo harás —dice, interrumpiéndome. Hace un fuerte movimiento y trata de cerrarme la puerta en la cara, pero la detengo con una mano.

—Por favor, Benjamín. Si está aquí, déjame hablar con ella. Déjame decirle adiós.

—Llegas demasiado tarde. Mi hermana ya está con otra persona.

—¿Qué? —pregunto sorprendido. Un dolor profundo atraviesa cada parte de mi cuerpo—. ¿Qué carajo dijiste?

Benjamín se encoge de hombros con indiferencia.

—En cuanto te fuiste, empezó a salir con uno de los chicos Rendón. Te olvidó, Leonardo. Deberías dejarla en paz.

—Claro, ¿la dejaste salir con alguien más después de molerme a golpes y amenazarme para que la dejara? —grito. Benjamín me mira fijamente.

—Leonardo, ella merece a alguien mejor que tú. Eres un mujeriego, amigo, y le habrías roto el corazón. Tan pronto como te aburrieras, la habrías dejado y habrías buscado a la siguiente mujer disponible.

—No es verdad, yo no habría hecho eso.

—Mi hermana merece a alguien que esté a su altura. No a un imbécil como tú…

Por un momento, Benjamín abre la boca, como si estuviera a punto de decir otra cosa, pero luego agita la cabeza.

—¿Al menos puedes decirle que estoy aquí?

—Por una vez en tu vida, haz lo correcto —dice Benjamín después de un largo silencio—. Deja a Lucía en paz. Si te vuelvo a ver, venderé la propiedad. Tú decides.

La puerta se cierra de golpe y no la detengo esta vez. Me quedo allí, mirando fijamente el viejo edificio por un largo momento antes de forzar a mi cuerpo a moverse. Finalmente camino de regreso a mi camioneta, con las manos en los bolsillos.

Benjamín me dijo que hiciera lo correcto por una vez en la vida, pero eso no es lo que me hace irme. Lo que me convence es que me volvió a amenazar con vender la propiedad. Oírlo otra vez me hizo imaginar la cara de Lucía si le llegan a arrebatar su sueño. No haré eso, no podría cargar con la culpa.

Me voy, pero dejo mi corazón atrás, y con él, a Lucía.

CAPÍTULO 27 - TRAICIÓN

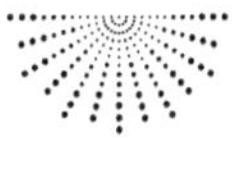

LUCÍA

—No, no, un poco más a la derecha.

—¿Aquí?

—Sí —Asiento con la cabeza y levanto las manos, agitándolas en el aire—. ¡No! ¡Mejor un poco más a la izquierda!

—¿Izquierda? Pero dijiste derecha.

—Dije a la izquierda.

—Y luego dijiste derecha —gruñe Damián. Él y su hermano me miran con molestia bajo el peso del pesado cuadro enmarcado que sostienen. Lo acabo de comprar en la tienda de antigüedades de El Pradal por muy poco dinero.

—Quise decir a la derecha, ya que está en el lugar correcto —explico. Levanto un dedo—. Ahora, muévelo de vuelta a la izquierda.

—¿Aquí?

—Sí, justo... allí. Bien. ¡Dije que ahí estaba bien, dejen de moverlo! —Cierro los ojos por un momento—. Solo déjenlo ahí y ya, ¿de acuerdo?

—Lo que tú digas —dice Antonio—. Tú eres la jefa.

Siento ganas de patear la escalera para descargar mi ira,

pero me contengo. Apoyo la cabeza en la palma de mi mano, mientras ellos terminan de colgar el cuadro.

—¿Un día difícil? —pregunta Alma, apareciendo a mi lado repentinamente. Creo que tiene un talento especial para acercarse sigilosamente a la gente. Volteo a verla, mucho más tranquila porque mi amiga esté aquí.

—Más bien un mes difícil.

—¿Quieres té? —pregunta, sosteniendo una de las pequeñas tazas de porcelana que siempre parece llevar encima—. Es bueno para el bebé.

Miro la taza, con duda.

—Es sólo té, ¿verdad?

—Sí, té verde con un toque de miel. Eso es todo, lo juro.

Lo tomo después de pensarlo un segundo, inhalo la fragancia antes de tomar un sorbo. Nunca sé qué le pone exactamente Alma a las bebidas que me da. Todavía tengo en la boca el sabor asqueroso de aquella poción de amor. Y ni siquiera funcionó, Leonardo se fue de todas formas. El pensamiento trae consigo una ola de dolor que me atraviesa por todo el cuerpo.

A pesar de que hace un mes que no lo veo, mi tristeza sigue igual que el primer día. Parece que se fue ayer. Yo he seguido haciendo lo que mejor sé, trabajar a toda hora en la propiedad, esperando sentirme mejor. Ya no hago trabajos pesados, pero sí que me dedico a dar muchas órdenes, a planear los pequeños detalles y a comer bastante.

—Lo estás haciendo bien, Lucía —dice Alma al ver cómo me cambia la cara. Me conoce bien, sabe que sigo pensando en Leonardo, y sabe cómo me pongo cuando me llega algún recuerdo de él. Lucho por oírla con atención y no dejar que la tristeza me trague—. Debes estar muy orgullosa de ti misma.

Rosa, vestida de negro como siempre, limpia el sudor de

su frente mientras deja caer la pesada caja de herramientas al suelo.

—Todos hemos trabajado duro —dice.

La miro fijamente, pero Alma ya está sonriendo dulcemente para calmar la situación.

—Todos hemos trabajado duro. Sin Lucía, nada de esto sería posible.

—Sí, y sin mis ampollas tampoco —dice Rosa, con los ojos cerrados y tocándose los dedos, aunque luego suaviza el gesto—. Pero reconozco que Alma tiene razón, este lugar ahora está irreconocible. No se parece en nada a la fea y vieja casa que era al principio.

—Gracias, Rosa —digo, sintiéndome mejor.

—¿Sabes? Todos hemos trabajado con afán y creo que merecemos una recompensa —dice unos de los chicos mientras camina para unirse a nosotros.

Contengo mis lágrimas al ver a los chicos reunidos allí a mi alrededor. Se han partido el lomo para ayudarme todos estos meses. Malditas hormonas del embarazo, es horrible estar tan sensible por todo, pero no voy a llorar. No ahora. No aquí, delante de todo el mundo.

—Sí, creo que definitivamente merecemos una recompensa —dice Antonio, limpiándose las manos en sus vaqueros manchados de polvo y pintura—. ¿Quién quiere tomar algo en Las Quince Letras?

Escuchar el nombre del bar arrastra una ola de sensaciones a mi corazón. No he estado allí desde la partida de Leonardo.

—No sé si deba ir —digo, tratando de rechazar la invitación, pero rápidamente el resto del grupo expresa su emoción por la salida.

—Oh, vamos. No puedes estar trabajando todo el tiempo.

—Sí, tú también tienes que divertirte. Vamos, así olvidarás tanto trabajo.

Retomo la palabra, para volver a evitar la invitación.

—¿Qué sentido tiene? De todas formas, no puedo tomar nada, por el bebé —Señalo mi estómago, que empieza a mostrar una pequeña protuberancia debajo de mi camisa.

Alma me abraza, a pesar de mis protestas.

—Acompáñanos, Lucía. Eres nuestra líder. No saldríamos sin ti.

—Habla por ti misma —resopla Rosa. Ya quedó claro que no le agrado, así que solo por eso, comienzo a pensar en la posibilidad de ir al bar.

—No vas a parar hasta que yo esté de acuerdo, ¿verdad?

—No —Alma sonríe con dulzura. Me lleva afuera y me muestra su horrible auto amarillo—. Incluso conduciré.

—Gracias, pero iré en mi auto —digo apresuradamente. Cuanto menos tiempo pase en esa hojalata, mejor para mí.

—¿Lo prometes? ¿Irás al bar? —Pongo una mano sobre mi corazón, luego de rodar los ojos.

—Lo prometo —Añado una sonrisa sarcástica al final que hace que Alma sacuda su cabeza.

Todos los demás salen de la casa y se acomodan en sus autos. Tomo mis llaves mientras ellos se alejan. Subo al auto y lo enciendo, inhalo y exhalo para calmarme, evitando que mis pensamientos me recuerden a dónde voy. Mis manos sudan y tiemblan mientras giro la llave, y yo detesto la sensación de estar aquí, sentada, luchando contra el pánico que se apodera de mí.

—Puedo ir a ese bar. Por supuesto que puedo ir —digo, para animarme, con la esperanza de que mis manos se relajen para poder manejar con calma—. Tienes que calmarte. Es solo un bar.

Conduzco, repitiendo ese mantra una y otra vez. Cuando

me estaciono, no puedo quitar las manos del volante. Un golpe fuerte en la ventana me sobresalta.

—¿Estarás ahí hablando sola toda la noche o vas a entrar? —pregunta Alma. Presiona su cara contra el vidrio.

—Por Dios, me asustaste.

—Lo siento —dice, en medio de una sonrisa—. Pero no lo siento tanto, Lucía. Vamos, es hora de entrar.

Su sonrisa es tan contagiosa, que pronto tengo una en mis labios.

—Bien —resoplo, saliendo de mi auto—. No veo la hora de tomar algo que no tenga alcohol. Suena super divertido.

—No te preocupes, traje un poco de té para ti.

Cuando entramos al bar, los demás ya están allí sentados, tomando.

Mientras Rosa, los chicos y Alma conversan, yo solo lo escucho. Me está resultando más fácil de lo que pensé estar aquí. No converso en ningún momento, pero escucharlos bromear y contar historias me hace sentir mejor. Estar en este ambiente despreocupado me ayuda a relajarme, la estoy pasando bien a pesar de que inicialmente no quería venir.

Hasta que miro detrás de mí.

Detrás de mí, está él. Puedo imaginarlo sentado sobre una silla en la barra. Imagino a Leonardo invitándome una copa. Nos veo, sentados en esas sillas, en esa misma barra, bebiendo algunas cervezas, embriagándonos el uno con el otro.

Ni siquiera me doy cuenta de lo que hago hasta que estoy parada a la mitad del bar. Mi corazón pesa cuando me siento en la misma silla en la que me senté hace tiempo, el día que lo conocí.

Yo era una persona tan diferente entonces, no tenía roto el corazón, por ejemplo. Tampoco llevaba un bebé en mis entrañas y debía pensar en esa vida y su futuro. Una vida que ahora, ya amo más que a nada en el mundo.

—Sé que es difícil para ti estar aquí —dice Alma, sentándose de repente a mi lado—. Sé que debe recordarte a Leonardo, pero él se fue. Creo que es hora de seguir adelante.

Me vuelvo hacia ella con las lágrimas nublando mi visión. No puedo contenerlas, así que las dejo salir, libres.

—¿Seguir adelante, Alma? ¿Cómo? Todavía lo amo. Creo que me enamoré de él el primer día que nos conocimos, ¡y ahora voy a tener a su bebé y ni siquiera sé dónde está! Ni siquiera puedo hablar con él para decírselo —Tiemblo, mientras me abrazo a mí misma—. ¿Qué debo hacer?

—No te preocupes por eso, tú ya eres una guerrera, Lucía, eres una sobreviviente.

—¿Y si estoy cansada de pelear? ¿De ser una sobreviviente?

Alma se calla por un momento. Me mira con tristeza antes de sacudir la cabeza.

—Lucía, mereces ser feliz. Vas a hacer del hotel un éxito y vas a ser una madre maravillosa para ese bebé. Tienes todo lo que necesitas para ser feliz. Y también nos tienes a todos nosotros —Alma se señala sí misma y a la mesa donde todo el mundo habla y ríe, sin saber que mi corazón se rompe en un millón de pedazos y cae desparramado en el suelo sucio del bar—. Y a Benjamín.

—Ah, sí, Benjamín —resoplo.

Él y yo casi no hablábamos desde que se enteró de mi embarazo, ambos trabajamos todo el día, incluso los fines de semana. Y cuando nos encontramos en nuestro apartamento, él siempre mira para otro lado, no sé si se sigue sintiendo culpable o se avergüenza mí. De todas formas, es muy difícil de sobrellevar.

—Créeme, Lucía. Es mejor que olvides a Leonardo. Él es

un galán que te rompió el corazón, y no te merece —dice Alma con firmeza, antes de deslizarse de la silla y volver a la mesa a charlar con los demás.

Me quedo donde estoy, ignorando las palabras de Alma y sintiéndome al menos un poco más cerca de Leonardo.

—Oye, cariño, ¿estaban hablando de Leo?

Paty, la cual parece enterarse de cada conversación en su bar, es la que suelta esa pregunta. Habla en voz baja, como si tuviera un secreto que contar. Yo asiento, con curiosidad, girándome para verla mejor.

—Sí. ¿Por qué?

—Probablemente no debería decir nada, pero...

—¿Qué, Paty? Si sabes algo de él, por favor dímelo.

—No, no sé nada de él. Pero la mañana que viniste aquí, preguntando por él, yo no te dije toda la verdad. En ese momento pensé que era lo mejor, pero ahora no estoy tan segura —dice, mirándome con algo de culpa.

—¿Qué es, Paty? Por favor, dímelo —Me inclino hacia adelante, intranquila, respirando hondo antes de hablar con premura—. Estoy embarazada. Leonardo es el padre del bebé, merece saberlo.

Paty asiente con la cabeza y se inclina aún más sobre mí.

—Bueno, la noche anterior Leonardo estaba sentado justo ahí, tomando más de lo debido. Tu hermano vino y comenzó a golpearlo con mucha furia.

Mis ojos se entrecierran. Siento cómo la ira explota dentro de mí, mientras Paty continua contando la historia.

—Leonardo recibió los puñetazos sin hacer nada. Ni siquiera se defendió, solo se quedó ahí parado. Entonces escuché a tu hermano decirle a Leonardo que se largara de la ciudad. Al principio se negó, pero Benjamín dijo algo sobre la venta de una propiedad o algo así, si él no se iba, y Leo se puso blanco como una sábana. Entonces dijo que se iba, empujó fuertemente a tu hermano y se fue.

Paty me mira ahora con pena. Dejo de oír el ruido del bar, solo hay silencio en mi mente, mientras trato de entender las palabras de Paty. ¿Benjamín había amenazado con vender la propiedad si Leonardo no se iba de la ciudad? Mi hermano no haría eso, ¿verdad? No caería tan bajo, no trataría de quitarme algo que es tan importante para mí. ¿O si lo haría?

¿Y Leonardo? ¿Renunciaría a mí por dejarme tener mi sueño? Sí, lo haría, sin duda. Lo sé, porque yo haría lo mismo por él. Yo también lo dejaría si hubiera algo igual de importante para él, de por medio. Quiero llorar, otra vez.

—Lamento no habértelo dicho entonces —dice Paty, mirando hacia otro lado—. Pensé que era lo mejor, en ese momento. Ahora quiero ayudarte, pero realmente no sé cómo ubicarlo.

Mi corazón se quiere salir de mi pecho mientras termino de oír la confesión de Paty. Luego de eso, mi cuerpo se mueve en automático y me levanto rápidamente, mis movimientos son todo lo contrario a mi mente, que es una neblina de caos, de traición de mi hermano.

No le digo ni una palabra más a Paty ni me despido de Alma. Solo camino hasta salir del bar.

Subo al auto y lo enciendo, con mi mente dispersa por tantas cosas que ahora se ven claras como el agua.

Hay otro sentimiento bastante fuerte dentro de mí, es el enojo, que me llena lentamente. Necesito encontrar a mi querido hermano. Ahora.

CAPÍTULO 28 - LO MEJOR PARA TI

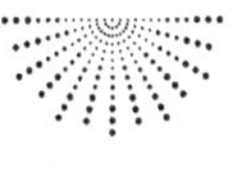

LUCÍA

Freno bruscamente y dejo el auto mal estacionado frente a los edificios. Las ruedas están torcidas, pero no me importa. Hay una enorme necesidad que me empuja a salir del auto y avanzar, prácticamente corriendo hacia la puerta principal. La necesidad de respuestas.

Parezco un animal salvaje, por mi furia. Con fuerza empujo la puerta del apartamento, esta se golpea contra la pared detrás de ella y una nube de yeso cae desmoronándose en el piso. Eso no me importa, mis ojos escudriñan el lugar, buscando a mi hermano.

—¡Benjamín! ¡Benjamín, ven aquí! ¡Ahora! —Un momento después de mis fuertes gritos, Benjamín llega, corriendo desde el baño, con una mirada confusa en sus ojos.

—¿Lucía? ¿Está todo bien? ¿Es por el bebé?

—No, no es por el bebé. Y no, no está todo bien —Le escupo las palabras como si fueran balas y su expresión se vuelve aún más confusa cuando avanza hacia mí con nerviosismo.

—Está bien, cálmate y dime qué carajo te sucede. Y baja la

voz. No quiero que la señora Sotelo vuelva a quejarse por los ruidos.

—No deberías preocuparte de que la señora Sotelo se queje, Benjamín. Deberías estar preocupado por mí. —Me adelanto, cierro la puerta con un fuerte golpe detrás de mí. Benjamín se estremece.

—Por Dios, Lucía. ¿Estás tratando de enojar a la vieja? —dice, mirándome estupefacto. Me mira a los ojos por primera vez desde que entré—. Lucía, dime qué carajo te sucede.

—No, Benjamín. ¡Tú dímelo! —Me abalanzo sobre él y pongo la punta de uno de mis dedos contra su pecho—. Por una vez en tu maldita vida dime la verdad. ¿Chantajeaste a Leonardo para que me dejara?

La boca de Benjamín se abre y rápidamente se cierra como un pez fuera del agua. Veo en su cara que está luchando por encontrar una respuesta que me tranquilice. En realidad, su silencio me dice la verdad, que Paty no mentía sobre lo que pasó esa noche.

—¿Cómo pudiste? —digo, furiosa—. ¿Cómo pudiste hacerme eso?

—No, Lucía —dice Benjamín, implorando calma, extendiendo sus manos—. ¿No lo ves? Hice lo correcto, lo mejor para ti.

—Lo mejor —resoplo con una risa amarga—. ¡¿Lo mejor para mí!?

—Sí, como todo lo que he hecho por ti.

—Antes te pude creer eso, Benjamín… —Agito la cabeza y lo miro, como si mirara a un extraño—. Pero si supieras lo que es mejor para mí, no le habrías nado a una paliza al hombre que amo, no lo hubieras amenazado con vender la propiedad si no me dejaba y se iba de El Pradal.

—¿Quién te habló de eso? —pregunta Benjamín con su cara enrojecida—. Eso fue entre Leonardo y yo.

—¡No, no! ¿No lo entiendes? ¡Esto no tiene nada que ver contigo, Benjamín! Ya no soy una niña a la que tengas que cuidar. ¡Mamá y papá murieron y tú no eres mi padre! ¡Ya no tienes que protegerme! ¡Ya no quiero que lo hagas!

Un río de lágrimas calientes y enojadas salen de mis ojos, pero yo trato de contenerlas con mi furia. No voy a desmoronarme esta vez, ya no. Benjamín tiene que entender que puedo ser lo suficientemente fuerte para enfrentar una situación como esta. Logro tranquilizarme, unos segundos después.

—Leonardo no te hizo nada a ti —escupo, mientras Benjamín me mira fijamente—. Y estoy segura de que no hizo nada para herirme. No merecía...

—¿Nada para herirte? —dice Benjamín, con una sonora carcajada, señalando mi estómago—. Te embarazó, ¡y luego se fue sin decirte nada! ¿Crees que si le hubieras contado lo del bebé habría vuelto arrastrándose? ¿Crees que se habría casado contigo en una iglesia y toda esa mierda? Esos son solo sueños, Lucía. Sueños infantiles.

Me mantengo serena, ante el montón de estupideces que acaba de decir mi hermano. Ya casi no me afectan sus palabras, en cambio él, se ve bastante nervioso por todo esto.

—¿De qué hablas, Benjamín? Ni siquiera yo sabía que estaba embarazada hasta una semana después de que él se fue. Una semana después de que lo obligaras a irse.

En este momento entiendo otras cosas, ato otros cabos mientras hablo. Comprendo las miradas culpables, la forma en que Benjamín ha estado evitando verme, los comentarios raros que salían de su boca cada vez que yo nombraba a Leonardo.

—Espera un minuto, luego de que te enteraras del bebé, ¿hablaste con él? —Mis ojos se abren, cuando tengo esa certeza. Y Benjamín me lo confirma con la vergüenza presente en sus ojos verdes—. Oh, Dios mío. ¡Lo hiciste! ¡Hablaste con Leonardo y no me dijiste nada!

Benjamín se queda callado durante un largo momento y veo el momento exacto en que sabe que lo descubrí todo. Sus hombros se hunden y suspira con resignación.

—Vino aquí buscándote, hace unas semanas. Un mes, tal vez.

—Un mes... —Quedo tan impactada que solo puedo abrir la boca con sorpresa, antes de seguir hablando—. Tú lo sabías. Sabías que estaba embarazada para entonces. Sabías que Leonardo era el padre. ¿Le contaste lo del bebé?

—No, por supuesto que no —Benjamín agita la cabeza como si fuera lo más natural del mundo esconderle a un hombre su paternidad. Yo lo examino con incredulidad.

—Es el padre de mi bebé, Benjamín, él merece saberlo. Merece la verdad. Lo mejor hubiera sido contarle, pero tú no sabes nada de eso, ¿verdad? Porque lo único que sabes hacer es mentir.

—¡Oye! Eso no es justo...

—¿Justo? ¡Te diré lo que no es justo! —Enfatizo cada palabra con otro dedo sobre su pecho—. No es justo tener unos padres que eran alcohólicos y a los que no les importábamos una mierda. No es justo fallar en todo lo que he hecho, pero seguir siendo lo suficientemente estúpida como para intentarlo una y otra vez para ver si funcionaba. No es justo tener un hermano sobreprotector que piensa que es su trabajo vigilar si tengo novio.

Las palabras salen, llenas de una furia contenida en mí, a través de los años.

—No es justo que mi propio hermano golpee y chantajee al único hombre que he amado para que me deje, no es justo que él no se entere de que estoy esperando un hijo suyo. ¡Eso no es justo, Benjamín!

—¡Ya es suficiente! Ya te lo dije, todo lo que hice fue por ti.

—¡No! ¡Fue por ti!

Le disparo esas palabras como si fueran veneno, mirándolo con ira mientras hablo. Mis piernas apenas pueden sostenerme por el torrente de emociones que siento, pero las palabras salen de lo más profundo de mi alma con firmeza y frialdad.

—Tú siempre tienes que controlarlo todo. Quieres que todo salga como crees que debe ser, y lo que piensen o sientan los demás no te importa. No te importa quién se lastime en el camino, siempre y cuando salga como creas conveniente.

—Eso no es cierto.

Benjamín trata de defenderse, pero no hay forma en que lo pueda hacer.

—¡Ya no puedes entrometerte en mi vida! —le grito fuertemente. Vaya, decirlo se siente muy bien.

—¡Bien! ¡Entonces haz lo que quieras! Pero cuando fracases otra vez, y vengas llorando conmigo, no voy a estar aquí para ayudarte.

—¡¿Ayudarme?! ¿Llamas a esto ayudar? ¡Le mentiste a Leonardo sobre su bebé! Le mentiste sobre la venta del hotel.

—Eso no fue mentira —dice Benjamín asquerosamente y yo respiro con dificultad—. Si haría lo que sea para protegerte.

—Me he matado trabajando todo este tiempo para convertir ese lugar en un negocio rentable y exitoso. ¿Y me estás diciendo que tú lo hubieras vendido, así como así? No eres más que un niño pequeño que no quiere compartir, eres un egoísta, Benjamín.

—¿Qué yo soy un niño pequeño? Yo no soy el que cree en estúpidos sueños, hermanita. Tienes que crecer y darte cuenta de que el hotel y el restaurant son solo una quimera de todos modos. Van a fallar, como todo lo demás que has intentado. Y solo estoy diciéndote la verdad antes de que sea tarde.

Al escuchar esa última oración me abruma una intensa ira. La furia se apodera de mí y me tensa las venas hasta que siento que van a explotar. Se me hace imposible hablar, por el fuego ardiendo por todo mi cuerpo. Y probablemente esto sea algo bueno, porque cualquier cosa que pueda decir en este momento, no sería agradable.

No quiero decir más. No quiero ver a mi hermano más. Camino rápidamente a mi habitación, la habitación en la que pasé mi adolescencia, en la que empecé a soñar en el tipo de mujer en la que me quería convertir. Tomo una mochila del armario y meto en ella todo lo que puedo, lo más rápido que puedo. Ya no quiero estar aquí otro minuto más, bajo el mismo techo que él.

Tomo la mochila y la pongo sobre mi hombro izquierdo para irme. La inmensa ira por la discusión y el enterarme de la verdad, de las mentiras de Benjamín, todavía me dificultan pensar con claridad. Me dirijo con prisa hacia la puerta, pero una exigente voz me detiene.

—¿A dónde crees que vas?

Pongo mi mano en el pomo de la puerta y giro, para mirarlo con desgano.

—Me voy. Voy a la propiedad.

Benjamín se burla, mirándome como si yo fuera una niña haciendo una especie de rabieta.

—Vamos, Lucía. Estás embarazada.

—Ya lo sé, imbécil.

—¡En esa casa la electricidad ni siquiera está conectada todavía!

—Entonces encenderé una vela, no importa, Benjamín.

Me sentiré mejor ahí o en cualquier lugar donde no estés. No puedo quedarme aquí, no puedo estar cerca de ti.

Sus cejas bajan furiosamente. Abre la boca para seguir la discusión, pero no me importa ya. Voy bajando por las escaleras de la casa que he compartido con mi hermano durante más de diez años. Fuera ya es de noche.

Estoy sola, pero por primera vez en mucho tiempo, no tengo miedo. Estoy decidida a continuar y no dejar que nadie más decida sobre mi felicidad y mi futuro.

CAPÍTULO 29 - LA DETECTIVE

LUCÍA

Subo el último tramo de las escaleras que conducen al ático, en mi boca sostengo un gran pañuelo. Una enorme nube de polvo se levanta mientras cargo las vigas transversales más livianas. Recuerdo con tristeza que esta fue una de las últimas habitaciones en las que Leonardo trabajó antes de irse.

Mejor dicho, antes de que Benjamín le diera una paliza y lo amenazara para que se fuera. Mi tristeza se transforma en una amarga ira familiar por un momento, pero estoy demasiado cansada para pensar en eso.

En los últimos días mis emociones me han arrastrado a través de una carrera de obstáculos. He pasado por el dolor, la traición y una amargura aguda hasta llegar a un enojo terrible por Benjamín. Y luego me llegó el arrepentimiento de que yo no hice nada para evitar que Leonardo se fuera.

Respiro profundamente para tratar de controlar mis emociones a flor de piel, pero me arrepiento inmediatamente al caer en un ataque de tos cuando inhalo más polvo y suciedad que oxígeno. Con esa bruma mis ojos se cierran y me cuesta respirar. Camino, pero apenas doy unos pocos pasos antes de golpear algo duro con mi pie izquierdo.

—¡Ay! Maldita sea, eso duele.

Aprieto los ojos, con mi pie punzando por el dolor, pero eso desencadena otra tos, esta vez más fuerte, que me hace doblarme. Maldiciendo en voz baja me inclino para ver con qué me he golpeado el dedo del pie, veo una caja de madera con el ceño fruncido.

—Imbécil —le digo, con ganas de decir más improperios. Sé que es una locura, pero al menos me hace sentir un poco mejor. El dolor cede y mi curiosidad crece, a medida que avanzo con cuidado, y me siento en una pila de cajas detrás de mí.

Lentamente abro la tapa de la caja. Las bisagras crujen fuertemente después de años sin ser usadas, pero se mantienen unidas mientras miro su contenido. Me quedo boquiabierta ante el tesoro escondido que encuentro dentro.

Hay fotos. Cientos de fotos tomadas con una vieja cámara. Por el paso del tiempo lucen amarillentas, pero la caja de madera las protegió de la inclemencia del tiempo.

Las veo con curiosidad y alegría. Son fotos de mis abuelos, a quienes nunca conocí realmente. El aliento se me atasca en el pecho cuando llego a las fotos de mi madre. Es una niña sentada en las rodillas de su padre, luce joven y llena de vida. Como una niña inocente y feliz, incapaz de hacerle daño a nadie.

Mi madre se ve de una forma que no la había visto antes. La inocencia en su cara contrasta con todas las veces que la vi borracha. Mis dedos recorren su cara infantil mientras por dentro la tristeza me sacude, pero no es una tristeza mala. Más bien es una especie de arrepentimiento por la persona que podría haber sido ella si la vida hubiera sido diferente, si hubiera tomado decisiones diferentes.

Aparto la foto suavemente, como si estuviera hecha de la porcelana más frágil, antes de mirar la caja para ver qué más hay. Me detengo cuando llego a una foto en la parte inferior, la saco de la caja con manos temblorosas.

Benjamín se ve joven. Está sentado en un sillón marrón bastante grande, y en sus brazos sostiene a una pequeña bebé envuelta cuidadosamente en una manta rosa. Soy yo. Benjamín sonríe orgullosamente a la cámara mientras me sostiene en su regazo, protegiéndome incluso entonces. Desde entonces.

Como un maremoto, el arrepentimiento y la tristeza se adueñan de mí, amenazando con hundirme mientras mis ojos se llenan de lágrimas y, por primera vez, no lucho contra ellas. Dejo salir mis sentimientos, gota a gota, hasta que todo lo que puedo ver, es el contorno borroso de la fotografía. Entonces me permito llorar y drenar mi dolor.

Es la primera vez que lloro por los padres que perdí, aunque no los conocí bien. Lloro a cántaros por el amor que se fue, y que no sé cómo recuperar. Por la vida que crece en mi vientre y depende de mí, y el miedo de que nunca podré amar a mi bebé de la manera que se merece, el miedo de fracasar como madre.

También lloro por mi hermano mayor. El que siempre me apoyaba y que siempre estaba ahí. Y por cuánto me dolió que me mintiera y me traicionara. Y maldita sea, por cuánto me sigue doliendo todavía.

Lloro por todas esas cosas, pero sobre todo lloro por mí misma, porque al final descubro algo. No me siento aterrorizada por tener tantos sentimientos. Me siento aliviada porque todo está saliendo de mí. Mientras estoy sentada, completamente sola en el ático polvoriento, sollozo, pero se me acaban las lágrimas, ya no me quedan más.

* * *

BENJAMÍN

No sé cuánto estuve sentado en el asiento del conductor de mi camioneta, mirando la propiedad que nos dejaron los abuelos. Perdí la noción del tiempo cuando miré el nuevo techo y las ventanas.

Después de mucho esfuerzo, la casa, que había estado a oscuras por más de veinte años, ahora es un amplio y acogedor espacio dispuesto para recibir a decenas de visitantes con sus agradables pasillos llenos de luces brillantes.

El porche delantero fue derribado y reconstruido. Se ve robusto y sencillo, pero está pintado con un hermoso tono turquesa que imita los colores de los manantiales circundantes de El Pradal.

Desde aquí se pueden escuchar estos mismos manantiales, y también a los pájaros cantar. Todo el conjunto parece una banda sonora de fondo al milagro de los cambios que Lucía logró en la casa. Mi mirada se fija en la nueva adición, un gran letrero a un lado de la larga entrada de grava que da la bienvenida a los huéspedes al Hotel y Restaurante Reyes.

Reyes. Ver ese apellido en letras gigantes me causa una sensación agridulce. Obviamente debe llamarse así, ese es el apellido de nuestro abuelo, el propietario original. Es un honor merecido para él. Pero también es el apellido de mi madre. Nuestros padres nunca se habían casado, y a mi padre no le interesó registrarnos con su apellido. Igual no importa mucho.

Respiro con calma, desde lo más recóndito de mis pulmones. He pasado tantos años protegiendo a Lucía, manteniéndola alejada de las peores cosas y los mayores riesgos de la vida, pero ahora siento que se me pasó la mano.

Me tomó un tiempo darme cuenta, y un tiempo para superar la ira después de nuestra discusión, pero ella tenía razón. Me preocupé tanto por actuar como un vigilante de cada uno de sus pasos que no la dejé crecer.

Yo no era un guardián de cuento de hadas. Lucía no era una damisela en apuros, mi hermana no necesitaba un caballero. Necesitaba un hermano.

Eso es lo que me trajo de vuelta a este lugar, incluso después de haberme jurado a mí mismo que dejaría que Lucía se jodiera si era lo que ella quería. Pero mi conciencia no me dejó abandonarla. Yo fui el que hizo las cosas mal, yo soy el que fracasé con ella, no al revés. Por eso es hora de enmendar mis errores.

Extiendo mis dedos para alcanzar la manija de la puerta y la abro. Hacer ese movimiento es una de las cosas más difíciles que he hecho en toda mi vida. Entro al lugar con lentitud, observando todo. Lucía sí se esmeró en la remodelación de esta vieja casa, ahora sí parece un hermoso hotel. Lo mismo noté en el restaurante, hace un momento. Cinco meses fueron suficientes para que ella lograra este milagro.

Entro por primera vez en semanas a la casa-hotel y mis ojos se abren de par en par con sorpresa. El exterior es muy diferente, sí, pero el interior es también muy distinto. Es como entrar en un lugar completamente diferente al que recuerdo de mi infancia.

Lucía era demasiado joven cuando nuestro abuelo murió, pero yo sí lo recuerdo un poco, yo sí pasé algunos días en esta casa. Aunque mis recuerdos parecen sueños. Y con el cambio tan radical, los sueños se van haciendo cada vez más borrosos.

Viajo por estos recuerdos hasta que me doy cuenta que Lucía no está en el piso principal. Paso por la cocina y la oficina, notando también los grandes cambios, pero tampoco la encuentro allí.

Subo al segundo piso y echo un vistazo a los dormitorios. Paso por el pasillo y veo que derribaron las escaleras del ático, un pequeño bombillo ilumina la abertura. Continúo atravesando la casa, pero decido llamar a Lucía, pues de hecho vine a disculparme. Acabo de abrir la boca, cuando escucho un ruido que me hela la sangre.

Es llanto. Y unos sollozos profundos que me aturden, pues los conozco perfectamente. Quedo pegado al piso, petrificado. La culpa me inunda. Sé por qué llora mi hermana; por Leonardo. Porque ella realmente lo ama, y si me acuerdo de la última vez que hablé con él, probablemente también él la amaba.

Es curioso como siempre quise que mi hermana no sufriera, como quise protegerla de todo, pero al final yo fui el que más la hirió. No bastará con una disculpa para enmendar esto, lo sé.

Me arrastro por el pasillo, sintiéndome como el peor hermano del mundo, y pensando en qué decir para aliviar su pena. No encuentro nada, no hay nada que pueda hacer o decir que le quite la tristeza. Abrumado, me giro hacia el lado contrario del llanto de Lucía, se me está haciendo insoportable escucharla, así que camino rápidamente a la salida del hotel.

Busco mi celular al llegar a mi camioneta. Odio estar equivocado. Me disgusta tener que hacer algo para que Leonardo y mi hermana vuelvan a estar juntos, pero ella tenía razón. Es una adulta, y tiene el derecho de tomar sus propias decisiones. Me tomó semanas llegar a esta conclusión, pero cuando ella ya no regresó al apartamento, me di cuenta que podía arreglárselas sin mí.

Me detengo un momento mientras mi estómago se llena de nudos. Al cabo de un rato, marco el número de teléfono que conozco de memoria y sostengo el teléfono contra mi oído, esperando sin aliento mientras la llamada suena. La tensión se apropia de mi cerebro mientras el teléfono suena y suena, pero nadie responde. Me parece una eternidad hasta que finalmente contesta.

—¿Por qué me llamas, Benjamín? —Esa voz ruda me llena de recuerdos.

—Alondra —exhalo su nombre—, sé que me pediste que no te llamara, pero…

—No te pedí eso. Te dije que te pudrieras en el infierno, Benjamín Reyes.

Me carcajeo nerviosamente ante la ferocidad de su voz.

—Sí, lo sé, pero esto es importante. Necesito un favor.

—No me interesa. Adiós.

—Por favor, no es para mí. Es para Lucía, mi hermana. Necesito que encuentres a alguien para ella.

Alondra Juárez es la mejor detective privada del estado, y me odia terriblemente. Pero si alguien necesita encontrar a una persona o un objeto, ella lo encontrara. Es como un sabueso, una vez que ella capta el olor de algo, no hay forma de evitar que lo encuentre. Yo lo descubrí de mala manera.

—Se llama Leonardo. Leonardo Garza. Y es el padre del bebé de Lucía.

—¿Está desaparecido?

—Algo así —Intento explicarle, aunque es muy difícil—. Está bien, no corre peligro, pero se fue y no sabemos a dónde… La historia es algo complicada.

—Todo siempre es complicado para ti, Benjamín —dice Alondra por teléfono y luego suspira. Con eso sé que ya la convencí—. Bien. Encontraré a este Leonardo Garza por ti.

Envíame una foto y el último lugar dónde estuvo. Te llamaré en unos días para que sepas dónde está ahora.

—Te lo agradezco, Alondra. Realmente te debo una esta vez. Tal vez pueda pagarte con un trago en algún momento...

Me callo, porque me quedé hablando solo. Alondra me colgó. Supongo que eso salió mejor de lo que esperaba.

CAPÍTULO 30 - ERES MÁS FUERTE

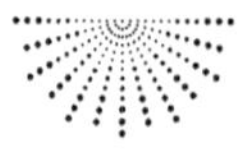

LUCÍA

—¡*M*aldita sea! —Un dolor agudo empieza en mi pulgar y sube por todo mi brazo. Acabo de golpearme con el viejo martillo que encontré en una caja de herramientas en el sótano.

—Maldita sea. Maldita sea. ¡Maldita sea! —repito, esperando que esas maldiciones calmen el dolor, pero aun así siento lágrimas brotando de mis ojos por el golpe.

Ya pasó poco más de un mes desde que discutí con todas mis fibras con Benjamín, un mes desde que dejé mi cómodo apartamento y estoy durmiendo en la propiedad. No quiero ser pesimista, pero me siento algo derrotada ahora, no estoy durmiendo bien y el embarazo hace que me canse mucho…

—Deja de compadecerte de ti misma, Lucía Reyes.

Esa soy yo, hablando en voz alta a la habitación vacía mientras miro con ira el clavo que trataba de poner en la pared.

—Has trabajado casi todo el día estos meses y ya casi alcanzas tu sueño —Miro el dormitorio, ya pintado con un alegre tono morado claro que me tranquiliza de inmediato—. Es hora de seguir, no puedes flaquear ahora.

—Ahora hablas sola, ¿eh? Tengo entendido que las mujeres embarazadas suelen hacerlo —dice Alma, sonriéndome desde la puerta abierta. Sostiene una taza de té en sus manos. Para ella, el té es una especie de solución mágica para todo.

—¿En serio? He oído que la gente habla sola cuando ha tomado demasiado té.

—Eso no es cierto —resopla Alma. Me da la pequeña taza de té de porcelana a pesar de que tengo el martillo en una mano—. ¿Sabes lo que es sí es cierto?

—No, pero estoy segura de que me lo vas a decir —digo, tomando un sorbo del líquido caliente, más por sed que por cualquier otra cosa. Sabe horriblemente amargo.

—Por supuesto que te lo diré. Soy tu mejor amiga y lo he sido desde que éramos pequeñas. Hablas sola porque te sientes culpable.

—¿Culpable? —La miro con incredulidad—. ¿Culpable de qué?

—Te sientes culpable por lo que pasó con Benjamín.

Bajo la taza y cruzo los brazos.

—¿Por qué me sentiría culpable? Fue él quien se equivocó.

—Te sientes culpable porque es tu hermano —dice Alma, encogiéndose de hombros, como si fuese algo simple—. Ustedes siempre han salido adelante juntos y te sientes culpable porque ahora no están resolviendo todo, juntos.

—Eso es ridículo —Dejo la taza luego de beber todo el líquido—. Si alguien debería sentirse culpable es Benjamín. No me siento culpable por no hablar con él. No tengo nada que decirle.

—Claro que sí, es tu hermano. Eso jamás cambiará —Alma se encoge de hombros de nuevo y lucho contra la necesidad de gritar.

—¿Viniste a darme un sermón? Porque todavía tengo mucho trabajo que hacer y no estás siendo de ayuda.

Odio el repentino tono agudo de mi voz. No quiero hacer sentir mal a Alma, pero sigue molestándome por Benjamín. Y eso me sigue doliendo, como un moretón cuando lo toco demasiado fuerte. Ella no se va, a pesar de mis palabras. Más bien, sonríe con calidez.

—No, no vine a darte un sermón. Vine para darte algo.

—Oh... Por favor, dime que no es una de tus pociones. No creo que pueda tomar esos brebajes ahora mismo. —Hago un gesto, señalando mi vientre, abultado. Ella se ríe.

—No, no es eso. Tienes que bajar para poder darte tu regalo.

La miro con recelo, pero estoy agradecida de tener que dejar de trabajar por un momento, así que la sigo lentamente por las escaleras. El corazón casi sale de mi pecho cuando escucho las palabras que dicen a coro los chicos que me han ayudado en la casa.

—¡Sorpresa!

—¡Sorpresa, Lucía!

—Te sorprendiste, ¿no?

Rosa dice esas últimas palabras sonriendo, con su maquillaje pálido y ojos oscuros ahumados bordeados de negro como siempre. Miro a mi alrededor sin entender por qué todos están allí, sosteniendo un pastel que dice "Felicidades", con un glaseado de color arcoíris. Incluso Damián está aquí, sonriéndome a mí y a Alma como un niño, aunque tengo la sensación de que mira más a Alma que a mí.

—¿Qué es todo esto? —pregunto después de calmar mi sorpresa y Alma me abraza con fuerza antes de responder mi pregunta.

—No pensaste que te dejaríamos dar a luz sin una fiesta de bienvenida para el bebé, ¿verdad?

—¿Hicieron todo esto para mí? —Contengo mis lágrimas, que ya están a punto de salir, por el gesto amable. Alma me da otro abrazo, que no ayuda a detener mis ganas de llorar. Miro a mi alrededor, al grupo de personas que me han ayudado desde el principio.

—Gracias. Gracias a todos ustedes, esto es increíble — Dejo salir una risa llorosa, pero mi sonrisa se desvanece al ver una silla vacía. Falta alguien en esta fiesta, y esa silla vacía me hace sentir peor.

—Lucía, tranquila —susurra Alma llevándome a sentar del otro lado, mientras los demás ya están tomando un trozo de pastel—. Las cosas se arreglarán, siempre sucede eso. Solo ten paciencia.

Alma siempre está muy segura de eso. Sus ojos azules me demuestran que cree que las cosas mejoraran, pero yo no estoy tan segura. Por eso me aferro a la única cosa que sí sé; tengo que lograr que el restaurante y el hotel se llenen, para el verano. Y también tengo que lograr que los clientes estén tan felices aquí, que quieran regresar. Y no lo haré solo por mí, sino por todos los presentes aquí, y por la vida que crece dentro de mí.

—Ya veremos —digo finalmente, sin querer quitarle mérito a las palabras de Alma, ella asiente serenamente. Empieza a caminar hacia el pastel y el grupo de gente que come y sonríe ruidosamente. Se detiene a mitad de camino, volviéndose hacia mí con una mirada extraña en su cara.

—Todo pasa por una razón, Lucía.

—¿Ah, sí? ¿Y por qué está pasando esto, chica sabia? — resoplo con sarcasmo. Sonrío para aliviar la ironía. Alma se encoge de hombros.

—Tal vez es una lección que necesitas aprender, igual que Benjamín. O tal vez es algo que Leonardo tiene que descubrir por su cuenta. Pero eso no es tan importante. Lo más importante es que eres más fuerte de lo que nunca pensaste que eras Lucía, siempre ten eso presente.

La veo alejarse y sus palabras quedan girando en mi cabeza. A mí me parece una tontería, pero al menos tiene razón en lo último: yo soy más fuerte ahora de lo que fui alguna vez. Tengo amigos, casi remodelé una casa y ahora tengo un bebé en camino.

Envuelvo con mis manos al bebé dentro de mí, y respiro profundamente, yo lo amo, más que a la vida misma.

CAPÍTULO 31 - LA AMO

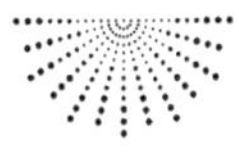

LEONARDO

is pocas cosas están de nuevo en mi vieja bolsa. Miro alrededor de la pequeña y sucia habitación del motel. Dejarlo no me causa ninguna tristeza.

Al contrario, me siento aliviado de no tener que ver el gran letrero afuera, el logo del hotel, color dorado, con rayos extendiéndose sobre un lago verde azulado.

Cada vez que lo veo, pienso en ella. Lucía. La recuerdo cada momento, a cada segundo. Pienso en su nombre, y su cabello, en sus increíbles y expresivos ojos verdes. En sus shorts cortos que siempre usaba, y en su pequeña estatura. En cómo cabía perfectamente entre mis brazos, y cómo su risa iluminaba cualquier lugar.

Luego de mi intento fallido de regresar con ella, volví a mi trabajo de camarero en este pueblo, tras rogar casi de rodillas, recuperé mi trabajo. Pero ya nada se siente bien. Ni siquiera tomar me ayuda, no sirve de nada. Intenté ahogar mis penas los primeros días con todo el alcohol que pude meter en mi cuerpo, pero nada sacaba de mi mente que quería regresar con ella, y aún lo quiero.

Así que lo único que se me ocurrió hacer, fue empacar e

irme al siguiente pueblo. Separarme, con dolor, lo más lejos de ella. Pensé que finalmente encontraría algo de paz, que sería capaz de dejar atrás la verdad.

Que la amo.

La amo y nunca se lo dije.

Y estoy seguro de que nunca jamás volveré a conocer a alguien como ella. Nunca encontraré a nadie por quien pueda sentir lo mismo. El pensamiento no me ayuda para nada en medio de mi soledad, en esta fría y solitaria habitación del motel. Por eso tengo que irme. Tengo que seguir huyendo.

Escucho que alguien toca la puerta, pero decido ignorarlo y concentrarme en ordenar la habitación, para poder irme lo más rápido posible. No quiero interrupciones ni distracciones. Solo necesito salir de aquí antes de volver a hacer alguna estupidez, como arrastrarme de vuelta a El Pradal.

—No puedo volver atrás. No después de lo que pasó la última vez —murmuro para mí mismo, tratando de convencerme.

Tocan a la puerta una vez más, ahora con más insistencia. La abro, con frustración, y una maldición se muere en mi boca. Miro fijamente a la última persona que esperaba ver en mi puerta, la sorpresa no se disimula, en mi cara.

—Hola, ¿puedo pasar?

Después de un momento, termino de abrir la puerta y le hago un gesto para que pase.

—Entra —Me sorprende que pueda pronunciar palabra, estoy tan congelado con el impacto de su presencia que apenas puedo moverme. Finalmente, la conmoción cede ante el enfado—. ¿Qué carajo haces aquí, Benjamín?

CAPÍTULO 32 - TE LO PROMETO

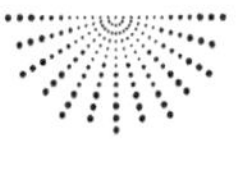

LUCÍA

—Vamos. Solo un poco más arriba —Me estiro lo más que puedo, alzo mi brazo con el pincel en una mano y un cubo de pintura en la otra, pero por mucho que trato de estirarme más, parece que no puedo llegar a la esquina superior.

Ya mi vientre está inflado, lo suficiente como para rozar la pared recién pintada de una de las habitaciones terminadas. El tamaño dificulta que haga las cosas que antes hacía con facilidad. Me quedan unas pocas semanas antes de la fecha límite de mi hermano. Un agudo dolor me atraviesa al pensar en Benjamín. No hemos hablado desde la noche en que me fui.

Un abismo crece dentro de mí, como si ya no pudiera ser plenamente feliz. Me hacen falta dos personas para serlo… Trato de sacudirme esa sensación y concentrarme en la tarea que tengo por delante. Falta arreglar un millón de pequeños detalles, aunque las grandes remodelaciones ya están hechas, pero la fecha límite se acerca.

En medio de todos los pendientes, recuerdo que nunca saqué la caja de fotografías del ático. Como de todas formas ya no me dejan hacer mucho trabajo físico, decido ir por ella. Trato de abrir la puerta de la habitación en la que estoy, pero me doy cuenta que estoy encerrada. Pido ayuda, gritando el nombre de Alma una y otra vez.

Mi amiga se tarda diez minutos enteros en rescatarme, y cuando abre la puerta, Damián está con ella. Me encuentran sentada en el suelo y ambos comienzan a reír. Eventualmente me ayudan a levantarme, pero luego de reír con ellos, me doy cuenta que mi pequeña aventura significa tiempo perdido para todos, por decir lo menos.

Me pongo a trabajar inmediatamente, me subo en una frágil silla para seguir pintando, todavía quiero alcanzar a pintar la parte más alta. Trabajo con la mente ocupada, repasando todos los detalles que le faltan al hotel. El panorama es algo desalentador, sacudo la cabeza.

—No dejaré que nadie venda este lugar —murmuro, mientras alzo más mi mano—. Si es necesario, me encadenaré al porche delantero.

Por desgracia, a Benjamín no le importaría que yo estuviera ahí, igual la vendería. Ya me demostró de lo que es capaz. Por eso ahora le voy a demostrar a él, y al mundo, de lo que soy capaz yo.

—Ya tienes algunas reservaciones —me recuerdo.

Se supone que me alentaría recordarlo, pero solo me hundo en pánico. Sí, los huéspedes vendrán pronto, solo espero tener habitaciones listas en las que puedan dormir.

Estoy tan preocupada que no me doy cuenta de que la silla se mueve debajo de mis pies. Un segundo después estoy cayendo hacia atrás. Mi primer instinto es llevar mis manos a mi vientre, para proteger al bebé. La respiración sale de mis pulmones en un jadeo, preparándome para el fuerte golpe y sus consecuencias. Pero este nunca llega.

Unos brazos fuertes detienen mi caída. Siento una calidez

familiar en esos brazos extendidos, me alivian, curan algo dentro de mí que ni siquiera sabía que estaba roto.

Sé quién es incluso con los ojos cerrados. No los abro, pues creo que estoy teniendo una alucinación, y si me muevo siquiera un poco, él desaparecerá. Una mano en mi mejilla me dice que no es un invento de mi mente, así que abro los ojos solo para ver la mirada profunda de Leonardo. Sus inmensos ojos oscuros, me miran con preocupación, arrugando su frente.

—¿Realmente crees que deberías subirte a esa cosa en tu estado?

Su voz suena cálida, justo como la recuerdo. Quiero sonreír, pero estoy tan sorprendida y confundida porque está aquí, que de mi boca abierta no sale ninguna palabra. Ni siquiera sé cómo sentirme. Mis pensamientos revolotean entre un millón preguntas y no puedo decir nada.

Leonardo me ayuda a pararme en el suelo, y yo no puedo dejar de verlo. Es porque sus ojos son más hermosos desde la última vez que los vi, igual que todo en su rostro; su boca y su nariz afilada. Las bolsas bajo sus ojos que atestiguan noches de insomnio, me cuentan como la ha estado pasando estas semanas.

—¿Qué... cómo... dónde estabas? —tartamudeo finalmente, y mi pregunta se ahoga con una tímida sonrisa y un encogimiento de hombros. Como extrañaba este gesto.

—Es algo complicado de explicar.

—Bueno, será mejor que lo intentes.

—Sí, cariño —Su sonrisa se amplía, y yo lo imito, al instante.

La confusión por su presencia amenaza con convertirse en felicidad pura, como los rayos de sol después de una dura tormenta.

—Empezaré desde el principio, Lucía, primero tienes que

saber que yo nunca quise dejarte. Mi intención fue seguir contigo, incluso cuando tu hermano se enteró de lo nuestro. En serio, tienes que creerme, yo nunca podría dejarte...

—Tranquilo, te creo.

Parece que a Leonardo le quitan un peso enorme de la espalda cuando le digo esto.

—Benjamín me golpeó, me dio una paliza, y yo estaba dispuesto a soportar eso. Pero luego me amenazó... él me dijo que...

—Si no te ibas, él vendería este lugar. Eso también lo sé —me mira, ladeando la cara—. Ya me sé toda la historia, pero, ¿a dónde fuiste?

—No fui muy lejos. A un pueblo a unos setenta kilómetros de aquí. Intenté volver a verte, pero Benjamín me dijo que estabas saliendo con otra persona.

—¿Qué? —Casi me asfixio al oírlo. Sabía que se habían visto otra vez, pero no sabía que Benjamín le había dicho esa mentira—. Yo nunca... yo no salí con nadie luego de que te fueras.

—Lo sé, no le creí a Benjamín, pero me volvió a amenazar con vender la casa. Y entonces te imaginé perdiendo este sueño, y no pude con eso. Así que me fui, Lucía, yo no quería que perdieras lo más importante para ti.

—¿Cómo es que estás aquí? —pregunto, sintiendo un nudo en la garganta.

—Por Benjamín.

—¿Por... mi hermano?

—Sí, él me encontró. Contrató a una investigadora privada para que me localizara y luego se apareció en el motel donde estaba. Benjamín me contó todo. Me dijo que hizo todo pensando en que era lo mejor, pero que tú te la estabas arreglando muy bien sin él. Luego me habló del... bebé.

Leonardo mira hacia abajo y toca mi vientre. En sus ojos no hay miedo, repulsión o duda, todo lo que veo, es amor. Amor, y una mirada tan llena de ternura que hace que mi corazón lata como loco.

—Benjamín me dijo la verdad. Y lo hizo por ti, Lucía, eso ya lo sé. Pero yo soy el que recibirá el mejor regalo del mundo —Leonardo suelta una risa de felicidad—. Es casi suficiente para pensar en perdonarlo.

Mi suave risa se une a la suya.

—Tú lo has dicho. Casi.

Luego de reír, lo miro fijamente, sin creer del todo que esto esté sucediendo, que sea real. Extiendo una mano para acariciar su mejilla, su barba me hace cosquillas. La sensación en la palma de mi mano me parece bastante real. El calor de su piel contra la mía se siente real.

—Te amo, Leonardo.

Las palabras salen de mi boca antes de que me dé cuenta. Se quedan flotando en el aire, por un largo momento, y luego Leonardo se separa un poco de mí. Por un segundo creo que otra vez dirá que solo la estamos pasando bien, y me asusto, pero entonces me toma de las manos.

—Tengo que ser honesto contigo, Lucía. Estuve soñando mucho tiempo contigo diciéndome esas palabras. Pero tengo que decirte algo, hay algunas cosas que necesito que sepas.

Me mira con mucha seriedad, yo asiento rápidamente, dándole a entender que estoy lista para oírlas.

—No sé mucho sobre tener una familia, ni sobre las relaciones. Y estoy seguro de que no sé mucho sobre ser padre. Pero el tiempo que llevo conociéndote, Lucía, me ha cambiado. Me convertiste en un hombre mejor y en una persona mejor. Has hecho que mi vida signifique algo, y me has dado un hogar cuando yo nunca lo había tenido.

—Leonardo, yo...

—No, déjame terminar. Necesito decir esto —Espera a que cierre mi boca antes de continuar—. Nunca había conocido a nadie como tú. Tu espíritu, tu pasión y tu corazón me inspiran cada día. Y además, nunca había hecho el amor con una chica tan increíble como tú. Y ahora sé que te amo, y amo a nuestro bebé más de lo que puedo expresar con palabras.

Rio nerviosamente, para contener mis lágrimas de felicidad. Pero cuando Leonardo se arrodilla, ya no las puedo evitar, salen en un llanto silencioso.

—No digo que será fácil, cariño, sé que tengo mucho que aprender. Pero te prometo que no volveré a abandonarte nunca más. Nunca jamás. Estaré contigo siempre y te apoyaré en todo, aunque sea la idea más loca del mundo. Te prometo que te cuidaré y te prometo que te amaré a ti y a ese bebé, más que a nadie en el mundo entero, si me lo permites.

Hace una pausa en la que yo respiró profundamente, el aire en mis pulmones me confirma que todo es real, que no estoy imaginando nada.

—Aún no tengo un anillo de compromiso que ofrecerte, pero eso no importa. Lo que importa es el amor que sentimos. Lucía Reyes, ¿me harías el hombre más feliz del mundo? ¿Te casarías conmigo?

Lo miro fijamente, con las lágrimas resbalando por toda mi cara. Todo el cuerpo me tiembla, y mi corazón acaba de explotar en mi pecho, pero mi boca nerviosa, no se abre. No sé cuánto tiempo pasa hasta que Leonardo vuelve a hablarme.

—Bueno, al menos di algo. Por Dios, me estás torturando...

—Sí —digo, en un susurro.

—¿Qué dijiste, cariño?

—Dije que sí —Me lanzo a sus brazos y rio como loca.

Había deseado tanto estar otra vez entre sus brazos—. Sí, me casaré contigo. ¡Sí, yo…!

Leonardo me interrumpe con un beso que me estremece todo el cuerpo. También extrañaba besarlo. Creo que lo extrañé más de lo que jamás he extrañado a alguien, y ahora me siento como en el cielo, al estar arropada por sus fuertes brazos mientras su boca me besa.

—Te amo, Leonardo.

—Yo también te amo, cariño —susurra contra mi boca, sin parar nuestro beso. Luego lo repite, como si le gustara mucho decirlo—. Yo también te amo.

EPÍLOGO

LUCÍA

—Bienvenidos al Hotel y Restaurante Reyes. Es un placer atenderles. Esperamos que su estadía sea agradable. ¿En qué podemos ayudarles? —les pregunto a los huéspedes recién llegados mientras voy caminando pesadamente hasta la recepción.

Siento un fuerte dolor de espalda y la hinchazón de mis pies me abruma, pero muestro mi sonrisa más brillante para saludar a los dos huéspedes que acaban de entrar.

—Gracias. Pasábamos por El Pradal y decidimos entrar a ver los manantiales. Otros excursionistas nos contaron sobre este nuevo alojamiento aquí, así que pensamos que sería buena idea reservar una habitación para el resto del fin de semana, si hay alguna disponible.

—Por supuesto, permítanme revisar en la agenda. Creo que tenemos una habitación maravillosa para ustedes —Un dolor agudo corre a través de mi cuerpo, las dolorosas punzadas llegan hasta mi pecho y me hacen entrecerrar los ojos para encubrirlas. Respiro a pesar de esa contracción, inhalo por la nariz y exhalo por la boca—. Tenemos una disponible en la parte superior. Desde allí pueden contemplar los hermosos manantiales.

—Eso se oye genial.

Tecleo en la computadora y saco el formulario de registro. Siento más dolor y debo detenerme un momento. Aun así, logro rellenar los formularios y me giro para tomar la llave de la habitación y entregársela a los huéspedes. Pero el dolor es tan fuerte en este momento, que luego de dárselas tengo que apoyarme en el escritorio. Recuerdo las clases preparatorias: inhalar por la nariz y exhalar por la boca.

—Lucía, tuve algunos huéspedes preguntando por los senderos. ¿Sabes si Jared va a hacer más caminatas guiadas hoy?

Me vuelvo hacia Leonardo con una sonrisa forzada. El hotel ha estado abierto durante casi tres meses y ya estamos reservados para todo el verano. Las cosas no podrían estar mejor, y las nuevas visitas guiadas han sido un gran éxito.

—Permíteme llamarlo para verificar —Levanto una mano, mientras espero que pase el dolor—. Lo llamaré por la radio.

—¿Lucía? —Leonardo se me acerca. Me ve con preocupación y nota la lluvia de sudor que salpica mi frente y me hace sonrojar—. Cariño, ¿tienes contracciones?

Le hago señas con la mano para que no me pregunte eso.

—Aún no es el momento. Me falta todavía una semana.

—¡Lucía! ¡El bebé viene en camino! —La cara de Leonardo ahora es un bloque de pánico—. Iremos al hospital. Ahora.

—No, en serio. Todavía faltan días para que nazca el bebé —Inhalo y exhalo. Otro punzante golpe me estremece—. Los sábados son nuestros días más ocupados, lo sabes.

—Cariño, ya es hora. Benjamín puede tomar el mando aquí. Vamos al hospital —Me abraza y grita el nombre de mi hermano. Luego de unos segundos, él aparece y corre hacia nosotros con una mirada de preocupación.

—¿Qué es esto? ¿Qué sucede?

—¡El bebé ya viene! —grita Leonardo, aunque Benjamín está cerca. Los nervios lo hacen actuar así—. ¡¿Puedes hacerte cargo del hotel?!

—¡Por supuesto! Llamaré a Alma. Estaremos en el hospital tan pronto como podamos —Benjamín me da un abrazo y me aprieta con mucha fuerza—. Te quiero, hermanita, te veo pronto.

Le sonrío. Después de todo el infierno que vivimos, pude perdonarlo con el tiempo, después de que él mismo encontró a Leonardo y lo trajo de vuelta.

—Yo también te quiero —digo, con los dientes apretados —. No incendies el lugar en nuestra ausencia.

—Tranquila, Lucía. Deja de preocuparte y concéntrate en traer a mi sobrino al mundo —dice Benjamín antes de cerrar la puerta para despedirnos.

Subimos a la camioneta, pero no hay más que dolor durante el trayecto al hospital. Cuando llegamos, me llevan directamente a la sala de partos.

—Lucía, el bebé va a nacer ahora —dice el médico con dificultad, por su máscara quirúrgica—. Llegaron justo a tiempo.

Ya tengo puesta la bata del hospital. Algunos enfermeros me conectan a unos monitores, y otro me inyecta algo en el brazo, pero no soy muy consiente de esto, por el dolor que atraviesa mi cuerpo.

Leonardo me mira con preocupación, supongo que me veo horrible, cansada y adolorida. Yo lo miro, tratando de tranquilizarlo con mis ojos, pues no puedo decir nada más. Si abro la boca, creo que me pondré a gritar como loca. La mano de Leonardo sostiene la mía fuertemente, y alguien me dice que puje.

¿Sabrán estas personas que nunca he pujado antes en mi vida? Nunca había tenido un bebé antes, así que, ¿cómo voy a saber pujar? Ya no lo soporto, comienzo a gritar, al principio tratando de evitarlo, luego, a todo pulmón. No oigo mis gritos muy bien, el dolor me lo impide. Así que casi no oigo como alguien me toma del hombro y me habla en voz alta.

—No grites, concentra tus energías en pujar, sino solo te vas a cansar.

¿Quién demonios me dijo eso? ¿El doctor, o algún enfermero? No lo sé, pues tengo mis ojos completamente cerrados. Los abro de golpe y miro a cada persona en el lugar, y luego de retorcerme en la cama, por una contracción demasiada fuerte, vuelvo a gritar.

—¡Yo convertí una casa en ruinas en un bellísimo hotel! ¡Lo hice en seis meses…! ¡Yo lo hice! ¡Y si quiero gritar mientras estoy teniendo a mi bebé… voy a gritar todo lo que quiera…!

Siento como Leonardo aprieta mi mano, así que lo volteo a ver. Si no estuviera dando a luz, podría ver una pequeña sonrisa de orgullo algo escondida en su cara.

—Grita todo lo que quieras, cariño.

Le hago caso, porque sí, porque eso es lo que quiero hacer. Y él sigue apretando mi mano, y me limpia el sudor de la cara, o eso creo. No sé muy bien qué pasa por la siguiente hora, pero luego de mucho dolor, de oír las indicaciones del doctor y de pujar y gritar al mismo tiempo, escucho un llanto.

Me dejo caer, al fin, en la camilla, completamente sin fuerzas. Leonardo deja mi mano un momento, y no sé cómo sentirme. No puedo enderezarme, por más que lo trato de hacer. Solo sé que me parece una eternidad hasta que él vuelve a mi lado otra vez.

Miro la cobija azul, en sus brazos, envolviendo a nuestro bebé. Los ojos de Leonardo brillan, una lágrima resbala por su mejilla cuando me lo acerca y lo pone sobre mi pecho, con mucho cuidado.

—Es una niña —susurra.

—¿Qué…? Pero…

—Es una niña, una hermosa niña que se parece a ti.

Cuando veo la carita de mi hija, las lágrimas salen por sí solas. Se suponía tendríamos un niño, Benjamín tenía cientos de ideas para hacer con él, quería llevarlo de excursión, y enseñarle a hacer los trabajos rudos. Creo que tendrá que olvidarse de eso.

—Es perfecta —dice Leonardo, él la mira con ojos llenos de amor, brillando desde lo más profundo de su mirada oscura.

—¿Qué nombre deberíamos ponerle? —le pregunto en voz baja, mientras ella se inquieta, entre mis brazos.

No teníamos un nombre planeado para niña. No esperábamos una niña, pero en este momento siento que somos las personas más felices sobre la faz de la tierra.

—Lucía —dice Leonardo, con su voz ronca por la emoción de la llegada de nuestra bebé. La mira sin poder fijarse en otro lado.

—¿Lucía? ¿Quieres que se llame como yo?

—Sí, porque estoy seguro que me llenará de felicidad, como lo haces tú.

Le sonrió antes de poner a nuestra hija aún más cerca de mi corazón.

—Hola, Lucy.

Leonardo nos abraza y nuestra hija se queda quieta. Recuerdo las palabras de Alma.

Ella me había dicho que todo sucedía por una razón, y sentada aquí, rodeada de mi familia, después de todo el pasado terrible que viví, finalmente le creo. Todo había pasado por una razón. La mejor razón del mundo.

El amor.

Fin

AGRADECIMIENTOS

Muchas gracias por leer mi amado trabajo…

¿Te gustaría compartir tu experiencia conmigo y otros lectores?

Quiero mejorar y tus comentarios son valiosos. Te agradeceré puedas tomar apenas 3 minutos de tu tiempo y dejar un **comentario de forma totalmente honesta en Amazon** sobre la novela que acabas de leer.

Muchas gracias por la confianza y espero sorprenderte en una nueva entrega.

Saluda atenta y calurosamente.
Bianca De Santis